KB237508

過香積寺

향적사를 찾아가다

향적사 어딘지 알지 못하여
구름 봉우리 속으로 몇 리나 들어간다
고목 우거져 사람 다니는 길 없건만
깊은 산 속 어딘가의 종소리
샘물 소리 가파른 바위에서 흐느끼고
햇살은 푸른 소나무를 차갑게 비치고 있네
해질녘 고요한 연못 굽이에 앉아
편안히 참선하며 잡념을 걸어 낸다네

不知香積寺
數里入雲峰
古木無人徑
深山何處鍾
泉聲咽危石
日色冷青松
薄暮空潭曲
安禪制毒龍

不善茶樓

불선다루

불선다루 6

송진용 新무협 판타지 소설

초판 1쇄 찍은 날 § 2006년 8월 1일
초판 1쇄 펴낸 날 § 2006년 8월 10일

지은이 § 송진용
펴낸이 § 서경석

편집장 § 문혜영
편집 § 장상수

펴낸곳 § 도서출판 청어람
등록번호 § 제1081-1-89호
등록일자 § 1999. 5. 31
어람번호 § 제2-0973호

주소 § 경기도 부천시 원미구 심곡1동 350-1 남성B/D 3F (우) 420-011
전화 § 032-656-4452 팩스 § 032-656-4453
http://www.chungeoram.com
E-mail § eoram99@chollian.net

ⓒ 송진용, 2006

ISBN 89-251-0249-8 04810
ISBN 89-251-0028-2 (세트)

송진용 新무협 판타지 소설
Fantastic Oriental Heroes

不善茶樓

불선다루

6

一호보협심(虎步俠心)一

도서출판 청어람

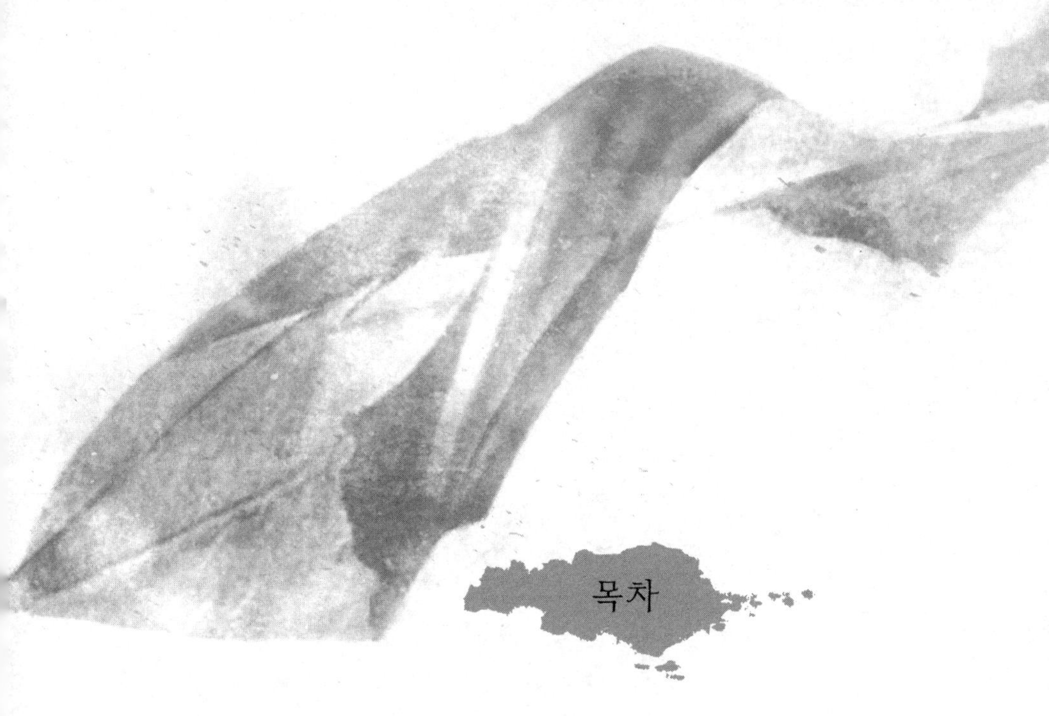

목차

【第一章】
위무진천(威武振天)

1

곤륜일괴 엄양의 안색이 흙빛으로 변했다.

아끼는 제자의 덧없는 죽음을 보자 가슴속에서 화산이 폭발한다.

그건 곤륜월녀 황보란도 마찬가지였다.

"오라버니, 저놈은 내 거야!"

날카롭게 외친 그녀가 긴 손가락을 뻗어 소걸을 가리키며 악을 썼다.

"너, 너, 이 원숭이같이 생긴 놈아! 갈가리 찢어놓고 말 테다!"

눈앞이 번쩍한 것 같았는데 황보란이 어느새 소걸의 면전에 이르러 난설망산(亂雪岡山)의 수법으로 두 손을 매섭게 휘둘렀다.

획, 획, 하는 바람 소리가 끊이지 않고 들려왔다. 그 속에 옷자락 펄럭이는 소리와 낮은 기합성이 뒤섞여서 대청 안이 온통 바람 앞에 드러난 숲처럼 소란해졌다.

사납게 휘몰아쳐 가는 경풍 때문에 유등이 꺼질 듯 흔들리고 사람들의 옷자락이며 머리카락도 마구 흩날렸다.

"이크! 이건 정말 무섭구나!"

소걸이 깜짝 놀라서 소리쳤다.

장난치듯 했던 여태까지의 모습을 싹 버리고 놀란 눈을 크게 뜬 채 바쁘게 몸을 움직였다.

눈 깜짝할 사이에 십여 초가 지나갔다.

그녀는 전력을 다해서 후려치고 낚아챘지만 당최 소걸을 잡을 수가 없었다. 바람을 따라 이리저리 떠다니는 목화솜처럼 가볍게 움직이는 그의 신법을 도저히 깨뜨릴 수 없었던 것이다.

믿어지지 않았다.

황보란이 우뚝 멈추어 서서 분한 숨을 씩씩거리며 노려보다가 불쑥 물었다.

"너, 그게 무슨 신법이지?"

어디에서인가 본 것도 같고 들은 것도 같았는데 생각이 나지 않았던 것이다. 살기를 품고 전력을 다한 장법으로 소걸의 터럭 하나 건들이지 못했다는 게 기가 막힌다. 믿을 수 없었다.

그건 벼락치듯 격렬하고 재빠르게 지나가 버린 그들의 싸움을 지켜본 사람들도 마찬가지였다.

'대체 저와 같이 신묘한 신법도 있단 말인가?'

불가사의하게 여겨지기만 했다.

'내가 잘못 본 거지' 하는 의심마저 든다.

다급한 중에 소걸이 펼친 건 염 파파의 삼대절기 중 하나인 수라구 유보(修羅九幽步)였다.

황보란의 공세가 워낙 촘촘하고 지독해서 어쩔 수 없이 본신의 절기를 펼칠 수밖에 없었던 것이다.

황보란이 멈추자 소걸도 멈추어 섰다. 그리고 그녀를 빤히 바라보며 한마디 했다.

"아줌마, 나한테는 한 가지 원칙이 있거든?"

"……!"

"꼬리를 내리고 달아나는 자는 뒤쫓지 않아. 하지만 끝까지 버티는 자는……."

"죽인단 말이지?"

"그렇지. 잘 아는군."

"이 죽일 놈!"

황보란의 얼굴빛이 창백해졌다. 분노가 지나쳐 머리 속이 멍해진 듯 눈에 초점이 없다.

소걸이 주워 들고 있던 검을 내던졌다.

"좋아. 아줌마가 박투술에 조예가 깊은 모양인데, 그렇다면 나도 두 주먹으로 상대해 주지."

제 딴에는 정정당당하게 싸우겠다는 말인데 그것이 곤륜월녀 황보란의 가슴에 못을 박았다.

"네놈이 감히 나를 비웃는 거냐?"

그녀가 부르짖더니 그대로 희끗한 그림자가 되어 소걸에게 부딪쳐 갔다.

파앙—!

공간이 터져 나간다.

백색 섬광이 번쩍이고, 후끈 달아오른 공기가 사방으로 무섭게 밀려

났다.

황보란이 전력을 다해 일장을 쳐낸 것이다. 그것에 실린 무시무시한 힘이 바위를 녹이고 장강을 뒤집어엎을 듯했다.

초식의 묘용으로 소걸을 제압할 수 없게 되자 장력으로 으깨 버리려고 작심한 일장이라 그 위력이 더욱 컸다.

소걸도 피하지 않았다.

기다리고 있었다는 듯 두 발에 잔뜩 힘을 주어 버티고 서며 왼손으로 오른손 팔꿈치를 떠받치듯 했다.

서서히 일장을 마주 밀어내는 기세가 신중하고 무겁다.

소걸의 장력에서도 후웅— 하는 묵직한 파공성이 터져 나왔다.

흑호문의 기본 장법인 흑호투심(黑虎偸心)이라는 보잘것없는 초식이었지만 팔성의 구유신공을 실은 그 일장은 더 이상 흑호투심이 아니었다. 그것은 염 파파의 삼대절학 중 하나인 쇄혼구유장(碎魂九幽掌)이 된 것이다.

벼락처럼 달려들며 쳐낸 황보란의 백천무극장(白天無極掌)과 소걸의 일장이 허공을 격하고 충돌했다.

쿠앙—!

엄청난 폭발음.

그리고 사방으로 폭사되는 기의 폭풍.

소걸과 황보란 사이의 공간이 천 조각, 만 조각이 되어 터져 나가는 것 같았다.

"우욱!"

두 사람에게서 동시에 낮은 신음성이 흘러나왔다.

소걸의 부릅뜬 눈에 핏발이 서고, 악문 입술 사이로 한줄기 선혈이 내비쳤다.

황보란의 꼴은 더욱 가관이었다.

정갈하게 손질했던 머리카락이 어지럽게 흩어져 마구 흩날렸고, 고운 자태를 뽐내던 비단옷도 여기저기 찢겨서 깃발처럼 펄럭이고 있다.

한순간에 흉악하게 변한 두 사람이 쭉 뻗은 손바닥을 맞대고 있었다. 무섭게 부릅뜬 눈으로 서로를 잡아먹을 듯 노려본다.

소걸의 입이 조금씩 일그러졌다. 주르륵, 피를 흘리면서 한쪽으로 찢어진다. 비웃는 것이다.

황보란의 볼이 푸들푸들 경련을 일으켰다. 무언가 말을 하려는 듯 입술을 씰룩거리지만 한마디도 흘러나오지 않았다.

대신 그녀의 무릎이, 허리가 후들후들 떨리기 시작했다.

점점 기의 폭풍이 가라앉고 무거운 침묵이 몰려왔다.

"아!"

제일 먼저 정신을 차린 곤륜일괴가 비로소 놀람의 외침을 터뜨렸다.

설마 저 꾀죄죄해 보이는 놈이 황보란의 전력을 다한 일장을 거뜬히 받아낼 줄이야.

아니, 그냥 받아내는 것에서 지나쳐 오히려 물리칠 줄이야…….

제 눈으로 보고도 믿을 수 없는 일이었다.

휘익―

곤륜일괴가 아무런 기척도, 기합성도 없이 갑자기 몸을 날렸다.

정신을 차린 장가보의 군웅들이 모두 '앗!' 하고 놀랐을 때 엄양은 이미 소걸의 곁에 다가서 있었다.

"우흐흐흐―"

비로소 음침한 웃음을 흘리며 재빨리 손을 뻗어 소걸의 어깨를 잡아

간다.

"우얍!"

소걸이 쥐어짜는 듯한 기합성을 터뜨렸다. 오른 손바닥을 여전히 황보란의 손에 붙인 채 왼손을 불쑥 뻗어 후려치듯 일장을 뿌렸다.

후웅—

구유신공을 실은 한줄기 웅장한 장력이 파도처럼 밀려 나간다.

"으헛!"

막 날카로운 지력을 뻗어 소걸의 어깨를 할퀴려던 엄양이 깜짝 놀랐다.

가슴을 눌러오는 장력에 실린 기운이 생전 처음 느껴보는 것이었기 때문이다.

단지 두텁기만 한 것이 아니라 그 안에 깃들어 있는 음유하고 냉랭한 기운이 심맥에 닿아 등줄기가 서늘해진다.

'이게 뭔가?'

찰나의 순간에 좋지 않다는 예감이 스쳐 갔다.

"이놈!"

그가 버럭 소리치고 급히 지법을 장법으로 바꾸어 곤륜신공을 실은 일장을 밀어내며 바람개비처럼 몸을 돌렸다.

콰앙! 하는 굉음이 터져 나왔다.

"우욱!"

소걸이 한줄기 검붉은 피를 뿜어내며 비틀거리고 물러섰다. 그 순간 황보란을 낚아챈 엄양이 뒤도 돌아보지 않고 몸을 날렸다.

일장을 날려 벽을 부수고, 요란한 폭음과 함께 쏟아지는 먼지와 흙덩이를 온몸으로 받아내며 그대로 사라져 버린다.

눈 깜짝할 사이의 일이라 모두 그 의외의 사태를 금방 이해하지 못
하고 얼떨떨해서 바라보기만 했다.

2

"끄응."

소걸의 신음 소리가 애처롭게 방 안에 울린다.

꾸벅꾸벅 졸던 장약란이 깜짝 놀라 급히 이마에 올려놓았던 물수건
을 새 것으로 갈아주었다.

소걸이 힘겹게 눈을 떴다.

장약란을 바라보는 눈길이 멍하다.

"괜찮으세요?"

"으음……."

"잠깐만 기다리세요. 아버님을 불러올게요."

급히 떠나려는 그녀의 손목을 소걸이 꽉 붙잡았다.

"내, 내가…… 어떻게 된 거지?"

"밤새 끙끙 앓았답니다. 금방이라도 죽을 것 같아서 저는, 저는……
흑."

장약란이 말을 잇지 못하고 흐느꼈다.

소걸은 그녀가 밤새 자신의 머리맡을 지키고 앉아 간호했다는 걸 알
았다. 한숨도 자지 못했을 것이다.

"이제 정신을 차리셨으니 무언가 방법이 있을 거예요. 잠깐만 기다
리세요."

소걸의 손을 뿌리친 그녀가 허둥거리며 뛰어나갔다.

소걸은 의식을 자신의 몸 안으로 돌려서 상태를 천천히 더듬어보았다.

지난밤에 갑자기 뛰어든 곤륜괴요를 맞아 한바탕 요란하게 싸웠던 기억이 난다.

황보란을 물리쳤고, 그때 내상을 입어 기혈이 진탕되었다는 걸 떠올렸다. 그 상태에서 무리하게 구유신공을 운용해 엄양마저 물리쳤다.

거기까지밖에는 생각나는 게 없다.

'그리고 의식을 잃었던 게로군.'

내력을 갑자기, 과도하게 뽑아 쓴 터라 기가 허해져서 외부의 충격을 더 크게 받았던 것이리라.

가만히 운기해 보았다. 숨을 들이쉬고 내쉴 때마다 가슴 깊은 곳에 은은한 통증이 느껴질 뿐, 기혈이 막힘없이 흐른다.

'다 나았나?'

하룻밤 푹 자고 났더니 멀쩡해진 것 같아 의아했다.

몸을 일으킨 소걸이 벽에 등을 기대고 앉아 구유신공의 심법 구결을 떠올리며 천천히 운기했다. 그러자 단전에 가라앉아 있던 불덩이가 꿈틀거리고 살아나 오르내리며 온몸에 고루 따뜻한 온기를 불어넣어 주었다.

그렇게 한 바퀴 소주천을 하고 나자 정신이 맑아지고 몸이 날아갈 듯 가뿐해졌다.

온몸이 뻐근하고 팔다리에 통증이 느껴지는 건 근육을 갑자기, 격렬하게 썼기 때문일 것이다.

진탕되었던 기혈도 잠잠해졌고, 단전에 다시 구유신공의 내력이 충실하게 모여서 뿌듯한 느낌마저 있었다.

부상을 입기 전으로 돌아간 것이다.

복도를 바쁘게 달려오는 발소리들이 들렸다.

소걸은 얼른 다시 누워 이불을 덮고 눈을 꼭 감았다.

"깨어났다고?"

우렁우렁한 보주의 음성이다.

"소형제, 정신을 차렸나? 나일세!"

슬며시 눈을 뜬 소걸이 힘없이 웃어 보였다.

"폐를 끼치는군요."

"이 사람, 무슨 그런 말을. 폐라면 내가, 아니, 우리가 자네에게 크나큰 폐를 끼쳤지."

"예?"

"무슨 낭패를 당했을지 모르는 상황이었는데 이처럼 무사하게 되었으니 이게 다 자네 덕분 아닌가."

"제가 뭘……."

의뭉을 떨면서 소걸은 내심 회심의 미소를 짓고 있었다.

'잘됐어. 그들이 일등공신인걸? 흐흐흐.'

곤륜괴요가 곁에 있다면 손을 덥석 잡고 흔들며 감사하다고 소리쳤을 것이다.

곤란하던 때에 아주 잘 나타나서는 이처럼 좋은 기회를 만들어주고 씻은 듯 사라져 주었으니 기특하다는 생각이 든다.

그러잖아도 장가보와 할머니 사이에 가로놓여 있는 원한이라는 높은 장벽을 어떻게 하면 허물어뜨릴 수 있을지 고민하던 중이었다.

장약란을 구해준 일만으로는 조금 부족한 감이 있다 싶었는데, 이제 보주의 태도를 보니 마음이 놓였다.

　그렇다면 조금 더 엄살을 떨어서 그들의 애를 태워주는 것도 좋을 것이다. 극적일수록 효과가 커지지 않겠는가.

＊　　　　＊　　　　＊

“그놈이 그렇게 지독할 줄이야.”
곤륜일괴 엄양이 부드득 이를 갈았다.
“일장에 그놈을 때려죽이지 못하면 분이 풀리지 않을 것이다.”
내내 멍하니 허공을 바라보고 있던 황보란이 불쑥 말했다.
“안 되지. 그렇게 뒈져서는 안 되는 놈이야. 그렇지 않아, 사형?”
“우흐흐흐, 그렇지. 사매의 말이 옳다. 그놈은 그렇게 쉽게 죽일 수가 없지. 그놈의 간을 빼서 회를 쳐 먹고 장가보의 개새끼 한 마리도 남기지 않고 도륙한 다음에 불을 질러서 잿더미로 만들어 버려야 이 분이 풀릴 거다.”
“흐흥, 내 말이 바로 그 말이야. 창피해서 이대로는 살 수가 없어. 내가 그까짓 애송이 놈의 일장에 패하다니. 이게 말이 돼?”
“흐흐흐, 안 되지. 암. 이 곤륜일괴가 그런 촌놈에게 당했다는 걸 강호의 동도들이 안다면 그 즉시 나는 땅 파고 드러누워야 해.”
두 사람의 장단이 운율마저 띠고 척척 맞아떨어졌다.
바드득.
황보란이 소리가 나도록 이를 갈았다. 두 눈에 서린 원독이 비수처럼 번쩍인다.
강호에 나와 천하가 비좁다고 치맛자락을 쓸며 돌아다닌 지 어언 이십여 년. 이처럼 심한 내상을 입고 추한 꼴을 보였던 일은 한 번도 없었다.

이 복수를 하지 못한다면 다시는 얼굴을 들고 행세하지 못할 것이다.

하지만…….

다시 시무룩한 얼굴이 되어서 고개를 숙이고 있던 황보란이 중얼거렸다.

"알 수가 없어. 대체 그게 무엇이었을까? 사형은 알아?"

"뭘 말이냐?"

"그 어린놈의 장력에 숨겨져 있던 힘을 느끼지 못했어? 또 그 신통방통하던 보법을 보지 못했어?"

"……."

"나는 자꾸 불길한 생각이 들어."

황보란은 더 이상 도도하고 오만하던 모습이 아니었다. 한껏 풀이 죽어서 보기에도 안쓰럽다.

엄양이 짐짓 가슴을 불쑥 내밀고 흰소리를 했다.

"까짓 그놈의 내력이 어땠든 신경 쓸 게 뭐 있어? 너와 나는 세상 사람들이 모두 치를 떨며 두려워하는 십대천마에 꼽히고 있다. 그놈이 아무리 기를 써도 우리를 이길 수 없어. 흥! 그놈이 세상에 태어나기도 전부터 우리는 무공을 연마했다. 그놈이 제아무리 몇 수 고명한 절기를 익히고 있다 해도 그것뿐이야. 우리가 진다는 건 말도 안 되지."

"사형의 말이 옳아. 하지만 나는 그의 장력이 마음에 걸리는걸? 생각하지 않으려고 해도 한 사람이 자꾸만 떠올라."

"누구?"

"혈염마녀 염빙화."

"으헉!"

황보란의 말에 엄양이 크게 놀라 낯빛마저 변한 채 주춤 물러섰다.

"염빙화라고? 그 절대마녀?"

"그놈의 장력을 다시 잘 생각해 봐. 그리고 사부님에게서 들었던 말을 떠올려 봐."

"그럴 리가 없다!"

엄양이 세차게 머리를 흔들었다.

"설혹 그놈이 그 마녀의 무공을 익혔다고 쳐. 하지만 장가보에서 살고 있으니 그게 말이 돼?"

"그건 말이 안 되지."

"그렇지? 장풍한과 염빙화의 일을 모두 알고, 그래서 장가보가 그 마녀에 대해 가지고 있는 원한이 어떤지 모두 아는데, 염빙화의 전인을 그들이 받아들이겠어?"

그래도 황보란은 자신의 생각을 떨쳐 버리지 못하고 중얼거렸다.

"하지만 나는 자꾸 불길한 생각이 들어."

묵묵히 생각에 잠겨 있던 엄양이 음흉한 웃음을 띠고 말했다.

"만약 사매의 생각이 맞다면 오히려 잘된 일인지도 몰라."

"응?"

"염빙화가 교주님과의 일전으로 심각한 부상을 입고 달아났다는 걸 사매도 알지?"

"교주님도 막중한 내상을 입었지."

"그 마녀를 뒤쫓았던 이태상 능파경과 천인검대, 그리고 유밀전의 고수 오십 명이 감쪽같이 사라져 버린 일은 지금도 수수께끼지."

"맞아. 그런데 왜 갑자기 그 일을⋯⋯?"

“교주님이 왜 그 마녀와 만나 생사대전을 벌인 건지 아나?”

“무상광명신공!”

“그렇지. 염빙화에게 그게 있기 때문이었다.”

비로소 황보란도 무엇을 생각해 낸 듯 긴장한 얼굴이 되어 입술을 핥았다. 엄양이 흐흐, 하고 낮게 웃었다.

“만약 그놈이 정말 염빙화의 진전을 받은 제자라면?”

“……!”

“그놈이 염빙화 대신 혼자서 강호에 나와 활보하고 있는 거라면?”

“무상광명신공 비급을 그 마녀로부터 물려받았겠지.”

“흐흐흐, 바로 그거야. 그놈에게 비급이 있을 거다. 아니, 없다고 해도 최소한 그것을 알고 있을 거야. 그러니 우리에게는 복덩이가 아니겠어?”

“하지만 조금 전에 사형이 그랬잖아. 장가보에서 그놈을 받아주고 있는 걸로 봐서 염빙화와 관계된 놈이 아닐 거라고.”

“아니더라도 상관없다. 어쨌든 그놈을 그대로 둘 수는 없는 거니까.”

소걸이 장가보에 있는 한 그들은 보주를 닦달해서 절정검보를 빼앗아간다는 원래의 뜻을 이루긴 힘들었다.

어쨌든 그를 제거하거나, 최소한 장가보에서 떠나도록 해야 하는데 그의 품에 무상광명신공 비급이 있다면 그건 덤이 아닐 수 없다.

“내가 다녀오지.”

황보란이 자리를 박차고 일어섰다.

“앉아.”

엄양이 서두르는 그녀의 손목을 잡아 주저앉혔다.

"내상을 먼저 다스려야 한다. 지금 그 몸으로는 아무것도 할 수 없
어."

"끄응—"

황보란이 잔뜩 낯을 찌푸리고 털썩 주저앉았다.

그녀는 소결과의 일전으로 입은 내상이 가볍지 않았다. 소결 역시
내상을 입고 있을 것이지만 그는 지금 장가보라는 울타리의 보호를 받
고 있는 셈이니 처지가 다르다.

엄양이 달래듯 말했다.

"독 안에 든 쥐새끼인데 어디로 달아나겠어? 이곳에서 정양하면서
내상을 다스린 다음에 천천히 찾아가도 늦지 않아."

3

그 난리법석을 떤 지 어느덧 닷새가 지났다.

지난 닷새 동안 소결은 그의 숙소로 지정된 청풍헌(淸風軒)에서 꼼짝
도 하지 않았다.

그곳은 장가보의 후원 깊숙한 곳에 위치한 터라 평소에도 인적이 드
물어 고요했는데, 장주가 소결을 배려해서 금족령을 내렸으므로 깊은
산중의 절간처럼 적막하기까지 했다.

첫날, 너무나 평온하고 아늑해서 소결은 때로 제 인생에 있어서 처
음 휴가를 맞은 사람처럼 어리둥절해졌다. 지금의 여유로움을 믿기 힘
들 지경이었던 것이다.

그리고 둘째 날부터는 깊은 물속처럼 가라앉은 그 적막과 평화로움
속에서 마음 놓고 구유신공을 연마했다.

마음이 편하고 한가로우니 집중이 그 어느 때보다 잘되어 하루가 다
르게 공력이 쑥쑥 불어났다. 한 번 운기행공을 할 때마다 내력이 장맛
비에 개울물 불어나듯 한다.

그걸 스스로 느낄 수 있을 지경이 되었다. 그래서 소걸은 이러다가
금방 구성을 깨고 십성의 문을 두드리게 되는 것 아닌가 하는 생각마
저 했다.

그 무렵, 천태산 서쪽의 황량한 골짜기에서도 운기행공에 온 힘과
정성을 들이고 있는 두 사람이 있었다.

곤륜일괴 엄양과 곤륜월녀 황보란이다.

닷새 동안 곤륜신공을 운기하여 소걸과의 일전에서 입은 내상을 다
스리고 나자 비로소 원기가 충만해졌다.

빠드득—

눈을 뜬 월녀가 이를 갈았다.

한줄기 신광이 어둠을 밝히고 쭉, 뻗어나갔다. 그와 거의 동시에 눈
을 뜬 곤륜일괴도 부드득, 이를 갈았다.

두 사람의 눈길이 마주쳤다. 한가지로 뜻과 생각이 통한다.

어느덧 밤이 되었고, 창밖에 쓸쓸한 가을바람이 불어간다.

종일 청풍헌을 드나들던 사람들의 종적도 뚝 끊어져서 다시 깊은 산
속의 절간처럼 적막한 고요가 찾아왔다.

소걸이 촛불을 마주하고 앉아 마음을 저 깊은 바다 속의 바윗덩이처
럼 가라앉히고 의식을 보름달처럼 밝힌 채 구유신공의 운기심법에 따
라 행공삼매경에 빠져들었을 때였다.

문득 서늘한 바람 한줄기가 이마를 스쳐 갔다. 촛불이 크게 일렁인다.

소걸의 입가에 희미한 미소가 걸렸다.

"설마 모르는 척하려는 건 아니겠지?"

스산한 음성.

소걸이 천천히 돌아앉았다.

달빛이 은은히 흘러들고 있는 창문 아래 우뚝 서 있는 괴이한 사람 하나.

"왔군요. 어제쯤 찾아올 거라고 생각했었는데 늦었어."

"흥."

달빛을 등지고 산발한 머리카락으로 가슴을 덮고 있는 곤륜월녀 황보란이 코웃음을 쳤다.

냉랭한 한기가 훅, 끼쳐 온다. 하지만 소걸은 태연하기만 했다. 한 손을 뻗어 빈 의자를 가리켰다.

"보아하니 제대로 쉬지도 못하고 먹지도 못한 모양인데, 우선 좀 앉으시지요?"

"이, 이, 죽일 놈 같으니."

황보란이 부들부들 떨었다. 새까맣게 어린놈이 처음 보았을 때부터 지금까지 내내 느물거리며 희롱하듯 하니 이가 갈릴 수밖에 없다.

애써 터져 나오려는 분노를 삼키고 더욱 냉랭하게 말했다.

"우리 사이에 아직 해결하지 못한 일이 있지?"

"맞아, 그날 나는 당신을 죽이려고 했는데 그러지 못했으니 일을 하다 만 셈이지요."

"좋다. 조용한 곳으로 가자."

“그럽시다.”

소걸이 망설임없이 옷자락을 털고 일어났다. 그것을 보는 황보란이 비웃음을 흘렸다.

‘강아지처럼 단순한 놈이로군. 저승사자가 손을 내밀어도 좋아라고 꼬리치며 따라나설 놈이야.’

그들은 장가보의 높은 담을 가볍게 뛰어넘었다.

새 두 마리가 앞서거니 뒤서거니 하며 어두움을 타고 날듯 기척이 없다.

보를 지키는 야간 당직 무사들이 곳곳에 숨을 죽이고 있었지만 누구도 곤륜월녀와 소걸이 월장해 나가는 걸 눈치 채지 못했다.

흐린 달빛을 받으며 십여 장 앞을 휙휙 달려가고 있는 월녀의 뒷모습이 음산해 보였다.

풀어헤친 머리카락이 바람에 마구 날리고, 여기저기 찢어진 옷자락이 사납게 펄럭이는 것이 마치 한을 품은 처녀귀신이 훨훨 날아가고 있는 것 같다.

누가 그 모습을 보았다면 입에 거품을 물고 자빠졌을 것이다.

‘대체 무슨 꿍꿍이지?’

소걸이 그 뒤를 부지런히 따르며 중얼거렸다.

언제는 장가보를 발칵 뒤집어놓을 듯 설쳐 대더니 이제는 또 누구의 눈에라도 띨까 봐 도둑놈처럼 은밀하게 들어오고 나간다.

알 수가 없다.

‘까짓, 알게 뭐냐. 닥치면 닥치는 대로 해결하는 거지 뭐.’

그런 배짱이 되어서 콧방귀를 쿵, 하고 뀌었다.

그 소리를 들었던지 미친년처럼 마구 달리던 곤륜월녀가 휙, 돌아보았다. 어둠 속에서 하얀 눈자위가 끔찍하게 번쩍였다.

"홍!"

그녀의 코웃음소리가 메아리처럼 되돌아온다.

어디가 어디인지도 알 수 없는 곳을 두어 식경 가까이나 달렸다. 그동안 세 개의 골짜기를 지나고 세 개의 험한 능선을 넘었으니 질풍이라고 해도 그처럼 빠르지는 못했을 것이다.

천태산 서쪽에 구름을 이고 있는 높은 봉우리가 있다.

서래봉(西來峰)인데, 그것을 마주 보는 능선 위에 올라선 황보란이 하얀 이를 드러내고 소리없이 웃었다.

높은 고갯마루다. 불어오는 밤바람이 한거울의 삭풍처럼 무섭다. 그 속에 우뚝 서 있는 그녀의 치렁한 머리카락이, 옷자락이 찢어질 듯 펄럭여서 삭막함을 더해주었다.

뒤에는 울창한 잡목 숲이고, 옆에는 깊은 골짜기로 떨어지는 벼랑이라 험악하기 짝이 없는 산세였다.

소걸은 이 깊은 밤중에, 이 높은 산 능선 위에 사람이라고는 오직 자기와 황보란 둘뿐이라는 걸 알고 가슴이 서늘해졌다.

그런 기색을 눈치 챈 것일까? 황보란이 스산하게 말했다.

"왜? 무서우냐?"

"쳇, 귀신이 무섭지 사람이 뭐가 무서워?"

"흐흥, 그런 네놈의 생각이 정말 어리석고 철없는 것임을 곧 알게 될 거야."

"홍."

고개를 외로 틀고 곁눈질로 흘겨보며 다시 코웃음을 친 소걸이 궁금하던 것을 물었다.

"그런데 왜 곤륜일괴는 안 보이는 거지?"

"곧 만나게 될 거다. 그전에 나하고 먼저 해결할 일이 있어."

"괜찮겠어? 아줌마 혼자서는 힘들 텐데 말이야."

"건방진 놈. 그때는 내가 네놈을 몰랐기에 얕잡아봤다가 당했던 거야. 얼떨결에 당했단 말이다. 하지만 지금은 다르지. 흐흥."

"몰랐을 때가 오히려 더 행복했다고 느끼게 될걸? 하지만 후회는 아무리 빨라도 늦은 법이거든. 그러니 지금이라도 잘못했다고 하고 돌아가. 나는 뒤꽁무니를 빼는 사람은 죽이지 않는단 말씀이야."

"시끄러워!"

황보란이 빽! 소리쳤다.

"네놈을 죽이기 전에 우선 몇 마디 할 말이 있으니까 귓구멍을 활짝 열고 잘 들어라."

"……?"

"장가보의 일에 상관하지 마라."

"왜?"

"하지 말라면 하지 마!"

"나는 해야겠는데?"

"그러면 죽는다."

"그거야 두고 봐야 알지."

"또 한 가지."

"……?"

지그시 소걸을 노려보던 황보란이 목소리를 낮추어서 말했다.

"혈염마녀 염빙화를 알지?"

“엇?”

“다른 사람들은 감쪽같이 속였는지 모르지만 나는 속이지 못한다.”

“어째서?”

“나는 네놈과 싸워봤으니까. 그래서 네놈의 손속을 누구보다 잘 알지.”

가슴이 뜨끔한다. 그래서 소걸은 잠시 황보란과 싸우던 때의 일을 회상해 보았다. 혹시 내가 실수한 게 있지 않은가 싶어서다.

하지만 일초반식도 할머니의 초식을 사용하지 않았다. 두 번, 세 번 되짚어보아도 확실하다.

“아줌마, 넘겨짚지 마.”

“흥! 나의 난설망산 초식 속에서 미꾸라지처럼 요리조리 도망 다니던 게 수라구유보가 아니었다고 할 셈이냐? 그 잘난 흑호문의 흑호투심으로 나의 백천무극장을 막아냈다고?”

“……”

“귀신을 속이지 나를 속이려고? 흥, 흥!”

“그렇게 믿지 못하겠으면 다시 해볼 테야?”

“그럴 필요도 없다. 네놈이 허접한 초식들로 위장했지만 그 안에 들어 있는 게 바로 혈염마녀의 혈마구유신공이라는 걸 나는 확실히 알았거든.”

“으음—”

소걸이 눈살을 찌푸렸다. 비로소 그럴 수도 있겠다는 생각이 든 것이다.

손발을 휘두르던 수법은 남의 초식을 빌려온 것이지만 그것에 실었던 기운은 확실히 구유신공이었기 때문이다. 이 요녀의 눈썰미가 대단해서 한 번 벼락치듯 싸워보고는 그것을 알아챈 것이다. 그렇다면 더 이상 속인다는 게 무의미하고 치사한 짓이다.

"좋아. 내가 할머니의 신공을 익혔다고 쳐. 그게 아줌마하고 무슨 상관이지?"

"호호호, 이제야 바른대로 말하는구나?"

"내가 뭘 익혔든 그건 아줌마가 신경 쓸 일이 아니거든?"

"그렇지. 내가 신경 쓸 일이 아니지. 하지만 무상광명신공에는 신경 쓰지 않을 수 없구나."

"엇?"

소걸이 깜짝 놀라 눈을 크게 떴다.

'이 요녀는 정말 귀신같은걸? 어떻게 내 품속에 그게 있다는 것까지 알았을까?'

그런 의문이 들어 가슴이 뜨끔했다.

소걸의 눈치를 유심히 살펴보던 황보란이 회심의 미소를 지었다. 간단한 넘겨짚기에 그가 걸려들었기 때문이다.

"좋아. 내가 할머니의 절기를 배웠고, 무상광명신공 비급을 가졌다고 쳐. 그래서?"

"몰라서 물어?"

"빼앗아 가려고?"

"호호호, 착한 녀석. 바로 그렇다."

소걸이 솔직하게 나오자 황보란도 제 속마음을 감추지 않았다.

"너는 나한테 그것을 줘야 해. 지금 당장."

그녀의 돌변한 태도가 무시무시하다. 소걸이 겁을 먹은 듯 주춤주춤 물러섰다. 그러자 그의 등 뒤에서 낮은 웃음소리가 들려왔다.

“흐흐흐, 너는 달아나지 못한다.”

곤륜일괴 엄양이었다. 그가 소걸의 퇴로를 차단하고 서서 음흉한 웃음을 흘리며 노려보고 있었다.

어둠 속에서 번쩍이는 눈이 무섭다.

“그리고 너는 우리와 함께 가야 할 곳이 있다.”

“쳇, 내가 선택할 여지는 아예 없군.”

“죽을 것인지, 살 것인지를 선택하게 해주마.”

소걸이 피식 웃고 소맷자락을 둘둘 말아 올렸다.

한번 해보자는 것이다.

【第二章】
소걸, 이름을 얻다

1

소걸이 항복하려는 기색을 보이지 않자 억지로 눌러두었던 분노가
증폭된다.

황보란이 이를 뽀드득 갈았다.

"네놈의 간을 꺼내서 씹어먹고 말 테다."

노려보며 붉은 혀를 내밀어 도톰한 입술을 싹 핥기까지 하는 게 끔
찍한 상상을 불러일으켰다.

소걸이 부르르 몸을 떨었다.

"예쁘장하게 생긴 아줌마의 입이 어쩌면 저렇게 무시무시할까."

"이리 와!"

"싫다."

정말 제 간을 빼앗길까 봐 두려운 듯, 한 손으로 가슴을 꼭 누르고
도리질만 친다. 황보란의 분통이 더 솟구쳤다.

"이리 와서 배를 내밀지 못해!"

"싫다."

"그렇다면 내가 가지."

황보란이 허리춤에서 두 자루의 짧은 검을 뽑아 들었다. 쨍, 하는 소리와 함께 시퍼런 빛이 쭉 뻗어나간다.

십대마병 중 삼위로 꼽히는 색혈쌍검(索血雙劍)이다.

곤륜월녀 황보란을 상징하는 독검(毒劍).

검인에 지독한 독이 발라져 있어서 스치기만 해도 중독되어 치명적인 상처를 입게 되는 마병(魔兵)이다. 그러니 누구나 그녀의 두 자루 검과 싸우기를 꺼려했다.

"저놈의 심장은 내 거야. 내가 빨아버리고 말 테다."

곤륜일괴 엄양이 스산하게 말해서 황보란의 기세를 돋우어주었다. 소걸에게는 끔찍함이 두 배로 불어나는 말이기도 하다.

"호호호, 오라버니, 잠시만 기다리고 있어요. 우리 저놈의 따끈따끈한 간과 심장을 안주 삼아서 한 동이의 술을 나누어 마셔봅시다. 정말 통쾌할 거야. 호호호."

"우엑!"

상상만 해도 끔찍하고 역겨운 말이다. 소걸이 허리를 굽히고 토악질을 해댔다.

드디어 황보란이 살의를 품고 움직였다.

휙, 하고 바람이 스쳐 간 순간 그녀의 신형은 그림자처럼 소걸의 면전에 붙어 있었다.

씨잇—

두 자루의 짧은 검이 허공에 열십자를 긋듯 소걸의 가슴과 배를 향해 파고들었다. 정말 심장과 간을 꺼낼 작정인 듯했다.

경쾌하고 신속하며 악독한 검법이다.

소걸이 '어이쿠!' 하고 소리치며 즉시 물러섰다. 두 손에 장력을 모아 쥐고 마구 휘두르며 쳐내는 것이 단단히 겁을 먹은 행동이다.

두 발로는 부지런히 신묘한 수라구유보를 밟아 어지럽게 움직였다. 그의 그림자 사이사이를 두 자루의 짧은 검이 아슬아슬하게 스쳐 지나간다.

"이놈잇!"

황보란의 화가 극에 달했다. 소걸의 교묘한 신법을 따라잡을 수 없고, 그의 장력이 시의 적절하게 자기의 검로를 가로막았기 때문이다.

그녀가 더욱 맹렬하고 기묘하게 쌍검을 휘둘렀다. 독문절기인 독룡쌍두(毒龍雙頭) 팔검식(八劍式)이다.

내력이 잔뜩 실린 검이 어느덧 창백하게 푸르던 빛 대신 칙칙한 검은빛으로 변했다. 황보란의 심중에 살기가 가득해지자 검이 스스로 독기를 띠기 시작한 것이다.

저 검에 피부를 긁히기만 해도 악랄한 독에 중독되고 만다.

소걸의 안색도 침중해졌다. 감히 경시하지 못하고 일권 일장을 신중하게 뻗어내는 한편, 구유신공을 한껏 끌어올려 중문(中門)을 굳게 지켰다.

팔성을 넘어서 구성의 경지를 바라보는 구유신공이다. 그가 진중하게 쳐내는 권장마다 웅장한 권경이 일어나 그와 황보란 사이의 공간을 가로막았다.

말아 쥔 주먹의 흔들림이 무거운 철추를 움직이는 것 같고, 신법의 치밀함이 복잡하게 뒤엉킨 나뭇가지 같다. 게다가 불쑥불쑥 손가락을 튕겨 쏘아내는 경력이 쇠뇌와 같으니 그 어떤 맹렬한 검법으로도 소걸의 권세를 깨뜨릴 수 없을 것만 같았다.

그것을 지켜보던 곤륜일괴 엄양이 놀라서 소리쳤다.

"혈염마녀 염빙화다! 염빙화의 절기다!"

미칠 일이다.

황보란은 약이 올라서 미쳤다.

"으아악!"

비명 같은 괴성을 내지르며 눈에 보이지도 않을 정도로 쌍검을 맹렬하게 휘둘렀다.

"앗!"

소걸이 경악의 외침을 터뜨렸다. 황보란의 맹렬한 공세에 금방이라도 난도질당해 쓰러질 것 같았던 것이다.

그녀의 저와 같은 검격을 당할 자는 아무도 없을 거라는 감탄이 절로 나온다.

하지만 감탄만 하다 끝날 일이 아니다. 소걸이 욱! 하고 힘을 써서 잔뜩 움켜쥐고 있던 왼손을 활짝 펴며 매섭게 뿌렸다.

쨍! 하는 날카로운 쇳소리가 허공 높이 울려 퍼졌다.

"……!"

갑작스럽게 내리덮인 무거운 적막.

곤륜일괴가 입을 딱 벌린 채 나무토막이 된 듯 굳어버렸다.

눈을 부릅뜨고 소걸을 바라본다.

그는 우두커니 서 있었는데 표정이 없는 얼굴이었다. 때문에 그 앞에 서 있는 곤륜월녀 황보란이 더욱 비참해 보였다.

아직 쌍검을 움켜쥐고 있었으나 검끝이 가리키는 곳은 발밑이었다.

두 팔을 축 늘어뜨린 채 겨우 검을 쥐고 있는 것이다.

창백하게 질려 있는 그녀의 얼굴이 더욱 요염해 보였다. 핏기가 사라진 여자의 얼굴이란 훨씬 아름다워 보이게 마련 아니던가.

그 아름다운 얼굴이 조금씩 일그러졌다. 그리고 더욱 붉어 보이는 입술 사이로 가느다란 선혈 한 가닥이 천천히 스며 나왔다.

"너, 너……."

황보란이 부들부들 떨리는 손으로 소걸을 가리켰다.

"그, 그게 뭐라는 수법이냐?"

소걸이 울컥 한 모금의 선혈을 토해내고 나서 힘겹게 말했다.

"탄기관천(彈氣貫天)."

당 노인의 절정 암기술인 은하비가 가지고 있는 마지막 초식이다.

손가락의 힘만으로 암기를 번개처럼 튕겨내는 수법이었다. 막중한 내력이 실리니 비록 모래알 하나를 튕겨냈다고 해도 그것은 금강석처럼 단단해지고 유성이 흐르는 것처럼 빠르며 맹렬해진다.

십이성 대성한다면 암기의 맹렬함과 극쾌한 비격(飛擊)을 막을 자가 아무도 없다는 그것을 소걸은 지력으로 변용해 튕겨냈던 것이다.

그것이 황보란의 검을 관통해 버렸고, 그녀의 가슴을 뚫었다.

땡그렁!

그녀의 손에서 쌍검이 떨어졌다. 가슴을 움켜쥔 손가락 사이로 그제야 뭉클뭉클 선혈이 흘러나온다.

"탄기…… 과, 관…… 천……."

황보란이 믿을 수 없다는 듯 소걸을 바라보며 천천히 무너져 갔다. 빠르게 초점이 풀려가는 눈에 불신의 빛만 더욱 짙어졌다.

"저쪽이다!"

어둠 속에서 사람들이 외치는 소리가 들려왔다.

너무 큰 놀람으로 넋이 나가 있던 엄양이 그 소리를 듣고 번쩍 정신을 차렸다.

소걸의 발아래 쓰러져 있는 황보란을 본다. 가는 경련을 일으키던 그녀의 몸이 곧 잠잠해졌다. 믿어지지 않았다.

십대천마의 말석을 차지하고 있다고 해도 그녀의 무공은 강호의 공포가 되기에 충분했다.

그런데 이름도 없는 어린 녀석과의 일전에서 허망한 주검이 되다니.

믿고 싶지 않았지만 눈에 비치고 있는 저 모든 모습이 꿈이 아니다.

"너, 너……."

엄양이 떨리는 손가락으로 소걸을 가리켰다. 그가 입가의 선혈을 닦아내며 씩 웃는다.

"이 죽일 놈 같으니! 대체 무슨 요사한 술법을 부린 거냐!"

악을 쓰듯 소리친 엄양이 번쩍 몸을 날려 덮치며 그대로 일장을 후려쳤다.

후웅― 하는 웅장한 파공성이 들렸다. 곤륜신공을 한껏 실은 장력이 뻗어나가자 주위의 공기가 후끈 달아오르며 사방으로 터져 나간다.

눈을 부릅뜬 채 묵묵히 서 있던 소걸이 갑자기 '이얍!' 하고 커다랗게 소리쳤다.

늘어뜨리고 있던 왼손을 들어 그대로 후려치는데, 쫙 편 손이 날 선 수도(手刀)가 되어서 엄양의 장력을 장작처럼 쪼개 버렸다.

그의 수도에서 뻗어나오는 암경의 무시무시함이 엄양의 가슴을 서늘하게 했다.

"으헉!"

자신의 장력을 쪼개고 거슬러 올라오는 무지막지한 경력에 크게 놀란 곤륜일괴가 두 손을 맹렬하게 휘둘렀다.

허공에서 꽝! 하는 굉음이 터져 나왔다.

빠바바박!

귀청을 찢을 듯한 연이은 폭음.

곤륜일괴가 정신없이 물러서며 두 손을 번갈아 뻗어 강맹한 장력을 연거푸 쳐냈던 것이다. 그것이 거침없이 무찔러 오는 소걸의 장력을 일곱 번이나 후려쳤다.

한순간의 일이었다.

"끄응!"

경력의 폭풍우가 씻은 듯 가시고, 소걸이 된 신음을 흘렸다.

그가 다시 우뚝 멈추어 선 순간 황보란의 주검을 안아 든 곤륜일괴가 쏜살같이 몸을 날려 어둠 속으로 사라졌다.

소걸을 두 번 만나 두 번 부딪쳤고, 그때마다 정신없이 달아났다. 십대천마의 일곱 번째 서열에 올라 있는 그로서는 참을 수 없는 수치이고, 강호의 무리들에게는 믿을 수 없는 일일 것이다.

그가 사라진 것과 동시에 장내에 다섯 사람이 뛰어들었다.

"엇? 소걸 형제가 아니오!"

장가보의 중진 중 한 사람인 장평이었다. 오늘 밤 야간 순찰을 책임지고 있는 외전의 당주인데, 수하들과 함께 보 외곽을 돌다가 싸우는 소리를 듣고 급히 달려온 길이었다.

2

“끄응—”

“왜? 어디가 아픈가?”

“가슴이, 가슴이 다시 좀…… 하지만 별거 아니겠지요.”

“응? 가슴이?”

장곡양의 얼굴색이 변했다.

‘큰일이다. 곤륜월녀의 쌍검에 실려 있던 독에 중독된 게 틀림없
어.’

소걸은 황보란의 독검에 무려 다섯 군데나 상처를 입고 있었다. 지
금까지 살아 있는 것만도 다행이라고 해야 하리라.

‘황보란의 해독단이 있어야만 하는데. 그렇지 않으면…….’

결국 죽을 것이다. 살릴 방법이 없다.

장곡양이 그런 생각으로 침울해져 있는데 소걸이 힘없이 말했다.

“이러다가 죽으면…….”

“이 사람, 무슨 그런 흉한 소리를…… 기운을 내게.”

“까짓 죽으면 마는 거지요 뭐.”

“…….”

“양지바른 곳에 묻어주고, 아니면 말고……. 아무튼 여기 장가보를
지키다 죽은 이름없는 소걸이 있다. 이렇게 비석이나 하나 세워주세
요. 싫으면 그것도 관두고…….”

“……?”

이름없는 소걸이라니.

말도 안 되는 소리지만 장곡양은 지금 그걸 따질 수가 없다.

처연한 얼굴로 말하는 소걸의 그 횡설수설에 장약란이 기어이 울음
을 터뜨리며 왈칵 그의 가슴으로 무너졌다.

“와앙! 소사숙, 죽으면 안 돼요!”

“괜찮아, 괜찮아. 언제든 죽을 건데 뭘.”

그녀의 등을 토닥거려 주는 손길이 의젓하다. 아니, 초연하다. 그래서 장약란은 더욱 슬퍼졌고, 장곡양의 얼굴에는 안타까움이 더했다.

“에잉, 쓸모없는 것들 같으니!”

보에 있는 다섯 명이나 되는 의원들에 대한 욕이 절로 나왔다. 그중 한 놈도 소걸을 구해줄 수 있는 놈이 없으니 그렇다.

그래서 장곡양은 심각한 고민에 빠져들었다.

‘은혜를 모르면 사람이 아니다. 목숨의 빚을 졌으면 목숨으로 갚아야 하고, 한 냥의 빚을 졌으면 열 냥으로 갚아야 하는 게 의협의 길 아닌가.’

저도 모르게 품 안에 있는 절정검보를 어루만지며 그런 비장한 생각마저 했다.

‘보의 상징이자 선조가 남긴 유품이며 보물 중의 보물인 검보이지만 이것을 주고서라도 소걸의 목숨을 살려야 도리를 다했다고 할 수 있을 것이다.’

그러면서도 선뜻 결정을 할 수가 없었다. 역시 어려운 일이었던 것이다. 게다가 소걸은 황보란을 제 손으로 죽였다고 하지 않았는가. 그게 사실일진대 이제는 절정검보를 내준다고 해도 해독약을 구할 수 없게 되었다.

실눈을 뜨고 보주의 수시로 변하는 낯빛을 훔쳐본 소걸이 끙끙 앓는 신음을 흘리며 힘겹게 말했다.

“보주는 걱정 마십시오. 조용한 곳에서 며칠 정양하며 사문의 신공을 운용하면 내상을 다스릴 수 있을 겁니다."

'문제는 내상이 아니라 네가 입은 검독이다.'

그런 말이 목구멍까지 올라왔지만 억지로 삼킨 장곡양이 머리를 끄덕였다.

"그렇게라도 해서 자네의 몸이 좋아진다면 내가 할 수 있는 모든 걸 다 해줌세. 그래, 뭘 해줬으면 좋겠나?"

"혼자 조용히 있고 싶습니다."

"알았어. 청풍헌에는 아무도 얼씬거리지 못하도록 해주지. 그 밖에는?"

잠시 생각하던 소걸이 겨우 말했다.

"그리고 매 끼마다 잉어튀김을 먹을 수 있었으면 좋겠는데……."

"응?"

엉뚱한 소리다.

곧 죽게 생긴 놈이 갑자기 매 끼마다 잉어튀김을 넣어달라니 어안이 벙벙하다. 하지만 장곡양은 죽기 전에 제가 좋아하는 음식을 실컷 먹어보겠다는 뜻으로 받아들였다.

그가 비장한 얼굴로 말했다.

"걱정 말게. 매 끼 가장 신선한 잉어로, 가장 좋은 재료를 써서 가장 뛰어난 조리사에게 맡겨 튀겨 내오도록 해주겠네."

그날부터 소걸이 병구완을 하고 있는 청풍헌(淸風軒) 주위에는 아무도 얼씬거리지 못하게 되었다.

가뜩이나 외떨어져서 고요하던 곳이 금지(禁地)로 지정되기까지 했으니 하루 종일 시원한 바람 소리와 새소리뿐, 사람의 기척이라고는 찾아볼 수 없었다.

절간도 그보다 더 조용하고 아늑할 수 없을 것이고, 어떤 깊은 골짜기의 암자라고 해도 그보다 더 운치있을 수가 없을 것이다.

장차 보주의 위를 이어받을 장도경은 물론 풍월삼검들도 얼씬하지 못했다. 오직 시중을 드는 어린 시녀 한 명만이 무료함을 달래며 수시로 꾸벅꾸벅 졸고 있을 뿐이었다.

장약란도 청풍헌 안으로는 들어오지 못했다. 담 밖에서 손짓으로 시녀를 불러 소걸의 상태를 물어보고 한숨을 쉬며 돌아가곤 했다.

다시 열흘이 지났다.

황보란과 싸우며 재차 입었던 내상이 가라앉은 건 벌써 오래전이다. 검독 따위는 신경도 쓰지 않았다. 하지만 소걸은 여전히 병색이 깃든 얼굴을 하고 있었다.

그가 만독불침의 몸이라는 걸 알지 못하는 사람들은 그게 또 이해할 수 없는 일이었다.

황보란의 독검에 상처를 입은 자 중 해약을 얻지 못한 자는 사흘을 넘기지 못하고 죽었다. 그런데 열흘이 지났지만 소걸은 죽지 않았다. 오히려 조금씩 나아지고 있는 것 같으니 신기하기만 하다.

"내가 말했잖아요, 사문의 내공심법으로 몰아낼 수 있다고."

이제는 그런 소걸의 말을 아무도 의심하지 않았다.

열흘이 지나고 소걸이 많이 좋아지자 보주는 청풍헌에 대한 출입금지를 풀고 보 내의 사람들이 문병할 수 있도록 했다. 그러자 장가보의 중진들이 모두 찾아와 한바탕 안부를 묻고 치하를 하느라고 법석을 떨었고, 다음에는 담 아래 쪼그리고 앉아 그들이 사라지기를 기다리고 있던 장약란이 냉큼 달려들어 왔다.

“상공.”

부르는 호칭이 슬그머니 변했다.

“아직도 독기를 다 몰아내지 못했다니, 이를 어쩌면 좋아요?”

“뭐, 천천히 좋아지겠지.”

“이게 다 저희들 때문에 그렇게 된 일이라 제 마음이 편치 못하답니다.”

“괜찮아. 괜찮아.”

“저는 안 괜찮아요. 미안하고 걱정이 되어서 죽겠어요. 흑.”

눈물을 뚝뚝 떨어뜨리던 장약란이 흐느끼며 소걸의 품 안으로 무너졌다.

위로를 하러 온 건지, 제가 이렇게 위로받고 싶어서 온 건지 알 수가 없다.

“제가 해드릴 건 없을까요? 상공이 독기를 몰아내고 건강해질 수만 있다면 무엇이든 다 하겠어요.”

“별거 아니라니까 그러네. 며칠만 더 정양하면 나의 정심한 내공으로 그까짓 독기쯤은 거뜬히 몰아낼 수 있어.”

등을 토닥거리며 의젓하게 말하는 게 그렇게 믿음직하고 따스할 수가 없다.

장약란이 더욱 소걸의 품으로 파고들며 훌쩍거렸다.

‘어, 이거 이러면 곤란한데…….’

그럴수록 소걸은 곤혹스러워 어쩔 줄 모르고 있었다. 천하의 바보, 목석이라도 지금 장약란이 어떤 마음을 품고 있는지는 알 수 있다. 때문에 소걸은 겁이 더럭 났다.

그때 풍월삼검이 머뭇거리며 들어왔다. 장약란이 소걸의 품에 안겨 훌쩍이고 있지 않은가. 그걸 본 모두의 안색이 죽은 사람처럼 되어서 몇 마디 형식적인 위로의 말만 중얼거리고는 비틀거리며 나갔다.

"상공."

장약란이 눈물을 닦으며 은근히 부른다. 소걸의 기분은 매우 찜찜했다. 풍월삼검이 이 곤란한 상황을 지켜보았으니 강호에 소문이 날지도 모른다.

그 소리를 주지약이 듣기라도 한다면 얼마나 상심할 것인가.

할머니가 아시면 야단을 칠지도 모른다.

청운관의 소녀 도사 도향이야 뭐 알 리도 없겠지만, 그래도 바람결에 실려오는 소문을 혹시 듣는다면 눈을 흘기고 입을 삐죽거릴 것이다.

사천당문에서도 그러지 않겠는가. 어쩌면 성질 급한 둘째 당경이 즉각 달려와 마구 때리고 걷어차며 소리칠지도 모른다.

"이 바람둥이 녀석! 예향이를 책임져!"

'아, 골치 아파!'

머리가 지끈거렸다.

포석은 성심성의껏 깔아놓았지만 아직 원수가 될지 은인이 될지 알 수 없으니 더 그렇다. 만약 자기가 혈염마녀 염빙화의 후인이라는 걸 알게 된다면 그때 장가보 사람들의 눈빛이 어떻게 변할지 모르는 일 아닌가.

그래서 만약 자기와 장약란의 관계가 할머니와 장풍한의 관계처럼 되어버린다면 이건 감당할 수 없다.

생각만 해도 끔찍하다.

소걸이 슬며시 장약란을 떼어놓았다.

"이러지 마. 점잖은 집안의 아가씨가 이렇게 헤프게 굴면 되겠어?"

“뭐라고욧!”

무심결에 내뱉은 소걸의 한마디에 장약란이 발딱 일어나 도끼눈을 뜨고 노려본다.

“헤프게? 아니, 내가 언제 헤프게 굴었다는 거예욧!”

“어? 아니, 그게 그러니까, 내 말은 그런 게 아니고…….”

“나를 기껏 그렇게밖에 생각하고 있지 않았단 말이군요? 헤픈 여자라니. 내가, 이 장약란이…….”

“아, 아니, 그런 게 아니라…….”

소걸의 한마디에 장약란은 자존심에 상처를 받았다. 이제는 소걸이 위로해 줘야 할 입장인데 그에게는 그런 주변머리가 없었다. 손바닥을 뒤집듯 쉽게 돌변해 버리는 그녀의 안색과 태도에 어리벙벙할 뿐이다.

“흑!”

그녀가 울음을 터뜨리며 뛰쳐나갔다. 소걸의 손짓은 공허하게 허공을 움켰을 뿐이다.

“아, 염병할. 왜 이렇게 골치가 아프냐, 그래. 여자들은 정말 골치 아픈 존재야. 사람을 매우 피곤하게 만들어.”

소걸이 머리통을 감싸 쥐었다. 제가 무심코 던진 말이 그녀의 가슴에 얼마나 큰 상처를 입힌 건지는 조금도 이해하지 못했다.

“좋다 이거야. 내가 한 번 말실수를 했다고 쳐. 그게 그렇게까지 화를 내고 팔짝팔짝 뛸 일이야? 정 억울하면 나한테도 헤픈 놈이라고 해. 그러면 될 거 아냐?”

머리를 갸웃거리더니 피식 웃는다.

생각해 보니 어쩌면 제가 정말 헤픈 놈일지도 모른다는 생각이 들었던 것이다.

3

호보협심(護堡俠心).

어느덧 장가보의 사람들은 소걸을 이야기할 때 그렇게 불렀다.

장원을 지켜주는 협사라는 의미인데, 그것이 장가보 밖으로 흘러나가서는 호보협심(虎步俠心)이라는 말로 바뀌었다.

소걸의 무용담을 들은 사람들이 그렇게 부른 것이다.

소걸이 곤륜월녀 황보란을 일장에 때려죽이고 곤륜일괴를 두 번이나 내쫓았다.

그런 소문은 바람을 타고 날마다 강호에 퍼져 나갔다.

이름조차 알려지지 않았던 그가 하루아침에 강호의 대협사가 되었다. 혜성처럼 새로운 영웅이 한 명 나타난 것이다.

마교의 십대천마 중 두 사람을 한꺼번에 상대했다는 것만으로도 소걸은 세상을 깜짝 놀라게 하기에 충분했다. 게다가 황보란을 죽이고 엄양을 쫓아냈다니.

대체 그와 같은 초인적인 무위를 지닌 자가 어떻게 그동안 조금도 알려지지 않았단 말인가. 어느 날 갑자기 땅에서 솟아나듯 나타날 수 있단 말인가.

그런 의문이 강호를 들끓게 했다. 어디서든 두 사람만 모이면 수군거리며 장가보의 혈전에 대해 이야기했고, 세 사람이 모이면 제각각 소걸의 내력을 그럴듯하게 추리해 내곤 했다.

"호보협심(虎步俠心)? 흐음—"

처음 그 말을 들은 소걸이 제법 심각한 얼굴이 되어 머리를 갸웃거렸다.

멋진 외호를 하나 얻은 것 같기는 한데, 다시 생각해 보면 조금 쑥스럽기도 했던 것이다.

천천히 정원을 거닐며 자신의 걸음걸이를 유심히 살펴본다.

어디에도 호랑이가 걷듯 하는 웅장하고 위엄있는 기세가 없지 않은가. 그저 한가롭게 어슬렁거리는 한량의 걸음일 뿐이다.

"쳇, 이건 마음에 들지 않아. 다른 걸로 바꿔 부르라고 할까?"

그러다가 다시 고개를 갸웃거렸다. 이름에 걸맞은 걸음걸이를 가지면 될 거 아니겠어? 하는 생각이 든 것이다.

제가 아는 사람들의 걸음걸이를 하나하나 떠올려 보았다. 그중 웅장하고 기세가 빼어나기는 역시 음존 왕무동의 걸음걸이가 최고였다.

생긴 것부터가 관운장의 현신인 듯 장중하고 멋지지 않던가. 언월도를 잡고 성큼성큼 걸을 때면 보는 사람의 가슴이 절로 위축되었다.

그 음존을 떠올리며 걸음걸이를 흉내 내보았다. 가슴을 불쑥 내밀고 허리를 꼿꼿이 폈으며 턱을 들어 오만하게 이마 위 하늘을 본다.

침착하고 장중하게 한발한발을 떼어놓았다. 다섯 걸음을 채 걷지 못하고 중심이 흐트러진다.

"아코."

엎어질 뻔한 몸을 바로 세운 소걸이 냅다 정원석을 걷어찼다.

"빌어먹을. 나는 나다. 다른 사람을 흉내 낸다고 내가 다른 사람이 되냐?"

마음의 문제이고 행위의 문제라는 걸 깨달았다. 걸음걸이 따위야 아무것도 아닌 것이다. 그 사람의 담대하고 부끄러움 없는 마음과 행위가 영웅을 영웅답게 하는 것이지, 걸음걸이가 그렇게 만들어주는 게 아니지 않은가.

그렇게 자위하며 걷다 보니 어느덧 청풍헌을 한참 벗어나 낯선 숲 속에 들어섰다.

"합! 합!"

저쪽 어디에선가 낮고 힘찬 기합성이 들려왔다.

그것에 이끌린 듯 소걸이 저도 모르게 숲을 가로질러 소리가 들려오는 곳으로 향했다.

아름드리 소나무가 빽빽하게 둘러서 있는 공터에서 한 사람이 구슬 같은 땀을 흘리며 검법을 수련하고 있었다. 작은 정자 위에서는 한 소녀가 수심 깃든 얼굴을 난간에 기댄 채 물끄러미 그것을 바라보고 있다.

장약란이었다.

"흠."

소걸이 소나무 둥치에 등을 기대고 서서 팔짱을 꼈다. 이마에 붉은 띠를 두르고 정신을 모아 검초를 펼치고 있는 자는 장가보의 계승자이자 장약란의 오라비인 장도경이었다.

소걸은 그가 수련하고 있는 것이 바로 장풍한의 절정검법이라는 걸 한눈에 알아보았다.

장도경은 전반부 삼초식 중 세 번째 초식인 청계출곡(淸溪出谷)을 펼치고 있었다.

검법이 물 흐르듯 하고 서늘한 한 가닥 기운이 멀리서도 느껴진다.

수발이 자유로우며 운신이 검봉을 따르고 검봉이 시선을 이끄니 과연 그 수련의 경지가 깊고 정밀하다는 걸 알 수 있었다.

'하지만 저건 아니다.'

소걸이 가만히 머리를 가로저었다.

어딘지 공허한 기운이 깃들어 있었던 것이다. 정밀하되 치열하지 못하고, 세련되었으나 장중한 기세가 사라졌다.

얌전하고 순조롭기가 규중의 처녀가 익히는 검법이라고 하면 딱 좋을 것 같았다.

"쯧쯧……."

소걸이 저도 모르게 혀를 찼다. 안타까운 마음이 가득 들었던 것이다.

"엇?"

검을 멈추고 돌아본 장도경이 깜짝 놀랐고, 정자 위에서 시름에 잠긴 얼굴을 하고 있던 장약란도 깜짝 놀라 '어맛!' 하고 놀란 소리를 냈다.

"이런, 소사숙이 온 것도 모르고 있었구려. 이거 실례했소이다."

장도경이 한 손으로 얼굴 가득 흘러내리는 땀을 훔치며 환하게 웃었다.

나이를 따지며 하대를 하던 그도 장가보의 혈전이 있은 뒤부터는 공경심을 저절로 갖게 되어 사숙이라 불렀다.

"실례라면 내가 했지. 남의 검법 수련 하는 걸 본의 아니게 훔쳐본 결과가 되었으니 부끄럽소."

정중히 포권하자 장도경이 당황해서 손을 마구 내저었다.

"이런, 이런, 감당할 수 없소이다."

장약란의 수심 가득하던 얼굴은 어느덧 활짝 개어 있었는데, 그녀가 정자 위에서 손뼉을 치며 소리쳤다.

"잘됐어요, 잘됐어. 오라버니는 이 기회에 소사숙에게 한 수 가르쳐 달라고 하세요! 소사숙, 약란의 오라비에게 사숙의 고명한 무공을 한 수 가르쳐 줄 거죠? 남의 수련을 훔쳐본 대가라고 생각하세요.”

떼를 쓴다.

소걸이 쓴웃음을 흘렸고, 장도경은 누이의 말에 퍼뜩 깨달은 바가 있었던지 눈을 빛내며 더욱 다가섰다.

“소사숙, 누이의 말이 틀리지 않구려. 나는 이 좋은 기회에 소사숙에게서 본 가의 절정검법을 훔쳐본 대가를 받아내야겠소이다. 하하하.”

‘제기랄, 저 여우 같은 것은 한시도 나를 가만 놔두지 않는구나.’

속으로 투덜거린 소걸이 장도경의 검을 가리키며 말했다.

“내가 보기에 그 검에는 생기가 부족한 듯해.”

“생기?”

장도경이 눈살을 찌푸렸다. 소걸이 대뜸 절정검법을 거론하니 기분이 나빠진 것이다. 그것도 지적이라니.

하지만 소걸은 내친김이라는 듯 장도경의 표정을 무시하고 제 말을 계속했다.

“그것에는 매 초식마다 세 가지의 변화가 깃들어 있지? 일곱 초식이 모여서 하나의 검법이 되는 건데, 전반부 세 초식과 후반부 세 초식, 그리고 최후의 절초는 구명절초이자 탈명절초이기도 하지. 때문에 세상에서는 그 마지막 초식을 따로 떼어서 절정검이라고 하는데 그게 검법의 이름이 된 거야. 내 말이 맞지?”

“……!”

“전반부 세 초식은 후반부 세 초식의 기세를 돋우기 위해 점진적으로 강한 검세를 띠어가지만 대체로 물 흐르듯 유연하고 순조로운 것이지. 내 기운을 북돋우는 한편, 상대에게 조심하라는 경고를 발하는 것이기도 하고, 후반부 세 초식이 펼쳐지기 전에 목숨을 부지해서 달아날 기회를 주는 것이기도 해. 그러니 절정검법이야말로 광명정대하고 인후한 정통의 검법이라 아니 할 수 없지."

장도경이 놀람으로 눈을 크게 뜨고 입을 딱 벌렸다.

부친으로부터 절정검법을 배울 때 그와 비슷한 말을 귀에 못이 박히도록 들었지만 소걸의 몇 마디 말속에는 부친에게서도 듣지 못했던 구절이 숨겨져 있었던 것이다. 장도경은 소걸의 몇 마디에서 그것이 바로 이 검법의 비결이라는 걸 눈치 챘다.

긴장으로 마른침이 넘어간다.

잠시 숨을 돌렸던 소걸이 다시 말했다.

"초식의 구분은 있으되 변화는 두루 통하여 하나로 꿰어지니, 칠 초 이십일 변이 곧 하나의 검법이기도 하고, 그 하나의 검법이 풀어져 밤하늘의 뭇 별들처럼 헤아릴 수 없이 많은 변화를 낳는 게 절정검법의 요체다."

장도경의 입이 점점 벌어졌다.

"투로는 정직해야 하고 검로에는 한 치의 오차가 있어서도 안 된다. 또한 숨을 마시고 내뱉는 때와 힘의 이완, 손목의 떨림과 발의 방위에 따라서 옳고 그름이 갈린다."

"……!"

"비록 미세한 차이라 할지라도 끝에 이르면 하늘과 땅만큼이나 멀리 떨어지게 되니……."

"그만!"

장도경이 버럭 소리쳐서 소걸의 말을 끊었다.

놀람으로 커졌던 그의 눈이 점점 노여움을 띠고 이글거렸다. 소걸을 노려보는 안색이 심상치 않다.

"대체 너의 정체가 뭐냐!"

그가 적의마저 품은 채 버럭 소리쳤으므로 이번에는 소걸이 깜짝 놀라 물러섰다. 장도경이 그런 소걸의 가슴을 검으로 가리키며 다시 소리쳤다. 소사숙이라고 부르며 존경의 마음을 내비치던 말투가 한순간에 적을 대하듯 삼엄해졌다.

"본 가의 검법은 한 번도 밖으로 유출된 적이 없다. 그런데 어찌 네가 그렇게 자세히 알고 있지?"

"그건……."

"분명히 말하지 못한다면 오해를 피할 수 없을 것이다. 이건 매우 중요한 일이니 장로회의에 붙여야 할 사안이야."

장도경의 다그침이 소걸을 반발하게 했다. 그가 코웃음을 치고 나서 싸늘하게 말했다.

"강호의 무리치고 장풍한의 절정검법을 모르는 자가 있을까? 비결은 장가보 내에서도 계승자에게만 은밀히 전해지겠지만 그 검초는 마교에서도 알고 나도 안다!"

"그렇게 본 가의 검법을 잘 알고 있다면 어디 한번 보여봐! 나는 입으로만 나불대는 자들을 경멸한다!"

그가 찌를 듯 검을 들이밀었다. 소걸이 그런 장도경을 한 번 흘겨보고 서슴없이 검을 받아 들었다.

장가보의 굴욕

1

소걸이 검을 세워 들고 손가락으로 튕겼다. 쨍, 하는 경쾌한 소리와 함께 검이 부르르 떨고, 으르렁거리는 검명(劍鳴)이 한동안 허공에 맴돌았다.

"좋은 검이군. 하지만 절정검법을 펼치기에는 조금 가벼운 감이 있어."

그 말에 장도경이 다시 뭐라고 반박하려는 순간 소걸이 몸을 낮추고 검을 수평으로 뉘어 허공의 한 점을 가리켰다.

순간, 바람이 숨을 죽였고 한낮의 햇빛도 주춤거리며 물러선다.

"아!"

일변한 분위기에 장도경은 물론 장약란까지 놀라서 탄성을 터뜨렸다.

소걸이 여태까지 한 번도 본 적이 없는 엄숙한 얼굴이 되어서 왼손으로 검결(劍訣)을 짚고, 비스듬히 뻗어 허공에 올려놓은 검끝에 정신을 집중시켰다.

무언가 분위기가 다르다.

엄숙하고 장중하면서 신묘한 기운이 아지랑이처럼 소걸을 둘러싸고 있었다. 검에서 뿜어져 나오는 아른거리는 그런 분위기는 처음 본다.

장도경이 긴장하여 저도 모르게 마른침을 삼키고 눈을 크게 떴다.

하지만 마음속에는 여전히, ‘제까짓 게 나보다 더 절정검법을 잘 알겠어?’ 하는 불만이 컸다.

“정신을 집중해서 잘 봐.”

엄숙하게 말한 소걸이 천천히 검을 움직이기 시작했다.

검을 따라 몸이 나가고 들어오는 것이 바람 앞의 갈대와 같았다. 한 점 억지스러움이 없다. 불어오면 흔들리고 밀면 눕는 그것의 부드러운 몸짓.

그런 부드러움이 곧 순리와 부합되기에 태풍 앞에서 큰 나무는 뿌리가 뽑혀 쓰러져도 갈대는 쓰러지는 일이 없다.

소걸의 검로는 장도경에게 그것을 생각하게 했다.

좌우로 비꼈다가 맴도는 보법이 물 흐르는 듯하고, 어깨의 출렁임이 춤을 추는 듯하며, 허리의 유연함은 유유히 흐르는 구름 같았다.

“엇?”

장도경이 눈을 크게 떴다.

‘아름답다.’

제일 먼저 그 생각이 떠올랐다. 그리고 다음에는 한없이 소걸의 검무 속으로 빨려 들어가 머리 속이 온통 그 움직임과 번쩍이는 검광으로 가득 찼다.

제일초 춘사여심(春思如心)이었는데, 장도경은 지난 이십 년간 헤아릴 수도 없이 그것을 연습했으면서도 소걸이 지금 눈앞에서 보여주고 있는 것과 같은 현묘함은 맛보지 못했다.

"다시 한 번 보여주시오!"

그가 흥분과 감동으로 떨며 소리쳤다.

빙긋 웃은 소걸이 똑같은 검식을 한차례 되풀이했다.

처음 했을 때와 한 치도 어긋남이 없었다. 톱니바퀴가 맞물려 돌아가고, 대패질한 나무에 곡자(曲子)를 대고 그린 듯 그 자리에서 조금도 벗어나지 않았던 것이다.

소걸은 그렇게 자기가 알고 있는 투로를 보여주었다. 결코 틀에서 벗어나지 않았으며, 숨기지도, 과장하지도 않았다.

"어디, 어디! 내가 한 번!"

일초 삼변의 검무가 끝나자 달려든 장도경이 소걸의 손에서 검을 빼앗았다. 그리고 방금 본 그것을 되풀이했다.

이번에는 그의 검에서 절정검 일곱 초식 중 첫 번째 '춘사여심' 이 느릿느릿 풀려 나오기 시작했다.

그동안 수천, 수만 번도 더 연습한 탓에 이제는 꿈속에서도 완벽하게 펼쳐 보일 수 있는 절정검이다. 그런데 무언가 마음을 답답하게 눌러댔다.

시원하게 뻗어나가야 할 텐데 검끝이 자꾸만 떨리고 움츠러드는 것 같아서 통쾌하지 못하다.

장도경은 '내가 과연 춘사여심을 알고는 있었던 것일까?' 하는 의문이 들었다. 내 것이되 뒤집어 보니 낯설어서 내 것이 아닌 것 같은 그 곤혹스러움.

무언지 알 수 없는 답답함과 울분이 그를 미칠 것처럼 초조하고 당황하게 했다.

다시 한 번, 또다시 한 번.

세 번을 거듭해서 춘사여심의 검초를 풀어보았지만 답답함은 더 커지기만 했다.

지금 장도경이 느끼고 있는 건 소결이 할머니로부터 절정검을 배웠을 때 느꼈던 그 막막함과 두려움이었다.

아무 생각 없이 지나다닐 때는 알지 못했는데, 다른 길이 있다는 걸 알고 돌아보자 눈앞에 수없이 많은 갈래가 보인다.

어디로 뻗어 있는 건지, 무엇이 숨어 있는 건지 알 수 없는 수없이 많은 길. 장도경은 처음 발견한 그 미로의 입구에 서서 두려움에 떠는 아이가 되었다.

"에잇!"

기어이 그가 들고 있던 검을 내던졌다.

자기 자신에 대한 실망과 분노가 활화산처럼 터져 버린다.

소결에 대해서, 알지 못하고 있던 절정검의 새로운 모습에 대해서 참을 수 없는 두려움이 일더니 그것마저 분노로 변했다.

그것이 소결에 대한 미움으로 또 바뀌었다.

"나는 믿을 수 없다!"

소리친 그가 새파랗게 질린 얼굴로 이를 악물고 노려보다가 또 소리쳤다.

"나의 절정검이 너보다 못하다는 건 있을 수 없는 일이다!"

"못해."

소결은 인정이 없다. 사실을 감출 줄 모르고, 진실을 덮어둘 줄 모르는 그 매정한 한마디가 장도경을 미치게 했다.

"나는 너와 싸우겠어! 그래서 내 검법이 더 뛰어나다는 걸 증명해 보이고 말 테다!"

"너는 이길 수 없다."

"죽어도 좋아! 내일 이 시간에 연무장에서 싸운다!"

"오라버니!"

정자 위에서 장약란이 새파랗게 질린 얼굴로 소리쳤다. 그러나 장도경은 그녀를 돌아보지도 않고 소나무 숲으로 뛰어들어 미친 듯 달려갔다.

넘어질 듯 정신없이 소걸에게 달려온 장약란이 원망하는 눈으로 바라보았다.

"정말, 정말 내 오라비와 싸울 건가요?"

"그가 원하니까."

"나는 소사숙이 어디에서 절정검을 배웠는지 몰라요. 알고 싶지도 않아요. 하지만 소사숙의 그 검법이 우리 가문의 본래 검법이라는 건 이제 알았어요."

"너의 안목이 오히려 네 오라비보다 높군."

"싸운다면 오라버니는 소사숙의 상대가 되지 못할 거예요."

"물론이지."

"그런데도 싸워야 하나요?"

"내가 그를 죽일까 봐 그게 두려운 거야?"

"당신은, 당신은 달아나지 않으면 죽인다고…… 그게 원칙이라고 그러지 않았나요? 그런데 오라버니는 자존심이 강해서 죽을지언정 뒤를 보이고 달아나려 하지 않을 거예요. 그러니, 그러니……."

"그렇다면 죽여야지."

소걸의 매정한 말에 장약란은 멍청해지고 말았다. 그 말을 한 사람이 정말 제가 알고 있는 그 소걸이 맞는 건가? 하고 의심이라도 하듯 빤히 바라본다.

"흥! 네 오라비가 겨우 그것밖에 되지 않는 자라면 어디에서든 죽게 될 거야. 그렇다면 천리만리 떨어진 곳에서 객사하는 것보다 제 집 안에서 죽는 게 좋겠지."

"우왕―"

소걸의 인정없는 말에 장약란이 울음을 터뜨렸다. 두 손으로 얼굴을 감싸고 마구 뛰어 송림 속으로 사라져 버렸다.

혼자 남게 된 소걸은 우두커니 하늘을 바라보았다.

푸르고 청청한 그것을 쓰다듬듯 흰 구름 한 덩이가 천천히 흐르고 있다.

"언제든 깨뜨려 버려야 할 껍질이라면 고통스럽더라도 더 빨리, 더 철저하게 깨뜨리는 게 좋아."

장도경이 소걸과 비무를 한다.

그 소식은 순식간에 장가보 전체로 퍼져 나갔고, 평화롭던 보를 싸늘하게 얼려놓았다.

처음에 곡주 장곡양은 대로해서 아들의 경솔함을 꾸짖었으나 그로부터 소걸이 절정검을 시범해 보이던 이야기를 듣고는 태도를 바꾸었다.

"세상 어디에도 그런 일은 있을 수 없다."

장약란이 울면서 제가 보고 느낀 바를 덧붙여 말했을 때 장곡양은 그렇게 한마디로 부정했다.

절정검은 장가보의 독문검법 아닌가. 단순한 초식의 형태도 아니고, 그 안의 비결을 외인이 알고 있다는 건 있을 수 없는 일일뿐더러 있어서도 안 되는 일이다.

그래서 장곡양은 비무를 허락했다. 제 눈으로 직접 확인해 볼 작정인 것이다.

장가보를 마교의 손에서 구해준 걸 보면 소걸은 자신들에게 큰 호의를 지니고 있는 사람이 분명하다. 그런 그가 정말 장도경을 죽일 것이라고는 믿지 않았다.

2

다음날 아침이 되었다. 장가보 전체가 침중하고 어두운 분위기로 가라앉았다.

둥!

거대한 북이 울린다.

웅장한 소리가 이른 아침의 바람을 타고 산봉우리를 넘어간다.

천태산 동쪽 월량곡(月亮谷).

유서 깊은 장가보의 높은 담을 넘은 북소리가 동봉(東峰) 위로 아득하게 치달아 올라가 서서히 사라졌다.

백여 명의 장정들이 늘어서 있는 넓은 연무장은 깊은 고요에 잠겼다. 숨소리 하나 들려오지 않는다.

연무장 복판. 높은 비무대 위에 두 사람이 검을 쥐고 마주 서 있었다. 장가보의 계승자 장도경과 소걸이다.

백색의 무복을 산뜻하게 입고 붉은 띠로 이마와 허리를 질끈 동이고 있는 장도경의 위풍은 늠름하고 당당했다. 누가 보든 인중지룡(人中之龍)이라는 생각을 하게 된다.

그에 비해 소걸의 모습은 여전히 꾀죄죄했다.

낡아서 허름해진 남빛 옷에 실밥이 너덜거리는 검은 피혜(皮鞋). 등에는 비단 천으로 감싼 길쭉한 물건을 지고 있다. 형태로 보아 검인 듯한데, 왜 그것을 저렇게 천으로 감싸 숨기고 있는지 아는 사람이 없었다.

아무렇게나 늘어져 출렁이는 헝클어진 머리카락. 그것을 검은 헝겊으로 질끈 동이고 있으니 어디 한 곳 영웅의 기개는커녕 고수의 면모나 위엄 같은 것도 보이지 않았다.

하지만 그가 이제는 호보협심으로 불리는 영웅이라는 걸 모르는 사람은 아무도 없다.

장도경이 청광이 번쩍이는 보검을 쥐고 있다면 소걸은 뭉툭한 철검 한 자루를 쥐고 있었다. 녹이 슬고 이가 빠져서 몽둥이나 다름없는 물건이다.

대전 앞에 설치된 단상에 앉아 그들의 모습을 바라보던 보주 장곡양이 눈살을 찌푸렸다. 그건 보의 장로들도 마찬가지였다. 장도경에게서는 비장한 결의가 충분히 보이는데, 소걸에게서는 그렇지 않았기 때문이다.

그는 마치 여흥 삼아 나온 듯했다. 싸움에 임하는 자의 진지함이 조금도 보이지 않는다.

'무시하는 건가?'

장곡양은 그렇게 생각했다. 그렇지 않고서야 전의를 다지고 있는 상대 앞에서 저렇게 태평한 모습으로 건들거리며 딴전을 부릴 리가 없다.

둥—

또 한 차례, 대고(大鼓)가 웅장한 울음을 운다.

포권해 보인 장도경이 입술을 지그시 물고 천천히 검을 들어올려 기수식을 취했다.

그의 보검이 가슴을 가리키고 있건만 소걸은 보지 못한 사람 같았다. 여전히 거무튀튀한 철검을 늘어뜨린 채 시큰둥한 얼굴로 한 번 힐끗 바라보았을 뿐 다시는 눈길도 마주치지 않는다.

장도경이 어금니를 악물었다.

패배는 견딜 수 없고, 모욕은 참을 수 없다. 차라리 짓밟히는 고통이 견딜 만하고, 죽음의 두려움을 참으리라.

그는 소걸의 저와 같은 무심함이 자신을 비웃고 모욕하는 것이라 여겼다.

'보여주리라!'

장도경은 자신의 의지를 다시 한 번 다졌다.

'이 위에서 죽더라도 절정검의 위력을 반드시 보여주고 말 테다. 그가 어떻게 절정검법의 초식을 알고 있는지 모르나 그것이 거짓이라는 걸 확인시켜 주리라!'

절정검은 오직 장가보에 비전되어 내려오고 있는 검법만이 참이고 진실이다. 강호에 떠도는 모든 것은 거짓일 뿐이다. 아무리 그럴듯하게 포장을 했어도 그게 참일 리 없다.

그런 신념이 장도경의 온몸에 투지로 흘렀다.

"차핫!"

눈도 깜빡이지 않고 소걸을 노려보던 그가 우렁찬 기합성을 터뜨렸다. 그리고 힘껏 발을 뻗어 한 걸음에 공간을 접으며 다가들었다.

쉬이익—

날카로운 보검이 허공을 가르는 소리가 높이 우는 새소리 같다.

제일초 춘사여심.

절정검 일곱 초식을 이끄는 첫 번째 초식이 그렇게 시작되었다.

세 개의 변화를 감추고 있는 검봉이 가볍게 흔들린다.

이제 상대가 어떻게 반응해 오느냐에 따라 각 변초가 다시 세 개로 쪼개지고, 그것이 하나로 꿰이며 물 흐르듯, 바람이 갈대 위를 스치며 지나가듯 그렇게 흘러가리라.

알 수 없는 변화와 암수를 감추고 있는 초식이 가슴에 닿을 듯 쇄도해 들고 있건만 소걸은 여전히 움직이지 않았다.

오만하게 치켜든 턱이 장도경의 이마 너머 푸른 하늘을 가리킨다.

"쳇."

소걸이 낮게 혀를 찼다. 마음에 들지 않는 걸까?

머뭇거리는 듯하던 장도경의 검이 가슴속으로 파고든다. 서늘한 검광에 심장이 멎을 듯하고, 뼛속이 저릿저릿해 왔다.

검봉이 옷깃에 닿은 순간, 소걸이 한 발을 뒤로 빼 갑자기 물러서며 늘어뜨리고 있던 철검을 벼락처럼 그어 올렸다.

부웅—

마치 몽둥이로 쳐올리는 것 같다. 요란한 파공성에 실려 있는 힘이 무지막지했다.

그것이, 곧바로 올려 긋듯 하는 그 단순한 검격이 일체의 변화도 없이, 교묘함은커녕 검로마저 잃어버린 듯한 그것이 장도경의 보검을 두드렸다.

꽝!

쇠몽둥이가 비석을 부술 때나 나올 듯한 굉음.

보검이 그 한 번의 검격을 견디지 못하고 부러질 듯 크게 휘며 날카로운 울음을 터뜨렸다.

"으헛!"

손목이 마비될 듯한 충격에 장도경이 경악성을 터뜨리며 훌쩍 뛰어 물러섰다.

몸부림치며 웅웅 우는 검이 금방이라도 손에서 벗어날 것만 같다.

"억!"

단상에서 그 모습을 바라본 장곡양과 장로들의 입에서도 동시에 경악의 외침이 터져 나왔다.

그들은 소걸이 장도경의 춘사여심을 깨뜨려 버린 그것이 실은 검법도 아니고 고명한 절기도 아니라는 걸 한눈에 알아보았다.

그것은 소림사의 곤법인 항마저였다. 나한당의 입문무공 중 하나로 알려진 단순 용맹한 곤법이다.

강호의 절기로 꼽히는 절정검법의 일초가 그 항마저의 수법에 저렇게 간단히, 저렇게 무참히 깨졌다는 걸 보고서도 믿을 수 없다.

"너는 틀렸어."

소걸이 철검을 허공에 붕붕 휘두르며 놀리듯 말했다.

"춘사여심의 뜻이 무언지나 알고 있는 건가?"

"……!"

"잘 생각해 봐. 그것은 봄바람처럼 나긋나긋하고 부드럽기가 비단 폭 같아서 마음이 간질거릴 정도가 되어야 하는 거야. 그런데 네 검법은 전혀 그렇지 않아. 마치 마른 부지깽이로 바위를 두드리듯 그렇게 하고 있잖아. 부지깽이가 이기겠어?"

부드득!

장도경의 이 가는 소리가 끔찍하게 들렸다. 그의 눈에 핏발이 섰다.

그는 소걸의 말을 받아들일 수 없었다. 인정할 수 없다.

"이얍!"

자신의 분노와 절망을 남김없이 실어 크게 소리치며 미친 듯 달려들었다.

제이초 추풍산관(秋風散關)이 펼쳐졌다. 검에 실린 기운의 날카로움이 뼈에 스미고, 검풍의 싸늘함이 살갗을 파고든다.

춘사여심보다 빠르고 격렬한 검격이었다. 그것에 장도경의 절망과 분노까지 더해져서 그 일검으로 하늘을 가르고 땅을 쪼갤 듯했다.

웅장하고 날카로운 기세가 구름 속의 용을 벨 듯 거침없이 뻗친다.

"쳇!"

곁눈질로 바라보던 소걸이 다시 혀를 찼다. 그리고 조금 전과는 달리 앞질러 움직였다.

이번에는 봐주지 않겠다는 듯 씽씽, 바람 소리를 토해내는 철검이 사납고 거칠다.

종횡으로 무지막지하게 장도경의 검기 검풍을 휘둘러 쳐부수는 사나운 검격.

"으악!"

마구잡이나 다름없는 소걸의 철검에 장도경이 어깨를 호되게 얻어맞고 비명을 터뜨렸다.

보검이 덧없이 허공을 날아 비무대 아래로 뚝 떨어졌다. 날 선 검이었다면 그의 오른쪽 어깨는 깨끗이 잘려 나갔을 것이다. 아니, 소걸이 철검에 조금만 더 힘을 실었더라도 그렇게 되고 말았을 일이다.

"으으음—"

그것을 보던 보주 장곡양이 신음을 삼켰다. 부릅뜬 눈에 가득하던 격동이 이내 증오와 적의로 바뀌었다.

그가 벌떡 일어났다. 하나뿐인 아들이 다친 것은 이미 머리 속에 없다. 그는 오직 소결의 그 검격을 떠올렸다.

"낙일추수!"

그것은 종남파의 입문무공인 천봉칠검(天峰七劍) 중 낙일추수(落日秋水)라는 것이었다.

소림의 항마저에 이은 종남의 천봉칠검.

입문 제자들이나 익히는 기초적인 초식으로 절정검을 두 번이나 깨뜨렸다는 게 경악스러웠다.

소결의 꾸짖는 소리가 들려왔다.

비무대 위에 주저앉아 넋을 잃고 있는 장도경을 녹슨 철검으로 가리키며 준엄하게 꾸짖는 게 마치 스승이라도 되는 듯했다.

"미련한 놈! 그 고집을 버리지 못하는 한 너는 절정검은커녕 나의 항마저나 낙일추수도 배울 수 없을 것이다! 춘사여심을 보고 가르쳐 주었건만 여전히 뻣뻣한 나무토막처럼 검을 휘두르고 있잖아! 네 검의 어디에 절정검의 검의가 담겨 있지? 무엇이 절정검이지?"

"시끄럽다!"

장도경이 악을 썼다. 이글거리는 그의 눈에 지독한 살기가 넘쳐 난다. 그리고 그것이 원한의 눈물이 되어서 주르륵 흘러내렸다. 악물고 있는 입술이 터져 피가 턱을 적신다.

하지만 소결에게는 조금의 인정도 없었다. 장도경 앞에 당당하게 버티고 선 그가 냉엄한 눈으로 내려다보며 여전히 비수 같은 말들을 퍼부었다.

“다시 가르쳐 주마. 귓구멍을 후벼 파고 똑똑히 들어라. 절정검의 두 번째 초식 추풍산관은 춘사여심의 흐름을 그대로 이어받는 것이 비결이다. 앞의 것이 부드럽고 온화했다면 뒤의 것은 싸늘하고 무정하다는 차이가 있을 뿐, 바람이 아직 태풍이 되지 않았으니 벽을 무너뜨리고 나무를 쓰러뜨리지 못한다. 제 스스로 단단한 곳은 알아서 비껴가고 무른 곳을 파고들어 물이 스며들듯 하는 거야. 그게 바로 추풍산관이다!”

“시끄러워!”

“그런데 네놈의 검법은 도대체가 틀려먹었어. 춘사여심을 무슨 나무토막으로 바위를 두들겨 대듯 하더니 추풍산관 역시 쇠꼬챙이로 두더지 집을 쑤셔대듯 한다. 그게 무슨 절정검이야? 흥! 쥐 잡는 검법이라고나 해라!”

“네 이놈!”

소걸의 지독한 말에 장도경은 귀를 틀어막았고, 보주 장곡양이 탁자를 두드리며 버럭 소리쳤다.

“대체 네놈은 누구냐! 누구이기에 장가보에 와서 감히 절정검법을 가르치려 든단 말이냐!”

“보주, 내 말이 틀렸소?”

소걸은 여전히 당당했다. 굳건하게 버티고 서서 눈마저 부릅뜬 채 장곡양을 마주 본다. 그러면서 큰 소리로 꾸짖었다.

“보주는 대체 하나뿐인 자식을 어떻게 가르친 거지요? 보주는 절정검법의 계승자가 분명한 터. 알면서 저렇게 가르쳐 주었다면 대체 무슨 속셈이며, 몰라서 그랬다면 어찌 절정검법의 계승자라고 할 수 있겠습니까?"

"무, 무엇이?"

"여기 장풍한 대협이 계서서 이 꼴을 보았다면 대체 뭐라고 했겠소? 대체 무슨 말로 그에게 변명하려오?"

"말이 과하다!"

장곡양의 검은 수염이 지나친 분노로 올올이 곤두섰다.

"네가 정말 절정검법을 안단 말이냐? 네가 어떻게?"

소걸이 이를 악물고 있는 장도경을 가리키며 소리쳤다.

"흥, 이 고집 센 자의 검법을 절정검법으로 알고 있다면 당신들 장가보는 껍데기조차도 제대로 갖지 못한 것이오! 대체 누가 이것을 보고 절정검법이라고 했지?"

3

"하하하, 어린 친구의 말이 통쾌하다."

갑자기 낯선 음성이 허공 가득 웅웅 울렸다. 모두 깜짝 놀라 두리번거리며 소리가 들려온 곳을 찾았다.

대전의 용마루 위였다. 높은 곳에 두 사람이 우뚝 서 있었는데, 옷자락이 산바람에 표표히 나부낀다.

외인의 침입을 아무도 알지 못했다는 게 장곡양을 더욱 화나게 했다.

"내려와라!"

그가 검을 움켜쥐고 소리쳤다. 밝은 태양을 등지고 있어서 그들의 모습을 똑똑히 알아볼 수 없다. 다시 웅웅거리는 음성이 연무장을 뒤 덮었다.

"장가보에 무슨 절정검법이 있겠어? 흥! 못난 자식들만 득실거리는 탓에 가진 것도 다 잃어버리고 겨우 그것의 그림자만 붙들고 있을 뿐 이지."

그는 음성에 충만한 내력을 실었다. 두텁게 깔려오는 웅장한 그 소 리가 모든 사람들의 가슴을 무겁게 억눌렀다.

장곡양이 이를 악물었다. 이처럼 지독한 욕은 처음 먹어본다. 이와 같은 모욕도 처음이다.

"대체 너는 누구냐? 쥐새끼처럼 굴지 말고 내 앞에 서서 당당히 말 해라!"

"하하하, 우물 안 개구리가 잘도 개굴개굴 울어대는구나."

괴인이 껄껄 웃더니 훌쩍 몸을 날렸다.

그 높은 용마루를 박차고 뛰어올라 허공에 둥실 떴다. 두 팔을 활짝 벌리자 넓은 옷소매와 옷자락이 바람을 잔뜩 품고 부풀어 올랐다.

그는 한 마리 거대한 새가 된 듯했다. 그렇게 유유히 허공을 날아 내 려오더니 비무대 위에 뚝 떨어졌다.

나이를 짐작할 수 없는 노인이었다.

눈처럼 흰 머리카락을 잘 빗어 올려 상투를 틀고 황금 동곳을 꽂았 다. 작고 통통한 몸을 태극도가 그려진 넓은 황색의 도포로 감싸고 붉 은 띠를 둘렀다.

종아리를 가리는 백말자(白襪子:흰 버선)에 복석(複舃:안에 나무창을 댄 겹바닥의 신)을 신었다. 허리띠에는 한 자 길이의 제종(帝鐘:왼손에 쥐고 흔들어 악귀를 쫓는 종)을 매달았으며 손에는 한 자 반 길이의 끝이 둥근 무검(巫劍:제례에 쓰는 작은 검)을 들었다.

충화건(沖和巾)에 오악관(五岳冠)을 쓰지 않았을 뿐이지, 영락없이 제례 의식을 집전하고 막 당에서 나온 늙은 도사의 모습이었다.

눈빛이 맑고 살색이 붉은빛을 띠어 정기신이 충실한 노도사라는 걸 한눈에 알 수 있었다.

처음 보는 그의 모습에 모두 어리둥절해서 바라볼 뿐 무어라 말을 하지 못했다.

노도사가 지붕 위를 가리키며 말했다.

"내려와도 괜찮다. 두려워할 것 없어."

"명을 받듭니다."

아직도 용마루를 딛고 서 있던 자가 허리를 숙이더니 훌쩍 몸을 날렸다. 허공을 가볍게 날아 노도사 곁에 내려서는 경공신법이 빼어나다.

"곤륜일괴!"

그를 알아본 사람들이 일제히 소리쳤다. 곤륜일괴 엄양이었던 것이다.

엄양이 노도사에게 허리를 숙여 예를 드리고 한 걸음 뒤에 공손히 손을 모으고 섰다. 그의 모습과 태도에서 그가 노도사를 지극히 공경하며 두려워한다는 게 여실히 드러났다.

사람들은 마교의 십대천마 중 한 사람이자 절정의 고수인 곤륜일괴 엄양이 그처럼 공경하는 모습을 보이자 새삼스러운 눈으로 노도사를 바라보았다.

그가 소결을 가리키며 엄양에게 물었다.

"네가 말한 아이가 바로 이 아이냐?"

“그렇습니다.”

“흐음—”

머리를 끄덕인 노도사가 신광이 번쩍이는 눈으로 소걸의 면면을 뜯어보았다. 그러더니 머리를 갸웃거렸다.

“알 수 없군.”

혼잣말을 중얼거린 그가 이번에는 얼떨떨한 얼굴로 주저앉아 있는 장도경을 물끄러미 내려다보았다.

“쯧쯧, 쓸모없는 것 같으니. 허우대만 멀쩡하면 뭘 하누? 속에 똥만 가득 찼는걸.”

“뭐, 뭐요?”

“어서 내려가지 않고 무엇하고 있는 거냐? 썩 꺼져 버려!”

노도사가 짜증이 난다는 듯 눈살을 잔뜩 찌푸리고 가볍게 소맷자락을 펄럭였다.

“으엇!”

장도경이 놀란 외침을 터뜨렸다. 한줄기 막강한 기운이 태풍처럼 몰아쳐 와 그를 떠밀었던 것이다. 항거할 수 없는 그 힘에 장도경의 커다란 몸이 둥실 떠오르더니 비무대 아래로 굴러 떨어졌다.

그것을 본 사람들이 더욱 크게 놀라 비명을 터뜨렸다.

참을 수 없게 된 보주 장곡양이 보검을 뽑아 들고 소리쳤다.

“대체 당신은 누구기에 본 보에 와서 제멋대로 행패를 부린단 말이오?”

“흘흘, 너 같은 어린아이가 감히 나에게 그렇게 말할 수 있단 말이냐?”

“어, 어린아이?”

"장풍한이라면 또 모르지. 쯧쯧, 그 친구가 죽고 나더니 장가보에는 사람이 없어졌어."

"……!"

노기충천했던 장곡양이 노도사의 말에 무엇을 생각했는지 안색이 핼쑥해진 채 비틀거렸다.

"당신, 당신은 그럼……."

"나를 아느냐?"

"곤륜검종(崑崙劍宗) 구양관(具陽冠)!"

"으억!"

놀란 장곡양의 외침에 모두들 안색이 새파랗게 질려서 경악성을 터뜨렸다.

"곤륜검종 구양관?"

소결만 머리를 갸웃거린다.

출현부터가 범상치 않은 노인이다 싶었는데 무언가 한가락 했던 내력이 있는 듯싶었다. 하지만 할아버지나 할머니로부터 그에 대한 이야기를 들어본 적이 없으니 알 턱이 없다.

노도사가 소결을 보고 은근한 웃음을 띤 채 물었다.

"흘흘, 그래, 네 할미는 잘 있느냐?"

"엇? 제 할머니를 아시나요?"

"알다마다. 아주 잘 알지."

"흐음."

"그녀가 내 이야기를 해주지 않았던 모양이구나?"

"전혀요."

"큼, 큼. 고약한 아가씨 같으니라구."

‘아가씨?

소걸은 어리둥절해지고 말았다. 눈앞의 노도사가 제정신이 아닌 것 같기도 하다. 하지만 할머니를 잘 아는 사람이라니 함부로 대할 수가 없지 않은가. 그의 말로 미루어 짐작해 보건대 나이도 구십을 넘겼을 테니 더욱 그렇다.

그가 공손하게 포권하고 말했다.

"할아버지 도사께서는 제 할머니를 어떻게 아시나요? 말하시는 걸로 보아서는 친구 같기도 하고……."

"이 녀석아. 네 할미가 너에게 내 말을 해주지 않은 건 네가 나를 만나지 않기를 바라서야. 그러니 아는 척할 필요 없다."

딱 잡아뗐다.

소걸은 그가 누구인지 알 수 없었으나 그의 출현으로 인해 장가보의 분위기가 싸늘하게 가라앉았다는 건 보고 느낄 수 있었다.

다들 두려움이 가득한 눈으로 노도사를 바라보며 전전긍긍할 뿐 소걸의 일은 그새 다 잊은 것 같았다.

노도사, 곤륜검종 구양관이 아직도 검을 쥐고 우두커니 서 있는 보주 장곡양에게 말했다.

"너는 어째서 이 조그만 녀석에게 고맙다고 머리 숙여 인사하지 않는 거지?"

"예?"

"이 어리석은 녀석아. 꼬마가 너에게 진짜 절정검법을 한 수 가르쳐주었으니 당연히 감지덕지해야 할 것 아니냐?"

"……!"

"쯧쯧, 아직도 사태 파악이 되지 않는 모양이군."

혀를 찬 구양관이 손에 쥐고 있는 무검을 가볍게 흔들며 노래하듯 말했다.

"내가 보기에 이 세상에서 진짜 절정검법을 알고 있는 사람은 딱 두 사람이 있을 뿐이다. 그중 한 명이 바로 이 녀석이지."

"후배는 승복할 수 없습니다."

"석년에 장풍한과 혈염마녀 염빙화 사이에 있었던 아름다운 일을 너도 알겠지?"

"그 마녀는 우리 가문의 원수입니다!"

장곡양이 치를 떨며 소리쳤다. 아름다운 일이라는 구양관의 말에 절대로 동의할 수 없다는 의지가 그대로 드러난다.

그에게 눈을 흘긴 구양관이 개의치 않고 말을 계속했다.

"당시에 장풍한은 제 마음의 징표로 염빙화에게 커다란 선물을 하나 주었다. 너는 그게 무엇인지 아느냐?"

"……?"

"쯧쯧, 모르고 있는 모양이구나. 그러니 오늘날 장가보에는 껍데기들만 득시글거린다는 욕을 먹는 거지."

"끄응—"

"장풍한은 그녀에게 절정검 일곱 초식을 모두 전해주었느니라."

"억!"

노도사 구양관의 말은 청천벽력 같은 것이었다. 장가보의 모든 사람들이 경악하여 비명을 터뜨렸다.

"그리고 죽었으니 절정검법의 계승자는 세상에서 오직 염빙화 그녀 한 명뿐이게 된 게야."

"그, 그런 말도 안 되는……."

"믿고 믿지 않고는 네 녀석 마음이지. 하지만 내 말에는 거짓이 없
다. 이곳에 와서 보니 네 녀석들의 꼴이 너무 한심하고 불쌍해서 가르
쳐 줄 뿐이야. 장풍한 그 친구와의 인연을 생각하면 너희들의 이 처량
한 꼴을 차마 그대로 보고 있을 수가 없구나."

그들은 오래전부터 용마루 위에 서서 소걸과 장도경의 비무를 지켜
보았던 모양이다.

"……."

장가보에 숨 막힐 듯한 정적이 흘렀다.

【第四章】

아! 절정검법(絶頂劍法)

1

곤륜검종 구양관은 한때 강호에 이름을 드날린 대협객이자 검객이었다. 또한 장풍한과도 돈독한 우의를 나눈 사람이라는 걸 장가보의 원로들은 모두 알고 있었다.

장풍한과 함께 몇 번인가 장가보에도 찾아와 묵고 간 일이 있었는데, 그때는 지금 장가보의 원로들이 모두 어렸을 때라 구양관을 잘 기억하지 못했다.

이제 그가 다시 나타났으니 다들 놀라 자빠질 일이었다.

구양관이 다시 말했다.

"그렇다면 장풍한이 죽고 없는 지금 세상에는 오직 염빙화만이 절정검법을 알고 있어야 하는데 이게 어찌 된 일일까?"

소걸이 잔뜩 눈살을 찌푸린 채 볼을 부풀렸고, 장가보의 모든 사람들이 일제히 소걸을 노려보았다.

장곡양 또한 크게 놀라고 당황해서 '어, 어' 하며 소걸을 가리켰다.

이왕 드러날 일 아니던가. 제 입으로는 말을 꺼내기가 어려웠는데 어쩌면 잘된 일인지도 모른다. 그래서 소걸이 배짱을 두둑이 하고 앞으로 썩 나섰다.

"그렇습니다. 내가 바로 그 절정검법의 계승자입니다."

"이, 이, 이, 이놈!"

"내 할머니가 혈염마녀 염빙화이고, 나는 할머니의 부탁을 받아 이곳에 왔습니다."

장약란의 얼굴도 새파랗게 질렸다. 그녀에게는 소걸의 그 말이 마른 하늘에 날벼락 같았다.

그녀가 얼이 빠진 얼굴로 주춤주춤 나서며 말했다.

"그, 그럼, 소사숙, 아니, 당신은 처음부터 우리 보에 오던 길이었군요? 그러면서 나를 감쪽같이 속인 거였어."

반은 울음이다.

소걸이 쓴웃음을 지었다.

"나는 속인 적 없어. 너희들이 제멋대로 생각하고 믿었을 뿐이다."

장약란이 삿대질을 하며 악을 썼다.

"이 거짓말쟁이, 사기꾼! 게다가 이제 보았더니 불구대천의 원수였어!"

"쳇, 뭐라고 떠들어도 좋아. 이제 다 드러났으니 더 미련도 없다. 할머니의 부탁을 들어주고 이곳을 떠날 테다."

장가보의 장한들 틈에 섞여 사태의 추이를 지켜보고 있던 풍월삼검(風月三劍)의 안색도 변했다.

그들 중 임풍검영(臨風劍影) 이경추(李景秋)가 날카로운 소리로 꾸짖고 나섰다.

"너는 이제 보니 소사숙도 무엇도 아니었다! 그러면서 감히 화산의 제자를 사칭하고 동가장을 들먹인 이유는 우리를 희롱하려던 것 아니었느냐!"

그를 돌아본 소걸이 코웃음을 쳤다.

"흥! 언제 내가 내 입으로 화산파의 제자라고 했었어? 언제 너희가 나에게 어디로 가느냐고 물어보았어?"

"너는 운봉 노도를 팔았고, 동가장의 셋째 조부님을 팔았다!"

"나는 분명히 화산의 운봉 노도를 알고, 동가장의 대막신조 동 노인도 안다. 뿐인가, 소림사의 우각 노화상도 잘 알지. 나는 그들을 아니까 안다고 했을 뿐이야. 그걸 가지고 멋대로 오해한 건 바로 너희들이다."

"그렇다면 왜 처음부터 아니라고, 오해라고 말하지 않았지?"

"너희들과 이것저것 길게 이야기하는 것 자체가 귀찮은 일이었거든. 난 뭐든 귀찮은 건 딱 질색이야. 간단명료하게, 단순무식하게. 그게 편하지 않아?"

이경추는 더 대꾸하지 못했다. 그의 말이 옳기 때문이다. 하지만 분한 마음을 감출 수 없었다.

그의 곁에 있는 화산수재(華山秀才) 남봉우(南鳳雨)의 낯빛이 새하얗게 변했다. 소걸을 대뜸 소사숙이라고 부른 건 바로 자기 아니었던가. 때문에 다른 두 아우는 소걸의 신분에 대해 더 의심하지 않았다.

그가 자신의 경솔했음을 만회할 양으로 이를 악물고 나섰다.

"네가 운봉 사조님을 어떻게 알지? 나는 이제 그것도 믿을 수 없다!"

"흥! 그 일이라면 화산에 돌아가 네 사조에게 직접 물어봐라. 소걸이를 아느냐고 하면 무언가 하시는 말이 있을 거야."

"그럼 셋째 조부님은? 정말 네가 그분을 알기는 아는 거냐?"

동가장의 비화검(飛華劍) 동등상(董凳上)이다.

소걸이 피식 웃었다. 동가장의 셋째 동평우 노인을 생각하면 우선 웃음부터 나온다. 그의 호들갑스럽고 걸걸한 모습과 음성이 눈에 아른거렸다.

그는 허풍스럽기는 했지만 마음이 따뜻하고 세속의 자잘한 예절에 구애받지 않는 호방한 노인이었다. 그래서 나이를 잊고 서로 어울려 장난치며 뒹굴지 않았던가.

그런 노인을 생각하면 동가장에 대해서도 절로 호감이 우러난다.

소걸이 따뜻한 눈길로 동등상을 바라보며 말했다.

"내 말은 하나도 거짓이 아니야. 너도 집으로 돌아가 물어보면 알걸? 잊지 말고 소걸이 안부 여쭙더라고 전해줘."

"으음—"

동등상이 탄식하고 물러섰다. 소걸의 기색이나 언행으로 보아 거짓말 같지 않았기 때문이다. 그가 정말 셋째 조부님과 친밀한 사이라면 입장이 곤란해진다.

가장 깊은 앙심을 품고 있는 건 하남 철웅방의 소방주인 임풍검영 이경추였다.

남몰래 장약란을 사모하고 있었는데 소걸이 그녀의 마음을 훔쳐 갔기 때문이다.

그가 이를 부득부득 갈며 나섰다.

"너는 이 많은 사람들을 감쪽같이 속이고 우롱했다! 대마녀의 후인이면서 마치 정도의 협사인 양 우리를 속였으니 죽어 마땅하다!"

“핫!”

소걸이 크게 비웃음을 터뜨렸다.

“구량산(九樑山)에서 너희가 마교의 흑수사호(黑手四虎)와 곽 영감의 흉수에 당했을 때 구해준 게 누구지?”

화산수재 남봉우와 비화검 동등상이 부끄러운 듯 고개를 숙였다. 하지만 이경추는 여전히 서릿발처럼 기가 살아서 소리쳤다.

“너는 마녀의 후예이니 마교와 잘 통하고 있었을 터. 네가 마교와 이미 내통하고 그들을 불러들였던 건지 어떻게 아느냐? 그렇기 때문에 그때 우리 모두 독에 중독되었는데도 너만 멀쩡했던 것 아니야?”

그의 억지에 남봉우와 동등상마저 부끄러워 얼굴을 붉혔다. 소걸은 기가 막혀 할 말이 없었다. 그러자 이경추가 더욱 기세가 살아나서 떠들어댔다.

“우리 모두 힘을 합쳐 저놈을 잡아야 합니다! 저놈이 제이의 염빙화가 되어 강호에 혈겁을 일으키기 전에 뿌리를 제거해야 합니다. 그래서 정파의 기백이 죽지 않았다는 걸 보여줍시다!”

가엾다는 듯 물끄러미 이경추를 바라보고 있던 곤륜검종 구양관이 혀를 차고 말했다.

“쯧쯧, 뉘집 자식인지 참 잘 낳아났다. 애비가 어떤 작자인지 낯짝이 보고 싶어지는구나.”

그 말에 이경추가 발끈했다. 그가 겁도 없이 구양관을 손가락으로 가리키며 악을 썼다.

“당신이 곤륜일괴와 함께 있는 걸 보니 당신 또한 마교의 하수인이겠지? 흥! 그런 주제에 감히 장가보에 와서 내 부친을 모욕하다니!”

“허!”

구양관으로서는 뜻하지 않은 봉변이었다. 눈에 보이지도 않는 어린 것이 감히 당신 운운하며 막말을 하는 데에 기가 막혔다. 그렇다고 마주 상대하는 것도 우습다.

곤륜일괴가 버럭 화를 냈다.

"이 대가리에 피도 안 마른 놈이 감히 어느 안전이라고 헛소리를 지껄이느냐!"

이경추도 지지 않고 악을 쓴다.

"사필귀정! 사마는 언제나 정도 앞에 무릎을 꿇게 마련이오! 당신이 아무리 위세가 대단해도 하루살이와 같을 뿐이라 나는 두렵지 않소!"

"허!"

곤륜일괴마저 그의 당돌함에 기가 막혀 할 말을 잃는다.

기어이 소걸의 분노도 폭발하고 말았다. 그가 눈을 부릅뜨고 소리쳤다.

"좋다. 이리 올라와라! 네가 과연 나를 잡아서 꿇릴 수 있는지 어디 보자!"

"너 같은 작은 마두를 내가 두려워할 줄 아느냐!"

하지만 그는 선뜻 비무대 위로 뛰어올라 오지 않았다. 장곡양을 보며 소리친다.

"보주님, 저놈은 장가보의 원수이고, 장가보의 원수는 곧 백도무림의 원수라 할 수 있습니다. 그대로 두고 보시렵니까? 우리가 모두 힘을 합쳐 저놈을 잡는다면 오늘 장 형이 당한 치욕도 갚아주는 일이 될 것입니다!"

소걸에게 패해 체면을 구긴 장도경마저 끌어들이며 선동을 한다.

"하하, 쥐새끼의 대가리에서 나오는 생각이 고작 그것뿐이구나!"

소걸이 크게 비웃어주었다. 그리고 가슴을 활짝 편 채 늠름하게 버티고 서서 말했다.

"좋다, 장가보에 과연 나를 잡을 자가 있는지 어디 보자! 모두 다 덤벼도 좋으니 한번 해보자! 쥐새끼야, 너부터 냉큼 올라오너라. 자, 자, 무엇을 망설이고 있지? 다들 덤벼보란 말이야!"

"저놈이!"

이경추가 발을 동동 굴렀다. 그걸 본 구양관이 빙긋 웃고 소걸을 가리키며 말했다.

"허허, 장가보에는 이 녀석을 잡을 수 있는 자가 없다는 걸 내가 장담하지."

"구 노선배께서는 물러서십시오. 소생이 그를 시험해 보겠습니다."

기어이 곡주 장곡양이 보검을 잡고 나섰다.

한 번 훌쩍 몸을 날려 대전의 계단을 건너뛰더니 연무장 중앙의 비무대까지 이십여 장의 거리를 가볍게 접었다.

그가 보여준 한 수의 경신공부는 과연 장가보에서 만났던 그 누구보다 뛰어난 것이라 곤륜검종 구양관마저 내심 머리를 끄덕이며 감탄했다.

눈앞에 푸른 검광이 일렁였다. 절정검보와 함께 장가보의 보물로 꼽히는 풍혼검(風魂劍)이다. 풍운대협 장풍한이 생전에 쓰던 검으로써 지금도 무림에 의협의 상징이 되어 있다.

소걸이 멍하니 그것을 바라보았다.

2

지이잉—

등에 메고 있는 빙백검이 운다. 풍혼검의 기운을 느끼고 반응하는 것이다. 소걸의 귀에는 그것이 할머니의 흐느낌으로 들렸다.

할머니의 육십 년 회한을 생각하자 잠시나마 장가보에 가졌던 미움이 사라졌다. 그들이 할머니를 원망하고 증오하는 게 당연하다.

소걸은 노여움을 거두었다.

할머니의 부탁을 받고 그녀가 장풍한에게 진 사랑의 빚을 대신 갚아주기 위해 오지 않았던가. 그 길은 그들에게 절정검법을 다시 전해주는 일이다.

언제, 어떤 기회를 잡아서 어떻게 전해줄지 내내 눈치를 보며 고민하고 있었는데 어쩌면 지금이 바로 그 기회인지도 모른다는 생각을 했다.

장곡양이 근엄한 얼굴로 소걸을 바라보며 말했다.

"네가 장가보에 베푼 은혜가 깊다는 걸 안다. 하지만 그것이 구원(舊怨)을 덮을 수는 없다."

"좋소, 좋아. 은혜는 은혜고 원수는 원수니 까짓 되는대로 한번 얽혀보지요 뭐. 복잡하게, 이걸로 저걸 갚았으니 그건 빼고 요건 따로 계산하자는 식으로 나올 것 없어요."

"으음—"

"교활한 자가 득세하고 강한 자가 다 먹는 게 강호 아니던가요? 대의명분을 따지고 싶은 마음은 처음부터 없으니 그냥 편하게 살든지 죽든지 합시다."

"기다려."

곤륜검종 구양관이 손을 들어 소걸과 장곡양을 가로막고 나섰다.

"흐르는 물에도 앞뒤가 있지 않은가. 이 늙은이가 노구를 이끌고 여기까지 온 건 두 가지 까닭 때문인데 그중 하나가 바로 제자의 원한을 갚겠다는 거지. 그러니 자네는 나에게 선수를 양보해야 해."

"곤륜일괴와 월녀가 노선배의 제자였습니까?"

장곡양이 깜짝 놀라 묻자 구양관이 빙긋 웃었다.

"제대로 가르치지 못했다고 탓하려는 거라면 조금 있다가 하게."

"그렇다면 노선배 역시 마교의?"

"봉공(捧公)이라네."

"아!"

너무 뜻밖의 말인지라 장곡양이 주춤 물러섰다.

곤륜검종 구양관이라면 몇 세대 전의 무림에서 인의의 대협객으로 명성이 자자하던 사람이었다.

풍운대협 장풍한과 함께 백도무림의 정기를 이끌어가는 절정고수였고, 정의의 수호자였다.

장풍한이 죽고 염빙화와 당백아가 사라지자 그도 모습을 감추었는데, 오늘 마교의 봉공이 되어 세상에 나타났으니 기가 막힐 일이었다.

"사람마다 사정이 있고 제 생각이 있는 법이니 거기에 대해서 더 뭐라 말할 것 없네."

장곡양의 입을 앞질러 막은 구양관이 소걸에게 물었다.

"네가 이곳에 온 목적은 할머니가 받은 걸 돌려주기 위해서겠지?"

"어떻게 아셨어요?"

"흘흘, 내가 염빙화의 성격을 잘 아는데 그 정도를 짐작하지 못할까."

"도사 할아버지는 제 할머니와 절친한 사이였던 모양이군요."

"그렇지 않다. 그녀와 나는 서로 죽이려고 쫓아다니던 사이였지."

“예?”

“나와 장풍한, 당백아, 그리고 염빙화는 당시에 천하제일을 다툴 만한 자격이 있는 사람들이었다.”

“……”

누구도 그의 말에 이의를 제기하지 않았다.

“자유롭고 활달한 재지로는 장풍한이 제일이었고, 괴이편벽하기로는 당백아가 제일이었으며, 웅장한 정통의 검기로는 내가 제일이었다. 하지만 염빙화는 우리 모두를 뛰어넘는 바가 있었지.”

할머니의 무공이 당대 최고였다니 소걸은 절로 어깨가 우쭐거려졌다.

“장풍한과 당백아는 그녀의 미모에 홀려 스스로를 불행 속으로 몰아갔지만 나는 그렇지 않았다. 오직 진정한 검법으로 그녀를 이기고 천하제일검의 영예를 얻을 생각뿐이었단다.”

“그래서 싸웠나요?”

“물론이지. 그녀가 장풍한과 싸우기 서너 달 전이었을 게다. 하북팽가점의 억새 벌판에서 나는 기어이 그녀를 가로막고 싸움을 걸 수 있었다.”

“할아버지에게는 당연히 절대마녀를 제거해서 세상에 평안을 가져다주겠다는 명분이 있었겠지요?”

“그때는 그랬다. 하지만 지나고 나서 생각해 보니 부끄러울 뿐이구나.”

아련해진 눈으로 소걸의 이마 위 먼 하늘을 바라보는 구양관의 얼굴에 처연한 기색이 어렸다.

그가 탄식하고 다시 말했다.

“그런 건 모두 자기를 치장하기 위한 수식에 지나지 않았어. 이기고 싶다는 승부욕과 천하제일이라는 이름을 탐하는 명예욕이 전부였다고 해야 할 것이다.”

“당신은 솔직하군요.”

“흘흘, 결과에 대해서는 물어보지 않느냐?”

구양관의 이야기는 모두의 귀를 솔깃하게 했다. 그래서 그들은 잠시 자신들의 원한과 복수심, 두려움 등이 범벅된 복잡한 마음을 접어두고 구양관의 말에 귀를 기울였다.

“할머니가 이겼을 텐데요 뭘. 그런데 당신도 멀쩡하게 살아 있는 걸 보면 대단했던 모양이군요.”

염 파파는 검을 뽑으면 반드시 죽였다. 그녀와 싸운 자들 중 살아난 자가 없었던 것이다. 그런데 구양관이 이렇게 멀쩡한 몸으로 앞에 서 있으니 소걸은 제 말과는 달리 과연 할머니가 이겼던 것인지 의심이 들기도 했다.

그를 뚫어지게 바라보던 구양관이 천천히 말했다.

“네 말이 맞다. 그날 나는 그녀의 혈마파천검에 패하고 말았지.”

여기저기에서 탄식하는 소리들이 들려왔다. 구양관이 번쩍이는 눈으로 소걸을 쏘아보았다.

“그녀의 검법은 정말 무섭고 끔찍했다. 다시 생각하기도 싫을 정도지. 하지만 나의 곤륜검법 또한 대성지경에 이르러 있던 터라 겨우 목숨은 건질 수 있었다.”

“다행이에요.”

“그녀를 피해 달아나야 하는 마음이 정말 비참했단다. 그녀는 정말 지독한 마녀였지. 사흘 밤낮으로 쉬지 않고 나를 쫓았으니까 말이다.

기어이 죽이겠다고 소리소리 지르던 그녀의 음성이 지금도 귀에 들린다."

그때를 생각하는지 구양관이 어깨를 부르르 떨었다.

"겨우 그녀를 피해 몸을 숨긴 나는 그 즉시 강호를 떠났다. 그때 내 나이 서른둘이었으니 너무 일찍 은거한 셈이지."

무거운 얼굴이 되어 침묵하던 구양관이 한숨을 쉬고 다시 말했다.

"나는 크나큰 회의에 빠졌다. 어째서 정은 언제나 마보다 한 걸음 늦고, 어째서 정도는 언제나 마도에게 쫓기며, 어째서 정파의 무공은 마도의 무공보다 못한가?"

"……."

"사필귀정이라는 말은 결과를 보기에 너무 멀고, 나의 대에서 백도의 무공이 마도를 꺾는 걸 보기에는 한 세대가 너무 짧다. 그래서 나는 스스로 정을 버리고 마로 들어섰다."

마로써 마를 이기고, 그래서 자신의 무공이 천하제일이라는 걸 증명해 보고 싶은 욕망에 사로잡혀 있었던 것이다.

"장풍한의 절정검법과도 겨루어보고 싶었지만 영영 그럴 기회가 없게 되었지. 하지만 그게 다행이었는지도 모른다. 그와 싸웠더라면 또다시 패배하는 아픔을 맛보았을 테니까 말이야."

"그랬을 거예요."

소걸의 무심한 말에 구양관이 빙긋 웃었다.

"너는 어째서 그렇게 생각하느냐?"

"할머니의 검법 못지않게 장풍한의 절정검법은 대단한 검법이거든요. 그러니 할아버지가 파천검법에 패했다면 절정검법에도 패할 수밖에 없었을 거예요."

"네 말이 옳다. 그러면 어째서 그 두 사람의 검법이 그처럼 지독하고 무서운 것이냐?"

"그건……."

"흥! 그들의 검법이 모두 마교에서 흘러나온 것이기 때문이다. 마검인 게야."

"아!"

구양관의 말은 장가보의 모든 사람에게 날벼락 같은 것이었다. 그들이 낯빛이 변해서 일제히 놀란 외침을 터뜨렸다.

한쪽에서 묵묵히 구양관의 이야기를 듣고 있던 장곡양이 발끈해서 소리쳤다.

"터무니없는 소리! 절정검법은 강호에 오래전부터 백도를 대표하는 최강의 검법으로 꼽혀왔소! 그것에는 정기가 넘치고 바른 뜻이 가득 담겨 있는데, 마교의 검법이라니? 어서 취소하시오!"

"흥!"

소걸이 코웃음을 쳤고, 구양관은 흘흘, 하고 비웃음을 흘렸다.

절정검법이 바로 일월신교의 무상광명신공에서 나온 검법이라는 걸 장곡양은 조금도 알지 못하고 있었던 것이다.

"어리석은 놈. 쯧쯧……."

구양관이 그를 흘겨보며 혀를 찼다.

"이놈아, 마교에는 무상광명신공이라는 비전의 신공비결이 있다. 그건 들어 알고 있겠지?"

"그, 그렇…… 소이다만……?"

"내 너를 불쌍히 여겨서 가르쳐 주마. 장풍한의 절정검법은 사실 그 무상광명신공에서 나온 것이야. 염빙화의 혈마파천검도 마찬가지지.

그러니 그 두 검법은 한 뿌리에서 나온 다른 가지라고 해야 할 것이
다."

"믿을 수 없소."

말은 퉁명스럽게 했지만 장곡양의 얼굴에 등등하던 기세가 팍 꺾여
있었다.

"믿으라고 강요하지 않아."

쏘아준 구양관이 더 이상 상대하지 않겠다는 듯 아예 등을 돌리고
소걸에게만 이야기했다.

"나는 생각했다. 대체 마교에 무슨 비전이 있고 비결이 있기에 그곳
에서 흘러나온 무공이 그처럼 막강한가? 그렇다면 나라고 그것을 배우
지 못할 것인가."

"그래서 할아버지는 스스로 정을 버리고 마를 택했군요?"

"그때나 지금이나 나는 내 심성을 지니고 있다. 몸이 곤륜산에 있지
않고 안탕산에 있다는 게 다를 뿐이지, 내가 나 아닌 다른 무엇이 되었
겠느냐?"

"옳습니다. 내 뜻이 굳건하면 남들이 뭐라고 하든 두려울 게 없지
요."

"하하, 바로 그렇다. 너는 어린 녀석이 마음이 트였구나."

구양관이 즐겁다는 듯 껄껄 웃었다.

제자의 원수를 눈앞에 두고 마치 오랜만에 만난 손자와 옛이야기를
하며 즐거워하는 할아버지 같았다. 그래서 그들을 바라보는 곤륜일괴
의 얼굴은 사뭇 일그러졌다.

"나는 스스로 마교에 투신하여 교도가 되었다. 그들의 무공을 가까
이에서 지켜보고 연구했지만 안타깝게도 마교에는 파천검과 절정검을

꺾을 만한 특별한 비결이 보이지 않았다."

"교주의 무공은 다를 거예요."

"그렇겠지. 하지만 교주에게 그것을 가르쳐 달라고 할 순 없고, 그와 비무를 할 수도 없으니 나에게는 마교 또한 별다른 의미가 없었다."

"그렇다면 왜 나오지 않았나요?"

"흐흐흐, 네 녀석은 이미 짐작하고 있지 않느냐?"

"역시…… 그렇…… 군요."

"그렇다. 네 생각대로다."

그들이 대체 무슨 말을 하고 있는 건지 다른 사람들은 이해하지 못했다. 하지만 소걸이 지금 생각하고 있는 게 바로 구양관이 생각하고 있는 것이고, 그래서 그가 소걸을 찾아온 것이라는 짐작은 갔다.

그는 제자의 복수를 핑계 삼았을 뿐, 실은 자신의 다른 속셈을 위해서 이곳에 왔던 것이다.

"나는 너의 절정검법이 과거 장풍한의 그것과 조금도 다르지 않다는 것을 믿는다. 그래서 호승심이 다시 일어나는구나. 실로 오랜만에 느껴보는 흥분이고 설렘이지."

"장풍한과 겨루어보지 못했던 한을 오늘 여기서 풀 건가요?"

"물론이지. 그는 없지만 그의 절정검은 여기 있으니 내 어찌 그냥 지나갈 수 있겠느냐?"

"좋아요."

소걸이 환하게 웃었다. 노인의 집념이, 무에 대한 그의 열정이 백 살을 바라보는 나이에도 이처럼 넘쳐 난다는 게 기쁘고 반가웠던 것이다.

"그렇다면 기꺼이 보여 드리지요."

소걸이 철검을 움켜쥐고 선뜻 물러서서 거리를 만들었다.

3

“잘 봐두세요.”

비무대 중앙에 구양관과 마주 선 소걸이 장곡양과 장가보의 중진들을 둘러보며 말했다.

“나는 지금부터 당신들이 잃어버린 절정검법의 모든 것을 보여주려고 하는데, 당신들에게는 단 한 번의 기회가 있을 뿐입니다. 보고 무엇을 얼마만큼 얻을지는 각자의 자질에 달려 있는 문제니 상관하지 않겠습니다.”

그리고는 그들이 뭐라고 말할 틈을 주지 않겠다는 듯 재빨리 구양관을 향해 검초를 펼치지 시작했다.

“제일초. 춘사여심!”

그의 철검이 바람을 토해놓으며 중궁(中宮)을 곧장 무찔러 갔다.

“화풍삼월벽공진(華風三月碧空盡)!”

“하하, 꽃바람이 삼월의 푸른 하늘로 흩어지누나!”

구양관이 시구 같기도 한 소걸의 검결을 받아 소리치며 미끄러지듯 몸을 움직였다. 손에 들고 있던 무검(巫劍)을 분화불류(分花拂柳)의 수법으로 가볍게 좌우로 나누어 털자 한 자 반에 불과한 그것이 석 자의 장검을 거뜬히 밀쳐 냈다.

“제이초. 추풍산관!”

외친 소걸이 철검을 휘둘러 다가섰다. 한 걸음을 성큼 떼어놓으며 허리를 숙이고 검봉을 불쑥 내밀어 손목을 떨친다. 그러자 철검이 다섯 개, 열 개로 나뉜 듯 어지럽게 찔러갔다.

"구월고운독거한(九月孤雲獨去閑)!"

구양관이 무검을 끌어들여 가슴을 지키며 유쾌하게 웃었다.

"하하하, 좋구나! 구월의 쓸쓸한 구름 한 조각이 한가로이 떠간다니…… 과연 좋은 검초요, 운치있는 검결이로다!"

부드러운 중에 한줄기 한기를 띤 검풍이 삼면에서 구양관을 향해 불어간다. 겨울의 삭풍을 예고하는 쓸쓸한 가을바람 같다.

일초 삼변의 검초는 춘사여심과 다를 바 없는데, 그것이 지향하는 바는 사뭇 다르다. 그러니 변화의 폭과 굴곡이 배가되어 그 위력 또한 춘사여심의 배가 되었다.

"이번에는 제삼초 청계출곡(淸溪出谷)이오!"

소리친 소걸이 검법을 돌변해 아래를 쓸어가며 다시 시구 같은 검결을 소리쳐 노래했다.

"서래백수요동원(西來白水遶東園)!"

"헛! 서쪽에서 흘러온 흰 강물이 동쪽 언덕을 둘러싸는구나!"

삼초에 이르러 구양관이 깜짝 놀란 외침을 터뜨리며 급히 무검을 휘둘렀다. 눈앞에서 갑자기 구름처럼 이는 철검의 변화를 깨뜨릴 마땅한 묘책이 떠오르지 않는다.

구양관은 부지런히 손목을 움직여 무검으로 어지럽게 사방을 가리켰다. 왼손에 콩이 가득한 바가지를 들고 이리저리 움직이면서 오른손으로 그것을 새들에게 뿌려주는 듯한 검법이었다.

연자쟁표(燕子爭標)라는 것인데, 곤륜파의 검법 중 정교한 초식이다.

소걸이 펼쳐 보이는 절정검은 초식이 진행될수록 그 위력이 배가되었다. 처음에는 부드럽고 가볍게 시작했으나 삼초 구변에 이르렀을 때는 그것이 날카로운 송곳이 되고 서릿발 같은 싸늘함이 되었다.

구양관의 하체를 휩쓸어가던 철검이 아홉 번째 변화에 이르러서 불쑥 위로 솟구쳤다. 배를 긁고 턱을 찌를 듯한 것인데, 그것이 연자쟁표의 어지러움을 단번에 깨뜨리고 쳐올라 오는 것이어서 구양관이 깜짝 놀랐다.

"멋지구나!"

소리친 그가 무검을 끌어들이며 훌쩍 뛰어 물러섰다.

소걸이 미끄러지듯 노인을 쫓아 들어가며 다시 낭랑하게 소리친다.

"제사초. 부도운심(不道雲心)!"

검법이 돌변해 물 흐르듯 하던 기세를 버리고 갑자기 무겁고 딱딱해졌다. 한 번 한 번 끊어 치는 검격인데, 마치 잔뜩 벼르고 힘을 모아 두었다가 단번에 내려치는 것 같았다.

절도있는 검초였다. 전반부 삼초가 부드러운 중에 갈수록 삼엄해지더니 후반부 들어서면서 그것의 흐름이 돌변한 것이다.

이게 과연 같은 검법이란 말인가? 하는 의문이 들 만큼 상대를 어리둥절하게 하는 검초였다.

"변인검정도벽공(便引劍情到碧空)!"

검결을 읊는 소걸의 낭랑한 외침이 들리건만 이제 구양관은 조금 전처럼 한가롭게 그것을 풀이해 주고 있을 정신이 없었다.

구양관이 파옥세(破玉勢)로 무검을 맹렬하게 휘둘러 소걸의 철검을 후려쳤다. 힘을 힘으로 누르겠다는 기세요, 강함으로 강함을 꺾겠다는 투지였다.

땅!

한 소리 높은 소성이 울려 퍼졌다. 구양관의 파검식 일식은 과연 그 맹렬함이 여타의 검법에서는 볼 수 없을 만큼 지독했다.

소걸의 철검이 부러질 듯 윙윙거리고 울며 떨었다. 구양관도 욱신거리는 손목을 털며 잔뜩 눈살을 찌푸리고 한 걸음 물러선다.

'놀랍다. 이 어린 녀석의 내력이 어찌 이리도 무섭단 말인가!'

그런 놀람으로 구양관은 망설였다. 소걸이 충격을 받고 주춤거리지만 그 기회를 노리고 뛰어들지 못한 것이다.

소걸과 구양관의 싸움 아닌 싸움을 바라보는 장가보의 군웅들은 모두 놀람으로 눈을 부릅뜨고 입을 딱 벌린 채 할 말들을 잃었다.

소걸이 펼쳐 보이는 절정검의 검초가 저렇게 신묘하고 위력적일 줄은 누구도 몰랐던 것이다. 투로는 장가보의 절정검과 다르지 않았지만 그 깊이와 운치와 위력에 있어서 비교할 수가 없을 만큼 달랐다.

소걸의 절정검에서 모두는 과거 강호를 질타했던 대영웅 장풍한의 모습을 보고 놀람 중에 감격의 흥분으로 몸을 떨었다.

'저것이 진정한 절정검이다!'

장곡양 또한 그런 내면의 외침을 터뜨렸다. 소걸의 검로 하나하나를 바라보는 눈에 핏발이 서고 저도 모르게 상체가 앞으로 기울었다. 할 수만 있다면 더 가까운 곳에서 더 자세히 보고 싶었다.

그러는 사이에 소걸과 구양관의 싸움은 물 흐르듯 흘러갔다.

"차핫!"

낭랑한 기합성이 터져 나오고 소걸의 철검이 윙윙거리는 바람 소리를 토해내며 눈에 보이지도 않을 만큼 빠르고 맹렬하게 구양관을 몰아친다.

오초 관풍망월(關風望月)과 육초 추풍취한(秋風吹恨)이 순식간에 지나갔다.

"좋구나! 이것이 진정한 장풍한의 검법이다! 하하하—"

구양관이 통쾌하게 웃으며 무검을 휘둘러 곤륜검법의 정화인 곤륜삼십육검(崑崙三十六劍)을 어지럽게 펼쳤다.

땅, 땅, 땅! 하는 요란한 쇳소리가 여러 차례 숨 가쁘게 터져 나오고, 검기와 검광이 하늘을 찌를 듯 치솟아올랐다. 사방으로 쏟아져 나가는 검풍의 맹렬함이 태풍이 몰아치는 듯하다.

"아!"

"오오!"

군웅들이 모두 놀람의 외침을 터뜨렸다. 두 사람의 검격을 보고 저마다 가슴이 벅찰 만큼 깨달아지는 바가 있었던 것이다.

절정검의 위력이 십분 발휘된다면 과연 무적검법이라 하기에 부족함이 없다는 게 느껴진다. 그러면서 곤륜파 검법의 정교하고 예리함에 두려움이 전율로 왈칵 다가온다.

소걸과 구양관은 조금의 양보도 없이 검초를 주고받았다. 눈부시게 빠른 그 공수의 변환을 알아볼 수 있는 자가 드물다.

소걸이 펼치는 절정검의 후반부 세 초식은 갈수록 그 맹렬함과 지독함이 더해졌다. 무찔러 오는 검봉이 천군만마가 쏘아대는 화살 같고, 활화산이 폭발한 것 같았다. 하늘을 가득 덮고 쏟아지는 바윗덩이들처럼 검광과 검기가 난비한다.

매 초식마다 삼 변씩, 후반부 세 초식 아홉 변은 갈수록 위력이 배가 되더니 드디어 육초 십팔변에 이르러서는 극강한 검기로 화했다.

허공이 으르렁거리며 비명을 토해내고 열기로 달아오른 뜨거운 바람이 쏟아져 나간다.

유성우처럼 머리 위에 쏟아지는 검기의 기세가 가히 뇌정(雷霆)이라 할 만했다.

아쉬운 점이 있다면 아직 소걸의 내공이 구유신공의 팔성 단계에 머물러 있기 때문에 검법의 위력을 십분 펼쳐 낼 수 없다는 거였다. 그렇지 않았다면 그가 마지막 초식을 펼치기 전에 이미 승부가 났을 것이다.

구양관의 늙은 얼굴이 경악으로 일그러졌다. 그는 이를 악물고 곤륜삼십육검의 정화를 모두 끌어내 소걸의 제육초 추풍취한에 대항했다.

번쩍이는 검광이 이를 갈며 서로 긁어대는 소성이 천지에 가득해졌다.

내력에서 소걸은 구양관에 미치지 못했고, 초식의 신묘함에서 구양관은 소걸의 절정검에 미치지 못했다.

두 사람은 서로의 장점으로 단점을 누르며 한 치의 양보도 없이 부딪쳤다. 호각지세라는 말이 그보다 적합할 수 없으리라.

"제칠초. 절정검!"

소걸의 외침이 마치 저 먼 구름 위에서 아득히 들려오는 것처럼 사람들의 머리 속에서 희미하게 울렸다. 그들은 이제 넋이 나가 저희가 무엇을 보고 있는 건지, 어디에 와 있는 건지조차 잊을 지경이 되어 있었다.

장풍한의 검법을 절정검법으로 불리게 한 마지막 초식 절정검이 화르륵 쏟아진다.

"롱롱수색은소양(朧朧樹色隱昭陽)!"

그것의 검결은 왕창령(王昌齡)의 서궁춘원(西宮春怨)이라는 시 중 마지막 구절이다.

'어둡고 어두운 숲[朧朧樹色]' 이라는 구절과 같이 검의(劍意)가 검법 속에 감추어지고 검법의 묘의(妙意)는 투로(套路)의 교묘함에 파묻혔으며, 투로는 다시 구름 같은 변화에 덮였으니 당최 알 수가 없고 짐작할 수가 없다.

그 속에 '소양궁을 감추었구나[隱昭陽]' 하는 뜻이 있다.

구름이 짙어지더니 번갯불이 번쩍이고 뇌성이 울린다. 드디어 참고 참았던 비가 장대같이 퍼부으니 천지에 그것을 피할 수 있는 게 없다.

"앗!"

구양관이 놀란 외침을 터뜨렸다. 안색이 백지장처럼 창백해졌다.

그가 급히 물러서며 무검을 눈에 보이지도 않을 만큼 맹렬하고 어지럽게 휘둘러 팔방을 가리고 한 가닥의 검기를 쳐냈다.

곧장 뻗어나간 그것의 맹렬한 기운이 단번에 구궁(九宮)을 무찔러 버릴 듯하다.

콰앙!

두 사람의 검이 서로 부딪치자 쇳소리 대신 천 근 폭약을 터뜨린 것 같은 굉음이 터져 나왔다.

후웅— 하고 허공에 검파(劍波)의 웅장한 울림이 가득했다. 사방으로 터져 나가는 기의 폭풍이 모든 것을 휩쓸어 버린다.

드디어 소걸은 절정검 일곱 초식을 감춘 것 없이 죄다 쏟아냈고, 구양관은 서두르지 않고 그것을 하나하나 받아냈다.

"하하하하—"

문득 허공 높은 곳에서 구양관의 통쾌한 웃음소리가 터져 나왔다.

그제야 정신을 차린 사람들이 고개를 들고 바라본다.

저 높은 허공중에 구양관의 모습이 까마득하게 보였다. 소걸을 낚아챈 그가 새처럼 창공 높이 치솟아 눈 깜짝할 사이에 사라져 버렸다.

영웅의 관대함은 바다와 같다

1

"아, 나는 세상을 헛살았구나."

깊은 정적 뒤에 보주 장곡양의 어두운 탄식 소리가 들려왔다.

"아—"

그제야 모두들 정신을 차리고 일제히 탄성을 발했다.

"나는 헛살았어."

장곡양이 처연한 얼굴로 거듭 탄식하고 나서 장가보의 식솔들을 둘러보았다.

그들은 하나같이 조금 전에 보았던 소걸과 구양관의 엄청난 싸움을 생각하고 있었다. 눈빛이 몽롱하고 얼굴에 두려운 기색이 가득하다.

장곡양이 일곱 장로들을 향해 말했다.

"다들 똑똑히 보았겠지요?"

"휴—"

긴 한숨이 대답을 대신한다.

"나는 오늘 선조께서 남긴 절정검의 본래 모습을 아주 잘 보았소. 그래서 심히 부끄럽고 초라하오."

"저희도 그와 같습니다."

"나는 왜 진작 그 녀석에게 절정검법을 가르쳐 달라고 부탁하지 못했던지… 그게 참으로 한스럽구려."

"……."

"그 녀석의 말처럼 우리에게 단 한 번의 기회밖에 주어지지 않은 게 모두 내 탓인 듯하여 여러 장로들의 얼굴을 보기 미안하오."

"지금이라도 우리가 힘을 합쳐서 각자가 보고 느낀 것을 함께 연구해 보면 될 것입니다. 시간이 더 지나면 보았던 것마저 잊어버릴까 봐 두렵소이다."

"그렇소. 우리에게는 이렇게 한가로울 시간이 없소."

장곡양이 크게 머리를 끄덕이고 손짓해 장도경과 장약란을 곁으로 불러들였다.

장도경은 소걸의 철검에 맞은 어깨를 아직도 주무르고 있다. 그런 그에게 장곡양이 근엄한 얼굴로 말했다.

"아비는 이제부터 일곱 장로들과 더불어 폐관에 들어간다. 더 늦기 전에 각자가 본 절정검법을 기록하고 함께 연구하여 되살려 내야 하기 때문이다."

"……!"

"언제가 될지 모르나 아비가 폐관을 풀고 나올 때까지 보의 모든 일을 네가 맡아서 처리해라. 한 치의 실수도 있어서는 안 된다."

"명심하겠습니다."

"지금부터 장가보는 봉문을 한다. 모든 문을 굳게 닫아걸고 그 누구도 보 밖으로 한 걸음도 나가서는 안 된다."

"예."

장곡양이 이번에는 장약란을 가까이 오게 하고 은근하게 말했다.

"너는 따로 해야 할 일이 있다."

"말씀만 하세요, 아버님."

"너는 즉시 보를 떠나라."

"예?"

"장차 소걸이는 반드시 강호에 다시 나타날 것이다. 너는 그때를 대비해야 한다."

"……?"

"아비는 네가 소걸이에게 연정을 품었고, 그 녀석 또한 너를 싫어하지 않는다는 걸 안다. 그게 너만이 가지고 있는 유일한 기회가 될 것이다."

"아버님 말씀은 그럼……."

"그렇다. 너는 그 녀석에게 접근해서 수단과 방법을 가리지 말고 그 녀석의 마음을 사로잡아라. 그런 다음에 무상광명신공 비급을 훔쳐 내고 그 녀석을 죽여 버려라."

"예?"

"나도 귀는 있다. 염빙화가 그 비급을 손에 넣었다는 소리를 들었지. 그런데 그 녀석이 염빙화를 대신해서 강호에 나왔으니 비급은 십중팔구 그 녀석에게로 전해졌을 것이다."

그럴 것이다. 아니라고 하더라도 소걸을 통해서 염빙화에게 접근하면 그것을 훔칠 수 있을지도 모른다. 장약란은 아버지의 말에 내심 머리를 끄덕였다. 하지만 여전히 의문이 남았다.

"아버님께서는 장로님들과 함께 폐관하여 절정검법을 연구하신다고 했잖아요? 그러면 본 가의 절세적인 검법을 되찾는 건데 굳이 무상광명신공 비급이 필요할까요?"

"절정검법이 정말 그것에서 나온 거라면 우리 가문의 검법 비결을 원수의 손에 맡겨둘 수 없지 않겠느냐?"

"하지만 그를 죽일 것까지야……."

장약란이 얼굴빛을 흐리고 말을 어물거렸다. 아버지의 명령이 지엄하다는 걸 잘 알지만 소걸을 죽이라는 것만큼은 마음에 받아들이기 어려웠던 것이다.

그녀는 소걸이 원수라는 걸 알았고, 그로 인해 마음에 분노가 가득하기도 했다. 그가 밉고 가증스러웠다. 하지만 막상 제 손으로 죽여야 한다고 생각하자 두렵고 무서워졌다.

'내가 과연 그를 죽일 수 있을까?

그런 의문이 든다.

그의 마음을 유혹해 빼앗는다면 잠자고 있는 가슴에 비수를 들이댈 기회가 있을 것이다. 하지만 정말 그것을 찌를 수 있을까? 하는 건 여전히 자신할 수 없었다.

그런 장약란의 망설임을 본 장곡양이 근엄하게 꾸짖었다.

"어떻게 된 거냐? 너는 설마 정말 그 녀석을 장차 너의 지아비로 삼으려는 거냐?"

"아버지, 그건, 그건……."

"그렇지 않다면 망설일 이유가 없다. 너는 그놈이 우리 가문의 몰락을 가져왔고, 위대하신 선조를 죽인 원수의 후예라는 걸 잊어서는 안 된다."

"……."

"지난 육십 년 세월 동안 우리의 최대 목표는 오직 원수를 갚고 절정 검법을 되찾아오는 일이었다. 이제 한 가지 목표는 이루었으나 아직 한 가지는 이루지 못했다."

"예."

장약란이 기어들어 가는 음성으로 겨우 대답했다.

"그 한 가지를 할 수 있는 사람은 너뿐이다. 그러니 네가 결심해야 한다."

"……."

"어떻게 하겠느냐?"

"저는, 저는……."

"시간이 없다. 빨리 결정해라. 원수를 네 손으로 죽여서 조상님의 한을 풀어드리고 가문의 영화를 되찾겠느냐? 아니면 가문과 아비를 버리고 그 녀석의 계집이 되어 부끄러운 삶을 살겠느냐?"

"워, 원수를…… 반드시…… 갚고 말겠어요."

"장하다."

장곡양이 그녀의 어깨를 부드럽게 안아주었다. 장약란이 아버지의 넓은 가슴에 얼굴을 묻은 채 눈물을 흘리고 있었지만 아무도 그것을 보지 못했다.

*　　　*　　　*

소걸은 곤륜일괴의 등에 업혀 있었다. 일괴가 그를 업은 채 부지런히 사부인 곤륜검종 구양관의 뒤를 따르고 있는 중이다.

"어디로 가는 겁니까?"

"가보면 안다."

소걸의 물음에 구양관이 힐끔 뒤돌아보고 퉁명하게 대답했다.

그들은 천태산 깊은 골짜기를 더듬어 올라가고 있는 중이었는데, 이제는 어디가 어디인지 분간할 수 없을 만큼 숲이 울창하고 골이 깊었다. 동서남북을 구분할 수도 없다.

소걸은 구양관과의 그 일전에서 엄중한 내상을 입고 말았다. 절정검의 마지막 칠초를 펼쳐 구양관을 물리쳤지만 내력이 노인보다 못한 탓에 검로를 타고 흘러들어 오는 곤륜신공을 뿌리치지 못한 것이다.

'나쁜 노인네는 아니야.'

소걸이 앞서 골짜기를 더듬어 올라가고 있는 구양관의 뒷모습을 바라보며 희미하게 웃었다.

그가 끝까지 자신의 절정검 칠초 이십일변을 다 받아준 뜻을 짐작하기 때문이다.

노인은 소걸이 장가보의 군웅들에게 절정검법을 처음부터 끝까지, 남김없이 보여줄 수 있도록 배려해 준 것이다.

그것도 자신이 상대 역할을 해줌으로써 절정검법의 변화와 위력을 더욱 실감나고 자세하게 끌어낼 수 있도록 해주었다.

그건 소걸이 장가보에서 하고자 하는 일을 깔끔하게 마칠 수 있도록 도와준 것이고, 염 파파가 자신의 한을 풀 수 있도록 전력을 다해서 도와준 것이다.

그런 구양관에 대해서 소걸은 고마운 마음을 갖지 않을 수 없었다.

그의 도움이 없었다면 할머니의 부탁을 제대로 실행하지 못했을 것이니 그렇다.

그들은 쉬지도 않고 세 개째의 골짜기를 지나 가파른 산등성이에 올라섰다. 멀리 오른쪽으로 낙조가 붉게 지고 있는 하늘이 보인다. 천태산의 남면인 것이다.

우거진 산밤나무 숲 사이의 소로를 한참 더듬어 올라가자 앞이 탁 트였다.

저 아래 뭇 봉우리들이 구름에 잠겨 있는 모습이 보였다. 낙조에 붉게 물들어서 장엄하기까지 하다.

소걸은 이곳이 남봉(南峰)에 면해 있는 한 절벽이라는 걸 짐작할 수 있었다.

깎아지른 천애의 절벽 위쪽에 한 줄의 가느다란 길이 나 있었다. 말이 길이지, 실은 한 사람이 등을 딱 붙이고 간신히 걸음을 떼어놓을 만한 공간일 뿐이다.

벼랑을 깎아내서 겨우 두어 뼘 남짓한 발판을 파놓은 것인데, 이것을 만든 사람이 얼마나 공력을 들였을지는 보지 않아도 알 수 있었다.

한 치만 발을 잘못 디뎌도 곧장 끝이 구름에 잠겨 보이지 않는 천 길 아래로 떨어지고 만다. 그러면 육신이 산산이 흩어져서 뼈도 추리지 못하게 될 것이다.

그 길을 구양관은 제 집으로 가는 듯 성큼성큼 걸었고, 곤륜일괴가 소걸의 손목을 쥔 채 조심조심 걸었다.

절벽에 기대고 있는 소걸의 등이 땀으로 흥건히 젖었다. 발밑을 내려다보기가 두렵다. 그래서 곤륜일괴 엄양이 이끄는 대로 거우거우 떨어지지 않는 걸음을 옮길 뿐이었다.

그렇게 이십여 장을 가자 비로소 길다운 길이 다시 나타났다.

절벽이 끝난 것이다.

저 앞에 울창한 산밤나무와 산매화 숲이 보였다. 그리고 그 사이로 다 쓰러져 가는 낡은 암자의 무너진 돌담도 보인다.

"다 왔다. 저기야."

구양관이 소걸을 돌아보고 빙긋 웃었다.

2

"쯧쯧, 이놈의 화상은 대체 언제나 먹빛이 흐려져서 화선지 속으로 꺼져 버리고 말꼬?"

나이를 짐작할 수 없는 늙은 중이 구양관을 보고 대뜸 한 말이다.

구양관이 낄낄 웃었다.

"히히, 네놈 땡초야말로 천수를 누리고 있으니 참 말세다. 이제는 부처님도 나이가 들어서 눈이 흐려진 게야."

"엥?"

"그렇지 않고서야 어찌 네놈이 아직까지 살아 있겠느냐? 벌써 날벼락을 맞아서라도 뒈졌어야지."

"에구, 옛날이나 지금이나 당최 주둥아리신공으로는 네놈을 이길 수 없으니 그만두자꾸나. 나무아미타불."

한껏 구양관을 흘겨준 노승이 곤륜일괴와 소걸을 향해 돌아섰다.

"노사부님을 뵙습니다."

곤륜일괴가 허리를 깊이 숙이고 정중한 예를 올렸다. 소걸은 눈을 멀뚱거리며 바라보기만 할 뿐이다.

대체 괴상한 중이고 괴상한 곳 아닌가.

"허허, 털북숭이 강아지새끼처럼 귀엽던 너도 이제는 늙은이 티가
나는구나."

괴승이 구양관의 인사를 받으며 흡족한 듯 수염을 쓸었다. 그리고
소걸을 보더니 무섭게 인상을 쓴다.

"너는 왜 소 닭 보듯 눈깔만 멀뚱거리고 있는 게냐? 노인을 봤으면
공경을 해야지?"

"처음 뵙습니다. 소걸입니다."

마지못해서 소걸이 건성으로 포권을 했다. 그를 노려보던 화상이 혀
를 차고 구양관에게 다시 말했다.

"또 제자를 하나 주워온 게냐?"

"히히, 놀라지 말거라. 그놈은 제자가 아니라 나와 싸울 놈이란다."

"엥? 이건 또 무슨 해괴한 소린고?"

"자세한 사정은 안에 들어가서 천천히 말해주마. 자, 자, 들어가자.
곧 밤이 될 텐데 뭐 먹을 거라도 내와야지?"

마치 제 집에 온 듯 설쳐 댄다. 혀를 끌끌 찬 괴승이 곤륜일괴를 붙
잡고 횡하니 부엌으로 들어갔고, 구양관은 소걸을 끌고 선방 안으로 들
어갔다.

저녁 식사를 대충 끝냈을 때 구양관은 비로소 소걸이 누구인지, 장
가보에서 어떤 일이 있었는지 천천히 말해주었다. 그러자 괴승이 대뜸
눈을 부라리며 소걸을 잡아먹을 듯 노려보다가 불쑥 물었다.

"그래? 이 녀석이 정말 염빙화의 전인이란 말이냐?"

"흘흘, 내가 아무리 할 일 없는 늙은이라고 한들 설마 그런 일까지
거짓말을 해서 너를 속이겠느냐?"

"부처님을 속였다가는 천벌을 받아서 곱게 뒈지지 못하지. 아미타
불."
　괴승이 희한한 물건을 본다는 듯 소걸을 이리저리 뜯어보며 머리를
갸웃거리고 때로는 입맛을 다셨다. 소걸은 그 눈길이 불쾌하고 무섭기
도 했다. 그래서 저도 모르게 잔뜩 경계하느라 어깨가 굳어졌다.
　"그런데 어째서 이 꼴이 되었는고?"
　소걸이 내상을 입었다는 걸 대뜸 알아본 것이다. 구양관이 히히, 웃
었다.
　"어째서 그랬겠어? 나의 곤륜삼십육검을 받아쳤으니 그런 거지."
　"응? 뭐라고? 이 어린 녀석이 너와 정말 싸웠단 말이냐?"
　"싸우다마다. 오히려 나의 검법을 물리치기까지 했지."
　"허, 어떻게 된 거냐? 너는 늙어 꼬부라지더니 노망까지 든 건 아니
겠지?"
　"그렇게 믿을 수 없으면 네가 한 번 해봐라. 늙은 중은 아마 머리통
이 성해나지 못할걸?"
　"흐음."
　괴승이 신광이 번쩍이는 눈으로 소걸을 새롭게 바라보았다. 그의 안
광이 태양처럼 이글거리는지라 소걸은 감히 똑바로 바라보지 못하고
슬며시 눈길을 돌렸다.
　텅 빈 회벽이 눈에 가득 들어온다. 선방이라면서 그 흔한 달마조사
의 그림 한 장 걸려 있지 않았다. 여기저기 잡동사니가 널려 있고, 낡
은 죽립이며 승복이 구석에 아무렇게나 처박혀 있으니 여느 민가의 헛
간이나 다름없다.
　"어디 보자."

괴승이 불쑥 손을 뻗어 소걸의 완맥을 낚아챘다.

"아!"

소걸이 깜짝 놀라 외마디 소리를 냈을 때는 이미 손목이 쇠갈퀴에 걸린 듯 단단히 잡히고 난 뒤였다.

완맥을 통해서 괴승의 불같은 내력이 도도하게 밀고 들어왔다. 소걸은 가슴이 시원해지는 걸 느끼고 운기했던 구유신공을 풀었다. 혈맥을 텅 비워둔 채 괴승의 뜨거운 기운을 낱낱이 받아들이는 것이다.

괴승의 한 가닥 순양지기는 소걸의 몸 안을 제 집처럼 들쑤시고 돌아다녔다. 그것이 혈맥을 타고 맥문을 뚫어갈 때마다 뜨겁고 간지러운 느낌이 들었다. 그리고 시원해진다.

괴승은 운기하여 제 몸 안의 내력을 돌리듯 소걸의 혈맥을 타고 한 바퀴 대주천했다.

비로소 손을 뗀 그가 빙긋 웃었다.

"괜찮군."

"그저 괜찮은 정도냐?"

"흐흐, 아직 가망이 있으니 그러면 된 거 아니냐?"

"침 흘리지 마라. 내가 먼저 점찍었으니까."

"흐흐, 욕심이 아직까지 아귀처럼 지독하구나. 그러니 네놈이 여직 성불하지 못하고 이렇게 육도삼계를 귀신처럼 떠돌고 있는 게지."

"시끄럽다, 땡중! 성불하려거든 너나 어서 해라. 그러면 세상이 훨씬 조용해질 거다."

"네놈이야말로 시끄럽다. 네가 점찍었더라도 먼저 집어먹으면 그만인 게야."

"이 땡중 놈이 염치없는 짓을 하려고?"

두 노인네가 마치 철없는 아이들처럼 한마디도 지지 않고 입씨름을
해대는 게 우습기만 했다.

"뭐가 우스워?"

괴승이 눈을 부릅뜨고 키득거리는 소걸을 무섭게 노려보았다. 그러
더니 갑자기 낯빛을 부드럽게 하여 한껏 인자한 미소를 띠고 말한다.

"어떠냐? 너는 그만 염빙화의 마수에서 풀려나 이 부처님의 시동이
되어 불국토의 깊고 그윽한 맛을 보지 않으려느냐?"

"예?"

"염빙화의 마공이 아직 구성을 넘지 않았으니 충분히 가능성이 있단
말이다."

"무슨 말이세요?"

"구성을 넘으면 대라신선이 온들 네 몸에서 마공을 빼낼 수 없겠지
만 팔성의 단계를 넘은 데에 불과하니 이 부처님께서 마공을 뽑아낼
수 있지."

"왜 그렇게 해야 하는데요?"

"이 미련한 중생아, 몰라서 물어? 그게 십성을 넘는 순간 너는 인간
이 아닌 마귀로 변한단 말이다. 그러면 염빙화보다 더 지독하고 무서
운 살성이 되고 말아."

"쳇, 난 또 뭐라고."

"이놈아. 그렇게 되기 전에 마공을 뽑아버려야 한다. 그 대신 이 부
처님에게서 불문의 무상신공을 배우는 거야. 그러면 되기 싫다고 떼를
써도 어쩔 수 없이 너 또한 부처님이 되고 말 테니 이 아니 경사스럽겠
느냐?"

"술도 못 마시고 고기도 못 먹고 장가도 못 가지요?"

"그야 뭐……."

"그리고 늙어서는 노스님처럼 이렇게 주책바가지로 변하겠지요?"

"뭐시라? 주책바가지?"

"쳇, 그게 마귀가 되는 것보다 더 무섭고 끔찍하네요 뭐."

"이, 이, 이런 터무니없는 중생을 봤나."

"그리고 할머니께서는 이미 혈마구유신공의 마기를 잡아서 그것을
원래의 신공으로 돌려놓았으니 걱정할 것 없어요. 십성을 넘겨도 저는
절대로 주화입마에 빠져 마귀가 되지 않을 테니까요."

"응? 아니, 언제? 그게 정말이란 말이냐? 염빙화가 정말 혈마구유신
공에서 마기를 빼버렸다고?"

"믿든 안 믿든 그건 노스님 자유예요. 하지만 저는 마귀가 될지언정
머리 박박 밀고 앉아서 스님의 불법을 배우고 싶은 마음은 조금도 없
으니 꿈깨세요."

"어허, 이런 일이 있나."

소결의 말에 괴승이 눈을 둥그렇게 뜨고 믿을 수 없다는 듯 연신 탄
성을 발했다.

그러나 곁에서 묵묵히 듣고 있던 구양관은 빙긋빙긋 웃을 뿐이다.
자기가 짐작하고 있는 일을 확인해서 즐거워하는 것이다.

그가 소결에게 말했다.

"과연 염빙화가 무상광명신공 비급을 취했다는 강호의 소문이 사실
이었구나."

"알고 계셨군요."

"흘흘—"

"무엇이? 염빙화가 무상광명신공을 손에 넣었어? 어허, 이거 큰일이

로구나, 큰일이야. 장차 이 일을 어찌할꼬. 부처님이 다시 하산해야 하겠구나. 어허—”

소걸과 구양관의 말을 들은 괴승이 깜짝 놀라 거푸 탄식했다. 구양관이 그를 핀잔했다.

“늙어 죽지도 않는 화상아. 네가 하산하면 어쩔 건데? 설마 아직도 염빙화를 이길 수 있다고 믿는 건 아니겠지?”

“이놈아, 그때는 이 부처님이 썩은 공양을 받아먹었던 탓에 배탈이 심해서 꼼짝하지 못했단 말이다. 있는 힘의 반도 쓰지 못했어. 그러니 그 마녀에게 질 수밖에, 달리 방법이 있었겠느냐? 흥, 그렇지만 않았다면 그냥…….”

“그냥 뭐?”

“부처님이고 조사님이고 뭐고 다 팽개친 채 염빙화를 꿰차고 냅다 달아나서 아들딸 낳고 행복하게 잘살았겠지.”

“쯧쯧, 미친 중놈 같으니.”

혀를 찬 구양관이 더 상대하지 않고 소걸에게 말했다.

“장가보에서 내가 너를 도와준 뜻을 짐작하고 있겠지?”

“그렇습니다.”

“그렇다면 이제 내 부탁을 들어줄 수 있겠느냐?”

“어렵지 않지만 헛수고일 거예요.”

“어째서?”

“이미 할아버지는 검법의 정수에 통달해 있지 않은가요?”

“흘흘, 네가 나를 알아주는구나.”

“그렇다면 무엇을 보든 그것보다 뛰어난 검의를 찾아볼 수는 없을 거예요.”

"어째서?"

"궁극에 이른 자에게 잡다한 길이 천만 가지가 있다 한들 어디 하나라도 소용이 있겠습니까?"

"흠."

"높은 산의 꼭대기에 오른 자의 눈에는 뭇 봉우리가 다 발아래로 보이지요. 자기가 어느 봉우리를 거쳐 이곳까지 왔는지는 이제 중요하지 않아요. 그렇지 않은가요?"

"너는 조그만 녀석이 어찌 그런 걸 안단 말이냐?"

"할머니에게서 배웠고, 저 또한 지금은 그 어떤 절세의 무공을 본다 한들 심드렁해졌으니 그렇답니다."

"오만하구나!"

구양관이 짐짓 근엄한 얼굴로 꾸짖었다. 괴승은 소걸과 구양관의 말을 들으며 어느덧 홀린 듯한 얼굴이 되어서 멍하니 소걸을 바라보고만 있었다.

"제가 느낀 걸 그대로 말씀드렸을 뿐이니 뭐라 하든 상관없어요. 하지만 정 원하신다면 부탁을 들어드리지요."

소걸이 품에서 무상광명신공 비급이 들어 있는 도경 한 부를 꺼내 들었다. 구양관의 무섭게 번쩍이는 눈이 그것에 머물러 떠날 줄 몰랐고, 괴승 또한 마른침을 삼키며 그것을 노려보았다.

"이것이 바로 마교 무공의 뿌리라고 할 수 있는 무상광명신공입니다. 기꺼이 보여 드리지요."

선뜻 그것을 구양관에게 주었다. 망설임이 없고 주저함도 없다. 소걸의 그와 같은 행동에 괴승의 얼굴 가득 감탄지색이 어렸다.

구양관이 흥분과 기대로 마른 입술을 핥으며 떨리는 손으로 도경을 받아 들었다.

두꺼운 책장을 파라락, 넘긴다.

3

할머니가 그랬듯 구양관 또한 조금의 머뭇거림도 없이 책장을 넘겼다. 그는 한 번 쓰윽 훑어보는 것만으로도 그것이 도경을 베낀 것인지, 무상광명신공의 구결이 들어 있는 장인지를 금방 알아보는 것이다.

"아!"

드디어 그의 입에서 탄성이 터져 나왔다. 정신없이 어느 한쪽을 읽고 또 읽는다. 중얼중얼 알 수 없는 말을 웅얼거리기도 했다. 그러더니 깊은 한숨을 쉬고 책장을 덮었다.

"휴―"

"원하시는 걸 얻었나요?"

소걸을 바라보는 구양관의 얼굴이 쓸쓸해졌다. 그가 쓴웃음을 짓더니 도경을 다시 돌려주었다.

소걸이 그것을 품에 잘 간직하는 걸 노려보는 눈길이 있다. 구석에 말없이 앉아 있는 곤륜일괴였다. 그는 처음에 소걸이 도경을 꺼냈을 때부터 열에 들뜬 눈길로 그것을 훔쳐보고 있었다.

곤륜검종 구양관이 넋이 나간 사람처럼 멍하니 허공을 바라보았다. 한동안 무거운 침묵이 흘렀다.

"늙은 귀신아. 그래, 뭘 보았누?"

참지 못하게 된 괴화상이 묻자 그제야 눈의 초점을 되찾은 구양관이 쓰게 웃으며 입을 열었다.

"이게 정말 무상광명신공의 모든 것이라면 나는 실망할 수밖에 없다. 아니, 그동안 절치부심하며 숨어 살아온 내 인생에 대한 연민 때문에 괴로워 견딜 수가 없다."

"응? 아니, 왜?"

"나는 지난 육십 년 동안 오직 곤륜검법만을 되풀이해 연구하고 또 연구하며 그 안에서 검도의 길을 찾으려고 노력했지."

"……."

"그리하여 더 이상은 아무것도 없다는 자신이 들었을 만큼 곤륜검법을 대성했다."

"그런데?"

"부족했지. 마음에 흡족함이 없었다. 무언가 또 다른 것, 더 높고 더 기막힌 무언가가 또 있으리라고 믿었다. 그래서 늘 목이 말랐지."

"그게 무상광명신공 안에 있으리라고 믿었구나?"

"그렇다. 마교의 비전 속에는 우리의 상상을 뛰어넘는 특별한 무엇이 있으리라고 믿었다. 또 그래야 한다."

"그런데?"

"아무것도, 아무것도 없어."

구양관이 더욱 처연해진 얼굴로 한숨을 거푸 쉬었다. 울 듯하다.

안타까워진 소걸이 위로의 말을 건넸다.

"그것 보세요. 할아버지는 이미 이까짓 비급에서 더 얻을 게 없을 만큼 지극한 경지에 올라 있다고 말했잖아요."

"허허허, 나는 아직도 멀었구나. 염빙화가 이미 깨달은 것을 이제야 알았으니 육십 년 전이나 지금이나 그녀의 뒤를 쫓고 있을 뿐이야."

구양관의 탄식이 소걸을 안타깝게 했다.

"한 걸음 앞서 가나, 한 걸음 뒤처져 오나 정상에서는 더 나아갈 곳이 없으니 모두 만나게 되지요. 빠르고 늦음이 상관없는 곳. 그게 바로 정상이 아닐까요?"

"하하하, 너 어린 녀석의 말이 나를 기쁘게 하는구나. 기특하도다."

구양관이 크게 웃더니 벌떡 일어섰다. 그리고 갑자기 태도가 돌변해 무시무시하게 소걸을 노려보았다.

"하지만 나는 확인해 보지 않고는 직성이 풀리지 않겠다."

"무얼 말인가요?"

"너는 이미 장풍한의 절정검법을 장가보에게 돌려주었으니 염빙화의 한을 풀어준 것이다. 하지만 지난 육십 년간 억눌러 왔던 나의 한은 누가 풀어주지?"

"기어이 할머니의 파천검법과 다시 겨루어보아야겠다는 거로군요?"

"그렇다. 네가 염빙화의 모든 걸 물려받은 게 틀림없으니 이제는 네가 내 한을 풀어주어야 하지."

"제가 곤륜월녀를 죽였으니 그 복수도 곁들여 하시겠다는 거겠지요?"

"흥, 그 요악한 것이 죽은 일로 너에게 싸움을 걸 만큼 내가 작은 그릇으로 보인단 말이냐?"

"장가보에서 그러셨잖아요? 제자의 원수를 갚아야 한다고."

"흐흐, 핑계였을 뿐이다."

"이상하군요. 그렇다면 제자의 죽음이 조금도 분하지 않단 말인가요?"

"그년은 내가 거두어들인 제자가 아니다. 마교에서 나에게 강제로 붙여준 계집이었지. 나는 그들의 강요를 거절할 수 없어서 마지못해 제자로 받아들였단 말이다. 그러니 정확히 말한다면 나를 감시하기 위한 끄나풀이었던 게지.”

“그렇다면 저 곤륜일괴는요?”

“그놈이야 내가 곤륜산에서부터 데리고 온 진짜 제자지. 하지만 타고난 그릇이 저것밖에 되지 않으니…….”

구양관이 구석에 웅크리고 앉아서 눈만 반짝이고 있는 곤륜일괴를 한 번 돌아보고 한숨을 쉬었다.

그는 마교의 십대천마 중 한 사람으로 모두의 두려움을 받는 자였다. 한껏 으스대며 강호의 무리를 눈짓만으로 부릴 수 있는 자인데 지금은 주인의 눈치를 보는 강아지 꼴이 되어서 저렇게 웅크리고 있다.

소걸은 이 두 노인이 얼마나 대단한 사람들인지 다시 한 번 실감하고 가슴이 서늘해졌다.

그런 소걸을 바라보는 구양관의 눈길이 더욱 은근해졌다. 너 같은 녀석을 만나 제자로 삼지 못한 게 원통하다는 듯하다.

소걸이 빙긋 웃고 말했다.

“좋아요. 그렇게 원하신다면 기꺼이 들어드리지요. 그런데…….”

“문제가 있느냐?”

“잘 아시겠지만 빙백검은 한 번 뽑히면 반드시 피를 보고 말아요.”

“흥! 그게 무슨 상관이냐?”

“나는 할아버지를 찌르고 싶은 마음이 없군요.”

“이놈!”

소걸의 당돌한 말에 구양관이 크게 노해서 눈을 부릅떴다.

“네가 감히 나를 희롱하는 것이냐?”

“할아버지의 곤륜검법은 입신지경에 이르러 있습니다. 하지만 할머니의 파천검법에 비교하자면 부족한 게 있지요.”

“무엇이?”

“제가 느낀 곤륜검법은 웅장하고 기세가 날카로우며 당당하니 과연 명가의 절정검법이라고 할 수 있습니다.”

“그래서?”

“때문에 목숨을 걸고 파천검법과 맞서 싸운다면 결국 패하게 될 거라는 말입니다.”

“응?”

“파천검법은 오직 지독한 살기로 가득 차 있을 뿐입니다. 광명정대하지 않지만 그것의 살벌함이 극에 이르러 있고, 웅장하지 못하나 그것의 괴이신랄함이 하늘을 찌를 만합니다.”

“……!”

“때문에 곤륜검과 파천검이 모두 검의의 궁극에 이르러 있다고 해도 그것의 차이를 어쩔 수 없는 겁니다.”

“비무를 하며 검법의 묘용을 연구하는 데에는 잘 어울리는 짝이겠지만 목숨을 걸고 싸운다면 파천검의 살기가 더 무섭다는 게로구나?”

“바로 그렇습니다. 끝이 무디어진 창을 든 자가 날카로운 검을 든 자를 이길 수 없는 것과 같은 이치이지요.”

“흥! 나는 승복할 수 없다. 그렇다면 영영 정(正)으로 마(魔)를 누를 수 없다는 말이 되지 않느냐? 누가 굳이 정도를 고집하겠어?”

“무공에 처음부터 정도와 마도가 구분되어 있었을까요? 사람의 심성이 그것을 만들고, 익힌 자의 자질로 인해 뛰어나고 그렇지 못한 게 구분되는 것 아닐까요?”

“끄응—”

구양관이 할 말을 잃고 거칠게 한숨을 내쉬었다.

"할아버지께서는 이미 절정에 올라 있으니 굳이 정과 사마를 가르는 일 또한 무의미하지 않겠어요? 정이면 어떻고 사마면 어떻습니까? 궁극에 선 자에게는 겨룸이라는 것 자체가 무의미할지도 모르지요."

"염빙화가 그리 말하더냐?"

"제 생각이 그렇다는 겁니다."

"그럼 너 또한 절정에 올라 있다는 거냐?"

"저는 아직 멀었지요."

"흥! 그러면서 어찌 주둥이는 그리도 잘 나불댄단 말이냐?"

"짐작할 수 있으니 그것을 미루어 말해보았을 뿐입니다."

구양관은 소걸을 새롭게 보지 않을 수 없었다.

나이는 약관의 청년에 지나지 않으나 이미 그의 깨우침이 노년을 뛰어넘는 바가 있다고 여긴 것이다. 염 파파라는 절대자에게서 배운 덕일 것이다.

두 개를 알고 있는 자에게서는 아무리 기를 쓰고 배워봐야 두 개를 배울 뿐이다.

하지만 열 개를 알고 있는 자를 스승으로 삼는다면 둔재가 아닌 다음에야 설렁설렁 배운다 해도 대여섯 개는 배워 가질 것이다.

두 개를 배운 자는 대여섯 개의 경지를 엿볼 수 없다. 그러나 대여섯 개를 배운 자라면 능히 열 개의 경지를 넘겨보고 짐작할 수 있다.

그러니 문과 무에 뜻을 둔 자들이라면 누구를 막론하고 훌륭한 스승을 만나 배우려고 그렇게 기를 쓰는 것 아니겠는가.

구양관은 소걸이 이미 절정의 경지를 넘볼 수 있을 만큼 훌륭한 가르침을 받았고, 그것을 다 간직했다는 걸 알 수 있었다.

그의 공부가 구유신공의 구성 단계를 바라보고 있다는 게 증거이고, 장가보에서 보여주었던 절정검법이 그 증거이다.

구양관이 그러한 생각에 잠겨 있을 때 소걸이 다시 말했다.

"지금 저와 싸우신다면 할아버지는 원하는 걸 결코 얻을 수 없을 것입니다."

"어째서?"

"저의 공부가 아직 구성을 넘지 못했으니 할아버지의 상대가 될 수 없는 탓이지요."

"그러면 네가 십이성 대성할 때까지 기다려 주마. 얼마면 되겠느냐?"

"일 년이면 좋겠군요."

소걸의 말에 구양관은 물론 괴승마저 눈을 크게 떴다. 그들은 소걸이 큰소리를 쳐도 너무 심하게 친다고 생각했다. 이제 팔성의 성취를 넘어섰을 뿐인데 고작 일 년 사이에 십이성 대성을 하겠다니, 믿을 수 없었던 것이다.

"정말이냐?"

구양관의 다짐에 소걸이 빙긋 웃었다.

"일 년 뒤 오늘 황망령에서 만나기로 하지요."

"황망령?"

"장안성에 와서 물으시면 누구나 다 가르쳐 줄 거예요."

"장부의 일언은?"

"중천금이지요."

"좋다. 그렇게 약속하자."

구양관이 선뜻 손뼉을 쳐 약속하고 물러앉았다.

【第六章】
정이란 무엇이냐?

1

소걸은 닷새 동안 그 절곡 위의 이름도 없는 암자에서 묵었다.

노승의 법명은 혜통(慧通)이라고 했다.

육십 년 전, 달마원의 청년 고수로서 소림사는 물론 강호의 주목을 한 몸에 받던 기재였다.

그러던 그가 어느 날 갑자기 강호에서 모습을 감추었는데, 물론 홍염마녀 염빙화 때문이었다.

그는 강호의 패악을 제거한다는 의욕으로 염빙화에게 도전했고, 그녀의 일검에 찔려 죽었다. 그렇게 알려졌다.

사실 당시에 그는 죽음 직전에까지 갔었다. 염빙화마저 혜통이 죽었다 여기고 유유히 자리를 떴으니 두말할 것 없다.

하지만 그는 살아났다. 한줄기 끈질긴 생명의 줄을 붙잡고 있었던 것이다. 그것은 당시에 이미 십성을 넘어선 소림사의 무상신공 덕분이었다. 한 가닥 원정지기가 그를 죽음에서 구해낸 것이다.

살아난 그는 아무에게도 알리지 않고 강호를 떠나 산중을 떠돌며 무예를 더욱 연마했다.

오직 염빙화에게 복수하겠다는 일념에 사로잡혀 스스로를 짐승처럼 만들었던 것이다.

그리하여 십몇 년 뒤 세상에 다시 나왔을 때 그를 알아보는 사람은 아무도 없었다.

그는 중도 아니고 속인도 아닌 해괴한 몰골을 하고 있었으며, 사람도 아니고 짐승도 아닌 그런 괴이한 존재가 되어 있었다.

독한 마음을 품고 나왔지만 강호에서 들은 염빙화의 소식은 그를 절망하게 했다. 그녀가 장풍한과 함께 죽었다지 않은가. 그것도 벌써 십여 년 전이라는 사실에 혜통은 허탈해졌다.

그는 선 자리에서 무상함을 깊이 깨달았다. 그러자 또 다른 자신의 모습이 보였다. 그건 이미 혜통이 아닌 무엇이었다.

선 자리에서 개안(開眼)한 혜통은 다시 산으로 돌아갔다. 강호에서 열흘을 채우지 못한 것이다.

그리고 천태산의 이 절곡에 찾아와 스스로 암자를 짓고 홀로 도를 닦았다. 자신의 허망함을, 허무를 깊이 붙들고 염빙화 대신 그것과 싸우기 시작한 것이다.

그렇게 오십 년이 지났다. 그는 이제 더 이상 복수심에 불타던 젊은 혜통이 아니었다.

"덧없는 짓이지."

혜통이 손을 들어 유유히 흘러가고 있는 흰 구름을 가리켰다.

"우리의 모습이라는 게 저와 같은 거야. 한곳에 머물지 않고, 고정된

틀을 가지고 있지도 않다."

"마음도 그렇겠지요."

"흘흘, 마음뿐이겠느냐? 세상이 그렇고 인심이 그렇고 도라는 게 그런 거지."

"다 부질없다면서 왜 여기서 혼자 불도를 수행하지요? 그것도 덧없기는 마찬가지일 텐데."

"흘흘, 그러게 말이다. 나도 모르겠구나. 정이 들어서 그렇겠지 뭐."

남의 말 하듯 하는 혜통을 빤히 바라보던 소걸이 피식 웃었다.

'정(情)……'

그게 무언지 소걸은 알지 못한다. 하지만 입속에서 가만히 중얼거려보자 가슴이 아련하게 아파왔다.

할머니가 여지껏 고통스럽게 인내하며 살아온 게 그 정 때문이다. 당 할아버지가 역시 고통스러운 세월을 견디고 살아온 것도 그렇다.

그렇다면 정이란 사람을 고통스럽게 하는 것일까?

그렇게 생각하자 불쑥 주지약의 아름다운 얼굴이 떠올랐다. 헤어지던 날, 눈물에 젖어 바라보던 그녀의 애처로운 얼굴이 가슴을 아리게 한다.

'그녀는 나에게 정이라는 걸 가지고 있었던 것일까?'

아니라는 걸 소걸 스스로 잘 알고 있었다.

그녀의 말과 모습은 모두 거짓이었다. 그러나 그렇게 생각하고 싶지 않았다. 하지만 소걸의 마음은 그렇지 않았다.

'나는 이미 그녀에 대한 정을 가지고 있다.'

주지약의 거짓을 생각하자 그것은 자기 자신에 대한 괴로움으로 돌아왔다.

정 때문이다.

단옥당의 준수한 얼굴을 어둡게 하던 슬픔과 분노가 떠오른다. 그
또한 정 때문에 자기 자신을 그토록 괴롭히기만 했다.

"노스님, 정을 끊어버리면 마음이 편해질까요?"

"히히, 어린 녀석이 괴이한 생각을 하는구나?"

소걸의 머리를 쥐어박은 혜통이 시무룩한 얼굴이 되어서 말했다.

"정이 없으면 그게 어디 사람이냐? 저 구름이나 바윗돌 같은 거지."

"살아 있는 것에는 모두 정이라는 게 있는 걸까요?"

"짐승도 새끼에 대한 정이 있고, 벌레도 제 목숨에 대한 정이 있다."

"사람의 정처럼 복잡하고 크지는 않겠지요?"

"그것들은 오히려 사람의 정이 쓸데없고 사치스럽다고 비웃을걸?"

"정이란 대체 무엇일까요?"

"이 녀석아, 그걸 알았으면 내가 진작 성불해서 부처님이 되어 있지,
여기 이렇게 쭈그리고 앉아서 네놈과 실없이 노닥거리고 있겠느냐?"

"스님은 그 해답을 알고 계신 줄 알았더니 아니로군요."

"그걸 알고 싶어서 오늘도 이렇게 궁상을 떨고 있느니라."

"그럼 언제든 알게 되겠지요?"

"그거야 정이라는 그 요상한 물건이 나에게 마음을 열어주느냐 그렇
지 않느냐에 달려 있지."

"어쨌든 알게 되면 저한테도 가르쳐 주세요."

"히히, 가르쳐 줄 만한 거라면 가르쳐 줄 테니 받아 가질 만하거든
받아가거라."

혜통이 불쑥 손을 뻗어 소걸의 완맥을 쥐었다. 소걸은 그의 불같은
내력이 제 몸 안으로 밀물처럼 쏟아져 들어오는 걸 가만히 느껴보았다.

한동안 불덩이가 혈맥을 샅샅이 헤집고 돌아다녔다. 정수리를 태울 듯

달군 그것이 단전으로 돌아와 모래에 물이 스며들듯 슬며시 사라졌다.

"이제 다 나았군. 참 회복이 빠른 놈이다."

"내상을 입기 전보다 오히려 몸이 가볍고 기력이 좋아진 것 같은걸요?"

"흘흘, 그게 다 네놈이 이 부처님과 인연이 있다는 증거니라."

"스님은 정말 할머니에 대한 원한을 다 잊으셨나요?"

"내가 언제는 원한을 품었던고?"

"그랬다고 하셨잖아요?"

"그 혜통은 내가 아니었느니라. 벌써 죽었지. 커흠."

"정이란 그런 모습도 가지고 있군요."

"엥?"

"미운 걸 잊게 하고 원한을 사라지게 하는 힘 말이에요. 그렇다면 정이라는 놈이 꼭 나쁜 것만은 아닌가 봐요."

"흐음, 역시 괴상한 놈이로다."

소걸이 엉덩이를 털고 일어섰다.

"이제 가겠어요."

"벌써?"

"할머니에게 돌아가야지요."

"내 얘기를 할 거냐?"

"오래전에 죽은 혜통 얘기는 해서 뭐 하게요?"

"흘흘―"

소걸이 빙백검을 둘러메자 곤륜검종 구양관이 눈을 부릅뜨고 일렀다.

"약속을 잊지 마라. 일 년 뒤다."

"쳇, 늙으면 제 이름도 때때로 잊는다던데 할아버지나 잊어버리지 마세요."

"요놈이?"

"그나저나 안 가실 거예요?"

"어디로 말이냐?"

"봉공이라면서요? 그러니 마교로 돌아가야 하지 않아요?"

"히히, 이미 다 얻었는데 다시 구할 게 뭐 있느냐? 여기서 저 땡중 놈이나 놀려먹으며 눌러앉아 있을 작정이다."

"그럼 그러세요."

잡아먹을 듯 구양관을 노려보는 혜통을 향해 머리를 까닥해 보인 소걸이 더 미련없다는 듯 휘적휘적 암자를 떠났다.

손에 땀을 쥐어가며 절벽을 다시 돌아 나와 산밤나무 오솔길을 지날 때였다.

저 앞쪽 바위 위에 태평하게 앉아 있는 한 사람이 보였다. 곤륜일괴 엄양이다.

소걸을 기다리고 있었던 듯 그가 자리를 털고 일어섰다.

"마교로 돌아가는 건가요?"

"그래야지."

"하지만 당신의 사부님은 암자에 남겠다고 하셨는데……."

"사부님이 그러시겠다면 누구도 뭐라고 할 수 없다."

"마교에서 찾지 않을까요?"

"아니."

곤륜검종 구양관은 마교 내에서도 특이한 존재라는 게 느껴졌다.

그는 비록 마교에 몸을 두고 있었지만 자유로운 사람이었던 것이다. 그건 마교의 무리가 그만큼 구양관을 두려워하고 공경했다는 반증이기도 하다.

소걸이 한가롭게 걸음을 옮기자 곤륜일괴도 그의 뒤를 따랐다. 두어 장의 거리를 두고 끈질기게 따라온다.

골짜기에 이르러 소걸이 멈추어 섰다.

"당신은 마교로 돌아간다고 하지 않았나요?"

"그랬지."

"안탕산은 남쪽이고 내가 가는 곳은 서쪽이에요."

"각자 갈 길을 가면 그뿐이다. 서로 상관할 것 없어."

무심한 엄양의 말에 소걸이 머리를 끄덕였다.

'그의 말이 옳지. 그가 어디로 가든 내가 상관할 일이 아니야.'

소걸은 더 이상 엄양이 뒤를 따라오든 말든 신경 쓰지 않고 제 길을 갔다.

골짜기 아래에 이르렀을 때는 한낮의 태양도 반 넘어 기울었을 무렵 이었다.

졸졸거리며 흐르는 맑은 물을 보자 갈증이 났다.

소걸은 아래쪽에 있고 엄양은 십여 장 저 위쪽에 있다. 소걸이 물을 마시려고 물가로 내려가자 엄양도 그렇게 했다.

그리고 먼저 물을 움켜 마시는 척하면서 슬쩍 소매 속에 감추고 있 던 옥병을 기울여 검은 액체를 몇 방울 떨어뜨렸다.

그것이 곧 맑은 개울에 섞여 흩어진다. 그리고 저 아래쪽에서 소걸 이 몸을 기울여 손으로 물을 움켜 마시기 시작했다.

2

혀끝에 느껴지는 물의 맛이 처음 그것을 움켜 마셨을 때와 다르다.

아주 잠깐 멈칫했던 소걸이 아무것도 아니라는 듯 네 번째로 물을
움켜 마셨다.

식도를 타고 내려가는 시원한 물의 기운이 느껴진다. 가슴까지 상쾌
해졌다.

옷자락에 입을 문질러 닦은 그가 바위에 걸터앉았다. 서늘한 바람이
불어와 이마를 식혀준다.

차 한 잔을 마셨을 만한 시간이 지났을까?

그때까지도 저 위쪽에서 꼼짝하지 않고 서 있던 엄양이 천천히 다가
왔다. 소걸의 무심한 눈이 그를 바라본다.

"괜찮으냐?"

엄양이 그의 눈치를 살피며 물었다.

"속이 좀 거북하군요."

"흐흐흐, 그럴 거야."

즉시 엄양의 얼굴이 음침해졌다.

"내가 독을 풀었거든. 너는 그걸 움켜 마셨지."

"독?"

"화갈시독(華鞨施毒)이라는 거다. 갈족(鞨族)의 땅에서 나는 독화(毒
花)의 정수를 취해 만든 독이지."

"그럼 내가 중독된 건가요?"

"흐흐흐, 잠시 뒤면 창자가 끊어질 듯 아파서 허리를 펴지도 못하게
될 거다."

눈치를 살피더니 다시 말한다.

"그리고 일 다경이 더 지나면 온몸의 경락이 돌처럼 굳어져서 움직
일 수 없게 되지."

“…….”

“다시 일 다경 후에는 서서히 말라죽기 시작하는 거야. 하루 만에 몸 안의 수분이 모두 증발되어서 마른 북어처럼 되고 말 거다.”

“지독한 독이군요.”

“무섭지?”

소걸이 대꾸하지 않고 고개를 숙인 채 무엇을 생각했다.

그의 눈살이 찌푸려지는 걸 보면서 엄양은 드디어 독기가 발작하기 시작한 모양이라고 짐작했다.

잠시 후 소걸이 얼굴을 들고 말했다.

“나에게 이처럼 지독한 암수를 쓴 건 원하는 게 있기 때문이겠지요?”

“지금 즉시 해독약을 먹지 않으면 너는 죽게 된다.”

“무얼 원하나요?”

“네 품 안의 그 비급과 해독약을 바꾸자.”

“역시 그것 때문이군요.”

소걸이 씁쓸한 웃음을 지었다. 사람은 죄가 없으나 지니고 있는 보물이 죄라는 말이 떠오른다. 한편으로는 엄양이 가엾기도 했다.

십대천마로 꼽히는 강호의 당당한 고수가 자신의 체면마저 내팽개친 채 이처럼 비열한 짓을 서슴지 않는 건 무상광명신공 비급 때문이다.

어찌 엄양뿐이겠는가. 강호의 누구든 이 비급 앞에서는 탐욕에 사로잡혀 스스로의 존엄마저 내팽개치고 가장 비열하고 악독하며 치사한 본래의 모습을 드러내고 말 것이다.

그렇다면 이것은 절세의 비급이라기보다 인성을 파괴하는 마물이라고 해야 어울리지 않겠는가.

그런 생각으로 소걸은 우울해졌지만 엄양의 눈에는 그가 독기 때문에 괴로워하는 것으로 보였다.

"너는 이미 그 안의 모든 것을 머리 속에 담아두고 있겠지?"

"그래요."

"그리고 이미 필요한 걸 모두 익혔겠지?"

"그래요."

"그렇다면 너에게는 그게 있으나 없으나 아무 차이가 없다."

"그것도 그렇군요."

"하지만 나에게는 정말 귀중한 물건이다. 그러니 나에게 양보하는 게 공덕을 쌓는 일이 되지 않겠느냐?"

"그 말도 일리가 있어요."

엄양의 얼굴이 한층 밝아졌다. 그가 한 걸음 다가서며 재촉했다.

"자, 어서 이리 다오. 그러면 해약을 주마."

"하지만 당신의 심성이 이처럼 음흉하고 악독하니 이것이 당신의 손에 들어간다면 장차 강호에 커다란 재앙이 되어 돌아오지 않겠어요?"

"핫! 네가 지금 장차의 일을 걱정할 처지냐?"

"안된 일이지만 나는 당신의 사부인 구 할아버지의 낯을 보아서 사실대로 말해주지 않을 수 없군요."

"……?"

"내가 왜 곤륜월녀의 독검에 부상을 입었으면서도 죽지 않고 살아 있는지 의문을 품어본 적 없나요?"

"너의 내공이 정심하고 장가보에 좋은 해독약이 있었으니 그랬겠지."

"틀렸어요."

"그럼 설마 네가 만독불침지신이라도 된단 말이냐?"

"바로 그렇답니다. 나는 당 할아버지에 의해서 어렸을 때 그러한 신체를 갖게 되었지요."

"헛?"

"그러니 월녀의 독검이 쓸데없었듯 당신의 그 화갈시독 또한 무용지물이랍니다."

"흥! 나는 믿을 수 없다. 그런 헛소리로 나를 잠시 속여보려고?"

엄양이 코웃음을 치고 노려보았다. 하지만 즉시 들이칠 생각은 여전히 하지 못한다.

"내 말을 믿지 않는다면 지금 즉시 시험해 보면 알 거 아니겠어요?"

"좋다. 흐흐흐, 그러잖아도 사매의 복수를 하려고 벼르던 참이다. 사부님께서는 포기했는지 몰라도 나는 절대로 포기하지 않아."

"그녀는 마교에서 심어둔 끄나풀에 지나지 않다던 당신 사부님의 말을 듣지 못했나요?"

"상관없다. 나에게는 하나뿐인 사매라는 게 더 중요해."

"그렇군요. 당신은 그녀에게 정을 품고 있었군요."

소걸이 탄식하듯 말했다. 그러자 엄양의 기색이 더욱 흉악해졌다.

"흐흐흐, 그렇다. 나는 사매에게 정을 품었지. 그런데 너로 인해 그것이 깨졌으니 반드시 너를 죽여서 사매의 복수를 하고 말 테다."

어쩔 수 없다는 듯 소걸이 천천히 등에 지고 있던 빙백검을 내려 들었다. 그리고 내키지 않는 손길로 그것을 둘둘 감싸고 있던 천을 벗겨 내며 마지막 경고를 했다.

"하지만 명심하세요. 내가 빙백검을 뽑으면 반드시 피를 보고 말아요. 당신이라고 결코 예외가 될 수 없답니다. 지금이라도 늦지 않았으니 어서 당신의 길을 가도록 하세요."

"흐흐흐, 어린것이 주둥이만 살아서 끝까지 노부를 속이려 드는구나."

엄양이 비웃음을 흘리고 선뜻 검을 뽑아 들었다. 그의 검 또한 보기 드문 보검인지라 창백한 검광이 눈부시게 뻗어나왔다.

그는 소걸이 중독된 걸 참고 허세를 부리는 거라고 믿었다. 그러면서도 저렇게 태연한 걸 보자 의심이 들어 주저하게 된다.

'설마 저놈이 정말 만독불침지신이란 말인가? 그건 말도 안 돼.'

그는 강호의 절정고수로 꼽히는 자이지만 소걸이 염빙화의 전인이라는 걸 알고 꺼려하지 않을 수 없었다. 게다가 사매 황보란을 죽이던 무서운 솜씨를 보았고, 장가보에서는 절정검법을 펼쳐 자신의 사부와 싸우던 모습을 보았다. 소걸에 대한 두려움이 생기지 않을 수 없다.

그가 망설이는 동안 소걸은 빙백검을 쥐고 벌떡 일어났다. 낡은 고동색의 검집 속에 들어 있는 검의 서늘한 기운이 느껴지는 것 같다.

엄양이 그것을 가리키며 떨리는 음성으로 물었다.

"그것이…… 혈염마녀가 쓰던 빙백…… 검이냐?"

"그렇답니다. 자, 당신에게 마지막 기회를 드리지요. 나는 당신 사부의 낯을 보아서 당신을 죽이고 싶은 마음이 들지 않는군요. 하지만 이 검이 뽑혀지고 나면 아무 소용이 없어요. 그 이유는 당신도 잘 알겠지요?"

"혈마파천검법이 빙백검과 조화를 이루면 그 검초가 더욱 지독해져서 반드시 피를 보고 만다는 얘기를 귀 아프게 들었다."

"그걸 안다면 어서 달아나세요."

"시끄럽다!"

엄양이 버럭 소리쳤다. 소걸 앞에서 두려워 머뭇거리고 있는 자신의 모습이 부끄러웠고, 그의 품에 있는 비급에 대한 욕심을 포기할 수 없다.

'무상광명신공을 얻는다면 그 안의 절세적인 무공을 익혀 네 사부님을 능가하는 절대고수가 될 수 있어. 눈앞에 그게 있는데 뭘 망설이지?

마음속의 어리석은 악마가 그렇게 속삭였다.

'천하제일의 고수가 되면 누가 감히 너에게 이래라저래라 하겠어? 이까짓 마교의 십대천마라는 자리쯤은 우스워질 거야.'

엄양의 의식이 옳다고 소리쳤다. 악마가 다시 속삭인다.

'어서 해. 저걸 빼앗아. 저놈은 중독되어서 조금도 힘을 쓸 수 없잖아. 가까스로 버티면서 허장성세로 너를 속이고 있는 것뿐이야. 보면 모르겠니?'

곤륜일괴 엄양은 그 속삭임에 넘어갔다. 그가 음흉한 웃음을 흘리며 조금씩 소걸에게 다가섰다. 그리고 살기가 뚝뚝 떨어지는 음성으로 말했다.

"네놈이야말로 지금이라도 늦지 않았다. 비급을 내놓고 싹싹 빈다면 모든 걸 용서하고 해약을 주마."

"당신이 끝까지 어리석은 고집을 부리니 어쩔 수 없군요. 저승에 가서라도 나를 원망하지 마세요."

소걸의 낯빛이 엄숙해졌다. 그리고 천천히 빙백검을 뽑는다.

그것이 조금씩 검집에서 벗어날수록 눈을 찌르는 창백한 검광이 서릿발처럼 빛났다.

엄양이 잔뜩 긴장해서 몸을 웅크렸다.

빙백검을 뚫어지게 바라본다.

저것이 육십 년 전 강호를 피에 잠기게 했던 절대마검이다. 염빙화가 저것을 뽑았을 때 그녀의 손에서 살아난 자가 없었다.

마도제일기병으로 꼽히는 그것이 지금 소걸에 의해서 다시 세상에 모습을 드러낸 것이다.

"꿀꺽!"

엄양은 저도 모르게 침을 삼켰다. 지금이라도 검을 던지고 냅다 달아나고 싶다는 마음이 불쑥 든다. 하지만 체면이 그의 그런 마음을 억눌렀다.

'이 곤륜일괴 엄양이 어찌 저까짓 어린놈에게!'

그런 자존심 때문에 엄양은 애써 빙백검 앞에서의 공포를 억눌러 버렸다.

빙백검이 허공에 천천히 누웠다. 그게 혈마파천검법의 기수식이라는 걸 알았지만 실제로 보기는 처음이다. 엄양의 눈빛이 한층 가라앉고 악독한 빛을 띠었다.

이를 부드득 간 그가 드디어 마지막 패를 던졌다. 모든 걸 갖거나 모든 걸 잃어버리는 패다. 단 한 번의 도박. 승률은 반반이다. 엄양은 자신이 이긴다는 쪽에 그의 살아온 삶 전부를 걸었다.

"끼야압!"

필생의 공력을 모아 검에 실으며 야수처럼 울부짖었다.

그리고 들이친다.

곤륜삼십육검이 소나기처럼 쏟아졌다.

단번의 승부라는 걸 느낀 그는 서슴없이 자신의 검법 중 그 위력이 가장 강하고 수법이 가장 무서운 곤륜만천(崑崙滿天)을 펼쳤다.

팔방을 가두고 뇌전처럼 쏟아지는 새파란 검기.

짜자자작―!

그것에 갈기갈기 찢어지는 허공이 요란한 비명을 터뜨렸다. 뇌전음(雷電音)이라 해야 할 만큼 강렬하고 매서운 폭발이다.

욱! 하고 힘을 끌어 모은 소걸이 그것을 향해 일검을 내쳤다.

창백하고 시린 빛 한줄기가 뇌정을 거슬러 거침없이 뻗어나갔다.

파천검 십이식 중 제구식 일조천붕(一照天崩)이라는 검초였다.

빙백검이 오랜만에 맛보는 구유신공에 흥분한 듯 넘치는 기운으로 부르르 떨며 피를 찾아 제 스스로 뻗어나간다.

엄양이 눈을 부릅떴다. 경악을 넘어 절망적인 공포로 그의 머리 속이 하얗게 탈색되었다.

자신의 검초를 대나무 쪼개듯 가르고 곧장 뻗어나오는 빙백검의 싸늘한 기운. 그것이 아직 이르지 않았는데 벌써 심장이 얼고 뼛속에 서리가 내려 꼼짝달싹할 수가 없다.

"으악!"

그의 참혹한 비명성이 텅 빈 골짜기에 울려 퍼졌다. 으악, 악, 악— 하는 처절한 메아리가 뒤따른다.

날카롭던 기운을 잃은 엄양의 보검이 쩔그렁 하고 돌 위에 떨어졌다.

빙백검은 그의 가슴을 단번에 꿰뚫고 등 뒤로 반이나 빠져나와 있었다. 그것의 얼음 같은 검신을 타고 뜨거운 피가 흘러내렸다. 피에 씻기는 검신이 더욱 번쩍인다.

3

눈을 감지 못한 엄양의 덧없는 주검이 발아래 있다.

소걸은 핏물을 뚝뚝 떨어뜨리고 있는 빙백검을 늘어뜨린 채 멍하니 그가 세상에 남긴 마지막 모습을 바라보고 있었다.

'정이란 무엇이냐?'

혜통의 화두가 머리 속 가득 울렸다.

남자와 여자 사이의 애틋한 마음만 정이라고 할 것인가.

바위라도, 나무라도 내가 그것에 집착하는 마음을 가지게 되었다면 그게 바로 정이리라.

엄양은 명예에 집착했고, 강호에 집착했다. 그리고 곤륜월녀에게 향하는 애틋한 마음을 가졌다. 그게 그의 정이었다.

그리고 그의 죽음이다.

그렇다면 정이란 죽음인가? 하는 생각이 절로 들었다.

만약 그렇다면 정이란 허무가 아닐까? 하는 생각이 뒤따른다.

언젠가는 소멸될 것이기 때문이다.

사람들은 누구나 그걸 안다. 그러면서도 집착하는 마음을 갖는 건 그게 영원하지 않기 때문일 것이다.

소멸된다는 것. 머지않아 사라진다는 것. 그래서 더욱 안달하고 서두르게 되는 게 인간이 가진 불완전성일 것이다.

"지겨워."

소걸이 문득 말했다.

죽고 죽이는 이런 게 강호라면 더 재미를 느낄 수 없을 거라는 생각이 든다.

낭만과 멋이 있고 느긋한 여유와 평화가 있기를 바랐는데, 적과 친구가 있을 뿐이다.

그것을 뚝 떼어서 갈라놓을 수 있다면 적을 멀리하고 친구들하고만 어울려 살 수 있으련만 그렇지 못하다.

언제나 적과 친구가 한 덩어리로 뒤섞여 있어서 낭만이 있는 곳에 죽음이 있고, 평화가 있는 곳에 야비한 협잡이 있다.

한숨을 쉰 소걸이 뒤에 두고 온 아득한 봉우리를 돌아보았다.

저곳에 있는 낡은 암자를 세상은 알지 못한다. 그렇게 세상을 등지고 홀로 사는 혜통이 부러워졌다.

"불선다루로 돌아갈 거야."

소걸은 다시 스스로에게 말해주었다. 그러자 걷잡을 수 없는 그리움이 밀려온다.

'내가 태어나고 자라온 그 황량한 황토 언덕……'

그 흙바람과 쓸쓸함과 나른함이 사무치도록 그립다.

"돌아갈 거야."

다시 중얼거린 소걸이 눈물을 훔치고 돌아섰다.

＊　　　＊　　　＊

떠난 지 두 달 만에 다시 부춘강가에 섰다.

떠났을 때는 아직 여름의 더위가 남아 있을 무렵이었는데 지금은 산하가 울긋불긋 물들어 있다.

퍼석퍼석한 바람이 머리카락 몇 올을 건드리고 스쳐 갔다.

마른 나뭇잎 냄새가 그 바람 속에 실려 있었다.

여름의 사나움을 많이 잃은 채 뉘엿뉘엿 흐르고 있는 강물이 차가워 보이고 반짝이는 물결이 쓸쓸해 보인다.

소걸은 억새풀 쇠어가는 언덕에 쪼그리고 앉아서 저 건너의 누런 갈대밭을 하염없이 바라보았다.

할머니가 있고 망선은노가 있으며 우마가 있는 곳. 하지만 내 집은 아닌 곳.

그곳으로 가고 싶은 마음이 들지 않는다.

그럴수록 자꾸만 황망령이 눈앞에 아른거리고, 그곳에서 시끌벅적하게 떠들어대고 있는 낯익은 얼굴들이 그리워졌다.

세상은 그들을 마두라고 비난하지만 소걸에게는 이제 그 누구보다 그리운 친구들이었다.

뉘엿뉘엿 등 뒤로 해가 저물고, 노을 뒤에 잿빛 땅거미가 스멀스멀 깔려왔다.

그리고 이내 짙은 어둠이 뒤따라왔다.

풀벌레들의 울음소리가 귀에 가득하다. 찬 이슬이 내려앉아 옷자락을 눅눅하게 했다.

지는 해를 뒤따라 일찌감치 떠올라왔던 둥근 달이 완연한 황금빛으로 하늘 복판에 박혀 달무리를 두르고 있었다.

밤이 얼마나 깊었을까.

강 언덕에 박혀 버린 조상(彫像)인 듯 무릎을 안고 쪼그리고 앉아 꼼짝도 하지 않던 소걸이 천천히 일어섰다.

언덕을 오가며 팔뚝만한 나무토막 다섯 개를 주워 품에 안았다.

잠시 강폭을 가늠해 보던 소걸이 망설임없이 땅을 박찼다. 일보무영의 경공신법이다.

쾌속하기 짝이 없는 그의 신형이 단숨에 십여 장 저쪽 허공으로 옮겨갔다.

하지만 그것만으로는 강을 건널 수 없다. 허공에 잠시 머물렀던 소걸의 몸이 힘을 잃고 뚝, 떨어졌다.

발아래는 짙푸른 강물이다. 여동빈은 맨발로 파도 위를 걸었고, 달마 조사는 갈댓잎 하나에 몸을 싣고 장강을 건넜다고 한다.

그러나 소걸은 물에 닿는 즉시 풍덩, 빠져 버릴 것이다. 수영을 할 줄 모르는 그가 저 무서운 소용돌이를 헤쳐 나올 리 없다.

발이 물에 닿기 전 소걸이 나무토막 한 개를 던졌다. 그리고 그것을 한 발로 걷어찬다.

물 찬 제비라는 말이 그에게 딱 맞을 것이다.

나무토막을 찬 탄력을 빌어 다시 몸을 솟구치는 솜씨가 놀랍기 짝이 없다.

수상표(水上漂)라는 것인데, 누구도 가르쳐 준 적 없건만 제 스스로 생각해 내고 실행하는 것이니 염 파파가 보았다면 혀를 내두르다가 박수갈채를 아낌없이 보냈을 터였다.

그렇게 작은 탄력을 빌어 오륙 장을 더 나아갔고, 거기서 힘이 다하자 다시 한 개의 나무토막을 물 위에 던졌다.

소용돌이를 가볍게 뛰어 건너고, 여울도 가뿐히 스쳐 지나간다.

다섯 개의 나무토막을 차례로 던져 강을 건너는 솜씨는 누구도 흉내 내지 못할 만큼 고명했다.

강을 건너뛴 그가 훌쩍 무성한 갈대 위에 내려서더니 이번에는 그것을 차고 달렸다.

그의 수라구유보는 이미 절정의 경지에 든 것 같았다. 일보무영의 쾌속함이 염 파파의 그것을 보는 듯했던 것이다.

쉬앙—!

소걸이 스치고 지나간 자리로 몰려드는 센바람. 갈대들이 기절한 듯 쓰러졌다가 깜짝 놀라 일어섰다. 그렇게 한줄기 길이 생겼다가 곧 사라진다.

초상비(草上飛)라고 하는 경신법의 절정 경지.

소걸은 지금 그것을 보여주고 있었다.

갈대를 차는 발이 솜털처럼 가볍다.

한줄기 바람이 되어 소리없이 망선곡 안으로 뛰어든 그가 곧장 측면의 모옥(茅屋)으로 달려가 문을 왈칵 열었다.

"할머니!"

적막한 어둠뿐이다. 그 속에서 낮게 코 고는 소리가 들렸다.

창문 아래의 딱딱한 침상에 몸을 구부린 채 깊이 잠들어 있는 노파.

소걸의 눈에 뿌연 안개가 서렸다.

'할머니……'

누가 방에 들어온 것도 모르고 저렇게 잠들어 있는 할머니에 대한 안타까움이 가슴을 아프게 한다.

소걸은 할머니가 이제는 정말 그저 평범한 노인으로 돌아갔다는 걸 알았다.

옛날의 혈염마녀 염빙화는 사라지고 저기 저렇게 추레하고 피곤한 노파가 되어 세상모르고 자고 있는 것이다.

그녀를 두르고 있는 침침한 어둠 앞에서 소걸은 할머니 곁에 더욱 다가서 있는 죽음의 그림자를 보았다.

천천히 다가간 소걸이 흘러내린 이부자락을 끌어올려 어깨를 덮어주었다.

"으음. 소걸아, 이 못된 녀석. 이리 오지 못해?"

할머니의 잠꼬대가 낡은 이부자락에 떨어진 소걸의 눈물 위에 섞였다.

【第七章】
지옥혈의 비사(秘事)

1

"대체 뭘 알고나 그러는 거요?"

"내가 뭘?"

"아니, 풀을 뽑으랬지 누가 무를 뽑으라고 했소?"

"이게 무야?"

"그럼 파파의 눈에는 그게 동삼(童蔘)이라도 되어 보이쇼?"

"알았다, 이놈아. 풀을 뽑으면 될 거 아냐."

"당최 그동안 어떻게 먹고살았는지 모르겠수. 여러 사람 고생시켰겠
어."

"아, 그놈 참. 덩치는 소만 한 게 주둥아리는 어찌 그리 촉새 같은지,
쯧쯧……."

"저런, 저런! 또 무를 뽑는다! 아, 풀을 뽑으라니깐!

"이크, 이게 또 무였구나. 빌어먹을. 난 안 하련다."

"그렇게 아무거나 잡히는 대로 뽑아대다간 남아나는 게 없겠소. 에
그, 시킨 내가 멍충이지."

"흥, 알긴 아는구나. 그러니 넌 조물주에게 감사해야 할 거야."

"그건 또 무슨 말이오?"

"멍청한 놈에게 거기 알맞은 얼굴을 주셨잖아."

"뭐, 뭐요? 아니, 이놈의 할망구가 정말!"

"히히, 화를 내니까 그래도 귀여운 구석이 쬐끔은 보이는구나."

"끄응—"

들창을 밀어내고 턱을 괸 채 바라보던 소걸이 피식 웃었다.

아침이다.

간밤에 워낙 깊이 잠들었던 탓에 아침이 된 것도 모르고 곯아떨어져
있었는데 창밖의 소란 때문에 깨어난 것이다.

할머니와 우마가 다투는 소리였다.

창문을 밀어내고 바라보니 마당 한쪽의 채마밭에서 늙고 젊은 두 사
람이 토닥거리고 있는 게 보였다.

가을의 청명한 햇빛이 소걸과 그들 사이에 투명한 장막을 드리웠다.

산새들의 지저귐이 쨍쨍하고, 한 쌍의 나비가 곧 사라질 저희들의
운명도 모르고 한가롭게 날고 있다.

겨울에 먹을 무가 밑동이 아주 실하게 들어서 쑥쑥 뽑혀 나왔다.

그게 재미있었던지 염 파파는 한사코 무를 잡아 뽑았고, 그때마다
잡풀을 뽑고 벌레를 잡아주고 있던 우마는 버럭버럭 소리를 질러댔다.

소걸은 머리에 수건을 쓴 채 밭에 엎드려 있는 할머니의 모습을 상
상해 본 적도 없다.

어리둥절했다가 곧 흐뭇한 미소를 지었다.

검을 들고 살기등등해서 서 있던 할머니보다 저렇게 손에 흙을 묻혀가며 우마에게 구박받고 있는 할머니의 모습이 훨씬 보기 좋았던 것이다.

아름답다는 생각마저 든다.

제 화를 어쩌지 못해 펄쩍펄쩍 뛰던 우마가 소걸을 보았다.

"어? 일어났냐?"

"왜 내 할머니를 그렇게 구박하는 거야?"

염 파파가 돌아보고 환하게 웃었다.

"더 자야 하는데 이놈이 시끄럽게 떠들어서 깨어났구나?"

"할머니, 무고 뭐고 닥치는 대로 다 뽑아버리세요. 아니다. 잠깐 기다리세요. 제가 나가서 거들어 드릴게요."

"뭐, 뭐야?"

우마가 눈을 부릅떴고 염 파파는 흙투성이 손을 옷자락에 쓱쓱 문질러 대며 헤벌쭉 웃기만 했다.

우마는 아직도 심통이 다 풀리지 않았다.

늦은 아침 식사를 하는 내내 소걸을 흘겨보며 한마디 말도 하지 않고 밥만 퍽퍽 퍼먹었다.

상 위에는 온통 무 천지였다.

무 탕에 무 조림과 무 무침. 고기 대신 무를 튀겨내고 그 위에 걸쭉한 양념 국물을 얹은 것까지 있으니 누가 보았다면 혀를 내둘렀을 것이다.

밥도 아예 쌀 반 무 반인 무밥이다.

"그래, 갔던 일은 어찌 되었느냐?"

젓가락을 내려놓은 염 파파가 비로소 물었다.

잔뜩 인상을 찌푸린 채 맛없는 밥을 우물거리던 소걸이 이때라는 듯 저도 젓가락을 내려놓았다.

"잘되었지요."

"별일은 없었고?"

"왜 없었겠어요? 이런저런 기막힌 일들이 끊이지 않고 일어났답니다."

"흘흘, 재미있었겠구나. 어디 한번 들어보자."

염 파파가 소걸을 끌고 일어서자 우마가 젓가락을 내던지며 큰 소리로 말했다.

"기다려! 나도 들을 테다!"

아무 말 없이 젓가락을 깨작거리고 있던 망선은노가 눈으로 웃었다.

그들은 모두 다청으로 물러 나와 차를 마시며 소걸의 이야기를 들었다.

그가 지난 몇 달의 일들을 이야기하는 동안 염 파파 등은 때로는 웃으면서, 때로는 긴장으로 주먹을 움켜쥐고, 때로는 통쾌한 마음이 되어 한숨을 몰아쉬며 소걸이 겪은 여행담을 들었다.

"그 염치없는 구양관이 아직도 멀쩡하게 살아 있다니, 내 명성에 흠집이 생기고 말았구나."

염 파파가 못마땅하다는 듯 혀를 차며 말했다.

그녀와 싸운 자들은 모두 죽였는데 유독 구양관만은 놓쳤기 때문이다.

그때의 일을 떠올리는 듯 염 파파의 눈길이 아득한 허공을 더듬었다.

소걸은 소림사의 혜통 노스님도 아직 잘만 살아 있다는 말이 목구멍
까지 올라왔으나 꿀꺽, 눌러 삼켰다.

그가 구양관을 상대로 절정검법을 펼쳐 싸운 이야기를 듣는 동안 염
파파는 내내 긴장한 얼굴로 잔뜩 귀를 기울였다. 그리고 안도의 한숨
을 내쉬었다.

"장하다. 너를 가르친 보람이 있구나."

우마가 눈을 부라리며 퉁명스럽게 말했다.

"쳇, 그래, 너 혼자서 온갖 재미는 다 보고 다녔단 말이지? 나쁜 놈
같으니."

때릴 듯 주먹을 들어올리고 눈을 부라린다. 소걸이 그를 흘겨보고
코웃음을 쳤다.

"너는 너무 무지막지해서 함께 다니기 싫어."

"뭐라고?"

"너와 함께 다녔다가는 피를 밟지 않는 날이 하루도 없을 텐데 그게
안 지겹겠어?"

"통쾌하잖아."

"나한테는 끔찍하다."

"내가 너를 때려주는 것도 아닌데 뭐가 끔찍해?"

"네 그 무식한 도끼에 맞았다가는 끔찍이고 뭐고 느끼기도 전에 죽
겠지."

"그러니까 통쾌한 거지."

"아, 듣기 싫어!"

소걸이 빽 소리치고 나서야 우마의 입이 닫혔다.

지그시 눈을 감고 생각에 잠겼던 염 파파가 다시 말했다.

"네가 곤륜일괴와 월녀를 죽였다니 놀랍구나."

"어렵지 않았어요."

"어느새 너의 무공이 그렇게까지 높아졌을 줄은 뜻밖이다. 그래서 할미는 두렵구나."

"왜요?"

"네가 아직 어린 탓에 심성이 제대로 박히지 않은 때문이지."

할머니의 염려가 무엇인지 잘 아는 소걸이다.

한때는 혈풍(血風), 혈우(血雨)를 몰고 다녔던 염 파파인데 지금은 소걸이 그렇게 될까 봐 걱정하고 있었다.

역시 정 때문이다. 정이라는 요상한 놈이 그녀의 마음을 이렇게 바꾸어놓은 것이다.

소걸이 빙긋 웃고 말했다.

"걱정 마세요. 우마처럼 이것저것 가리지 않고 닥치는 대로 죽이는 도살귀는 되지 않을 테니까요."

"그래야지. 할미의 전철을 밟아서는 안 되지."

염 파파의 얼굴이 쓸쓸해졌다. 소걸이 가만히 할머니의 주름진 손을 잡았다.

"저는 강호에 이름을 날리고 싶은 생각이 없어요. 그러니 여기저기 싸움에 휩쓸려서 살검을 휘두를 일도 없을 거예요."

"그나저나 장가보의 멍청한 놈들이 과연 너의 절정검법을 제대로 배웠을지 의문이다."

"그들이 지닌 그릇만큼 담아 갖겠지요 뭐."

장가보의 말이 나오자 심드렁해졌다. 그들의 꽉 막힌 생각이 답답하고 짜증스러웠기 때문이다. 저절로 혜통 노스님의 너그러움과 비교가 된다.

명리와 은원을 미련없이 던져 버리고, 세상에서 스스로의 자취마저 지워 버린 채 숨어 산다는 게 얼마나 힘든 일인가.

할머니가 살아 계시다는 말을 들었을 때에도 혜통은 그저 껄껄 웃었을 뿐이다.

여태까지 그는 염빙화가 죽은 걸로만 알고 있었을 텐데 그녀가 죽지 않고 살아 있다는 말을 들었으니 잊었던 원한이 다시 살아나 살기를 뿜어내야 옳은 일이다.

그러나 정말 그의 말처럼 과거의 혜통은 죽어 이 세상에서 완전히 사라진 모양이었다.

그는 오히려, '그 마녀의 명이 이렇게나 긴 걸 보면 역시 사람의 마음으로 부처님의 속을 헤아릴 수는 없는 일'이라며 유쾌해했던 것이다.

그런데 장곡양과 장가보의 무리들은 아직까지도 그때의 원한을 가슴에 담아두고 있었다.

할머니가 지난 육십 년이라는 길고 긴 세월 동안 그 일을 후회하고 뉘우치며 참회의 삶을 살았다는 건 조금도 안중에 없다.

'쳇, 옹졸한 놈들. 지닌 그릇이라고는 찻종지만큼밖에 되지 않을 거야.'

소걸은 마음속으로 그들을 다시 욕했다.

제 그릇이 그것밖에 되지 않으니 전해준 절정검법을 열에 한두 개도 제대로 담아 갖지 못할 거라는 생각도 든다.

장차 장가보를 계승할 자라는 장도경만 봐도 그렇다.

하지만 그건 이제 그들의 일이다. 신경 쓰고 싶지 않았다.

"어쨌든 저는 할머니의 부탁을 충실히 이행했어요. 할머니도 그들에
게 할 만큼 했으니 이제 더는 빚진 것처럼 살지 않아도 돼요."

염 파파는 대꾸하지 않았다. 고개를 숙인 채 침묵할 뿐이다. 소결은
그녀의 얼굴에 떠오르는 온갖 회한의 그림자를 훔쳐볼 수 있었다.

갑자기 할머니가 십 년은 더 늙은 것 같아서 가슴이 철렁했다.

2

"돌아가요, 할머니."

소결이 그녀의 딱딱한 손을 흔들며 속삭이듯 말했다. 염 파파가 천
천히 얼굴을 들어 소결과 눈을 마주쳤다. 그녀의 침침한 눈이 안개가
낀 듯 흐려져 있었다.

"어디로 말이냐……."

"불선다루로 돌아가요. 거기서 흙바람을 맞고 마룻장 삐걱거리는 소
리를 들어요."

"불선다루……."

"그래요, 불선다루. 할머니가 세우셨으니 거기가 할머니의 집 아니
겠어요?"

"흘흘. 그래, 불선다루로 돌아가자는 말이지……."

"나도 갈 테다! 나도 이제 여기는 지겨워."

우마가 눈치도 없이 끼어들었다. 당장 떠나자는 듯 엉덩이마저 들썩
인다.

"너는 민산으로 돌아가야 하지 않아?"

"응? 민산? 내가 왜?"

“거기가 네 집이잖아. 할머니를 죽이지 못했으니 가서 벌을 받아야지.”

“쳇, 나쁜 놈.”

우마가 염 파파를 힐끔 곁눈질해 보고 투덜거렸다.

“나는 안 간다. 이제 거기는 내 집이 아니다.”

“어째서?”

“아무튼 아니라면 아닌 줄 알아! 여기도 내 집이 아니다! 그러니 나는 돌아갈 집이 없다. 불쌍하다. 제기랄.”

마치 네가 책임지라는 듯 한껏 처량한 표정으로 소걸을 빤히 바라본다.

소걸은 터져 나오려는 웃음을 애써 참아야 했다.

그때까지 한마디 말도 없던 망선은노가 소걸에게 불쑥 말했다.

“너는 아무 데도 가지 못한다.”

“예? 뭐라고 했어요?”

“빚을 갚기 전에는 여기서 한 발짝도 못 나가.”

“빚……”

“잊은 건 아니겠지? 너는 나에게 목숨을 빚지지 않았더냐?”

“……!”

소걸이 도와달라는 듯 할머니를 돌아보았다. 그러나 염 파파는 모르는 척 눈을 지그시 감은 채 미동도 하지 않았다.

‘서로 짰군.’

그런 눈치를 챘다. 망선은노와 할머니 사이에 어떤 밀담이 오간 게 틀림없다. 그렇지 않고서야 할머니가 저렇게 시치미를 떼고 있을 리 없지 않은가.

“아, 귀찮아!”

자기도 모르는 사이에 저를 두고 두 노인네가 꿍꿍이속을 공유했다
는 데에 짜증이 왈칵 치밀었다. 갑자기 할머니도 미워진다.

소걸이 쌀쌀맞은 코웃음을 날리고는 후다닥 뛰어나갔다.

콰콰콰콰—

폭포는 지난여름이나 지금이나 변함이 없다.

여전히 그만큼의 물줄기를 그만큼의 높이에서 떨어뜨리고 있다.

소걸은 장쾌한 그것을 마주하고 서서 크게 심호흡을 했다.

무사히 살아서 돌아왔다는 행복감이 다시 충만해진다.

웅장한 물줄기와, 그것이 토해내는 굉음을 듣고 있자니 저도 모르게
호기가 솟구쳤다.

“아아아아—!”

문득 입을 열어 장소(長嘯)를 터뜨렸다. 그의 단전 깊은 곳에서 울려
나온 소리가 폭포를 뚫고 하늘 끝까지 치닫는다.

가슴을 타고 치솟은 상쾌한 기운이 정수리를 통해 뻗어나가 대기 중
으로 흩어졌다.

그의 구유신공이 이제는 구성에 가까워졌다는 증거였지만 소걸은
아직 그걸 깨닫지 못했다.

저쪽 풀숲에서 후다닥거리는 소리가 났다.

두 마리의 크고 작은 고라니였다.

어미와 새끼인 듯한데, 소걸의 장소에 놀라 달아나다가 곧 멈추어
서서 빤히 바라본다.

어미가 뛰니 새끼도 따라 뛰고, 어미가 멈추니 새끼도 그 곁에 멈추

어 섰다. 그리고 같은 곳을 바라본다.

소걸이 움직이지 않자 안심한 듯 한가롭게 풀을 뜯어 먹기 시작했다. 새끼는 어미 주위를 경중경중 뛰어다니며 장난을 치고 이것저것 기웃거린다.

한껏 호연지기를 발했던 소걸의 기색이 금방 시무룩해졌다. 물끄러미 고라니를 바라보는 얼굴에 그늘이 점점 짙어진다.

'나에게는 저와 같은 어머니가 없었다.'

갑자기 그런 생각이 든 것이다. 어미 곁에서 행복해 보이는 고라니가 부러워졌다.

어머니의 얼굴을 기억할 수도 없고, 어떤 냄새인지도 모른다. 어떤 목소리를 가지고 있었을까? 눈빛은? 웃음소리는?

아무것도 기억나지 않는다.

"어머니……."

가만히 중얼거려 보았다. 낯설다. 어색하다. 그리고 슬퍼진다.

"아주 나쁜 노인네야. 너무 속상해할 거 없어."

불쑥 등 뒤에서 우마의 걸걸한 음성이 들려왔다.

그는 망선은노가 적망혈리(赤鯛血鯉)를 낚시질하던 그 못가에 서 있었다.

십여 장 떨어진 곳이고, 커다란 폭포 소리 때문에 곁에서 악을 써도 잘 들리지 않을 텐데 그의 음성은 귓가에 대고 말한 것처럼 똑똑히 들렸다.

"심술이 보통 고약한 게 아니거든. 사람을 아주 짜증나게 만든다니까. 쳇, 생각할수록 화딱지 나네. 가서 때려줄까?"

"뭐야? 뭐라고 하는 거야?"

“히히, 대신 욕을 해주니까 기분이 좋지?”

우마가 속없는 바보처럼 웃지만 마음이 서글퍼진 소걸에게는 그것이 짜증으로 다가왔다.

“대체 왜 내 뒤를 졸졸 따라다니는 건데? 좀 사라져 줄 수 없어? 나는 너를 보기만 해도 끔찍해.”

“그러지 마라. 속으로는 너도 나를 형처럼 의지하면서 그래.”

“혀, 혀, 형이라고?”

“내 나이가 너보다 한참 많으니 형이지. 그럼 네가 형이냐?”

“쳇, 네 마음대로 형이야?”

“그럼 아저씨냐? 뭐, 그렇게 불러도 상관은 없겠다. 아니다. 나는 아직 총각이니까 징그럽겠구나. 형이 제일 좋다. 그냥 형이라고 불러. 어려워하지 않아도 돼.”

“아, 정말 도대체 왜들 이러는지 모르겠어! 날 좀 내버려 두면 안 돼?”

소걸이 제 머리카락을 쥐어뜯었다.

그 요란한 폭포 소리 속에서 십여 장의 거리를 두고 바로 곁에 있는 사람들처럼 태연하게 말을 주고받지만 소걸은 그걸 의식하지 못했다.

우마가 못을 돌아 천천히 소걸에게로 다가왔다.

물끄러미 얼굴을 들여다본다.

“뭘 그렇게 봐?”

소걸의 퉁명스런 말에 우마가 씁쓸하게 웃었다. 바보스럽던 기색이 문득 사라지고 쓸쓸하고 장중한 표정이 되었다.

소걸은 우마의 그런 갑작스런 변화에 어리둥절했다. 우마가 중얼거리듯 말했다.

“너를 보고 있으면 자꾸 한 사람이 떠오른다. 그래서 마음이 아프다.”

“누구? 누가 떠오르지?”

주지약의 비밀 장원에서도 우마는 그런 말을 했었다. 그때부터 궁금증을 갖고 있었는데 지금 다시 그런 말을 들으니 애가 탔다.

“말해봐. 내가 누굴 닮았다는 거야?”

“몰라.”

“뭐라고?”

우마는 어느새 다시 눈빛이 흐리멍덩해져 있었다. 소걸은 그가 내숭을 떠는 거라고 여겼다. 곤란한 일에 직면할 때마다 바보인 것처럼 행세해서 벗어나는 것이다.

소걸이 우마의 각지동이 같은 팔뚝을 꽉 붙들었다.

“어서 말해! 이번에야말로 듣고 말 테다!”

“내가 뭐라고 했는데?”

“방금 한 말도 기억하지 못한단 말이냐? 흥! 더 이상은 속지 않아!”

“히히, 그런 거 말고 내가 아는 걸 물어봐라. 그럼 죄다 말해줄게.”

너무 천연덕스럽고 능청맞다.

‘이놈이 정말 다시 바보가 된 건가?’

그런 의문이 들었다. 저절로 팔뚝을 붙잡고 있던 손아귀에서 힘이 빠진다.

“왜? 안 물어봐? 나는 말해주고 싶은데…… 물어봐라, 응?”

이제는 우마가 조른다. 소걸은 어이가 없어졌다.

‘아니지, 이 바보가 살아온 곳에 대한 이야기를 듣다 보면 혹시 내가 궁금하게 여기던 말을 들을 수 있게 될지도 몰라.’

불쑥 그런 생각이 들었다. 소걸이 회심의 미소를 짓고 젖은 바위 위에 주저앉아 제 옆 자리를 툭툭 쳤다.

우마도 헤벌쭉 웃으며 앉는다.

"아는 건 다 말해준다고 했지?"

"응."

"그럼 네가 살던 곳은 기억나?"

"내가 바보인 줄 아는 거냐!"

우마가 버럭 화를 냈다.

"알았어. 그럼 거기 얘기를 해봐. 너는 누구이고 어떻게 하다가 여기에 오게 되었지? 망선은노하고는 또 어떤 사이야?"

"어, 한꺼번에 그렇게 많이 물어보면 나도 모른다."

"그래, 그래, 그럼 먼저 네가 살던 곳을 얘기해 봐."

"민산에서 살았지. 강족의 부락에서 그들과 어울려 모우(牦牛:야크)를 키우고 양에게 풀을 뜯기며 살았다."

"그게 지옥혈이야?"

"남들은 그렇게 말하는 모양이다만 그냥 강족의 부락이다."

"그래서?"

"강족은 용감하다. 싸움 잘한다. 비겁하지 않다. 그래서 나는 내가 강족이라는 게 자랑스럽다."

"무슨 말을 하려는 거냐?"

"우리 부족은 그런 강족들 중에서도 특히 뛰어났다. 모두 조상님으로부터 물려받은 무공에 통달해서 고수 아닌 자가 없지."

"거기가 바로 지옥혈이로군."

우마의 말에 소걸이 침을 꼴깍 삼키고 귀를 기울였다.

3

이제 우마는 바보가 아니었다.

안타까움이 가득한 눈길을 멍하니 폭포에 던지고 천천히 말하는 모습이 온갖 풍상을 다 겪어서 초탈해진 노인 같다.

소걸은 그런 우마의 담담함 속에서 슬픔과 회한을 보았다.

정이라는 것.

우마 또한 그것에 얽매여 있는 한 사람이었던 것이다.

지금 우마는 그가 떨쳐 버리지 못하는 그 정의 정체에 대해서 이야기하는 중이다. 그리고 제 말이 계속될수록 더욱 깊은 그리움과 아픔으로 입술마저 떨렸다.

"우리 부족에 큰 싸움이 있었다. 십팔 년 전의 일이지."

"싸움이라고?"

"종사인 혈제(血帝) 뇌조령(雷鳥靈)을 따르는 자들과 잠룡전주(潛龍殿主)를 따르는 자들로 갈라졌다."

"내분이 있었던 게로구나."

"여태까지 그런 일은 없었다. 그래서 그 충격이 말할 수 없이 컸다."

"그럼 너는?"

"나는 그때 겨우 일곱 살의 꼬마였다. 뭘 알고 판단할 수 있었겠어?"

"……."

"그 모든 일의 원인이 바로 장풍한 그 쳐죽일 놈 때문이었다."

우마가 흉흉한 눈빛을 번쩍이며 부드득 이를 갈았다. 소걸은 그의 엉뚱한 말에 깜짝 놀랐다.

“장풍한이라니?”

“육십 년 전의 일이지.”

“제기랄, 어째 모든 게 죄다 그때의 일이란 말이냐?”

소걸이 볼을 부풀렸다.

육십 년 전이라면 할머니와 모든 일이 연관되었다고 할 수도 있다. 그리고 제가 여태까지 만나본 사람들은 모두 그때를 이야기했다.

대체 육십 년 전의 강호가 얼마나 요란했으면 그랬을까 싶다.

“육십 년 전에 장풍한이 찾아온 적이 있다더군.”

“지옥혈에 혼자서?”

“당문의 기린아로 한참 이름 높던 당백아가 동행했었단다.”

“응? 당 할아버지도 그때 장풍한과 같이 거기에 갔었어?”

“둘이서 의형제였다더라. 찰떡같이 붙어 다녔다더구나.”

“그래서?”

소걸에게는 당 할아버지가 장풍한과 둘이서 당당하게 지옥혈을 찾아갔다는 게 가슴 뿌듯한 일이었다.

젊은 날 그들의 호기로웠을 풍모가 눈에 선해서 제 일인 것처럼 흥분되기도 했다.

“당시 지옥혈의 대종사는 목극랍(木克拉)이라는 분이었다. 장풍한과 당백아의 명성이 천하에 진동하고 있던 때라 대종사는 그들을 귀빈으로 정중히 맞아들였지.”

“그런데 그 두 양반이 대체 무슨 생각으로 지옥혈에 찾아갔던 것일까?”

“당시 지옥혈은 강호에 한창 이름을 떨치고 있던 때였다더군.”

“나도 들었어. 최강의 살수 집단이었다고 말이야.”

"살수 아니라니까!"

우마가 벌컥 화를 냈다.

"우리는 실수가 아니야! 강족의 용사다!"

"알았어, 알았어. 용사 맞다. 그러니 하던 얘기나 계속해 봐."

"장풍한은 우리 부족의 한가운데 홀로 서서 감히 대종사에게 비무를 청했다더라."

"오호! 혼자서 말이야? 당 할아버지는?"

소걸은 그때의 장면을 상상했다.

수많은 지옥혈의 무리가 기세도 삼엄하게 둘러서 있고, 장풍한은 그 한가운데 오연히 서 있다. 당 할아버지가 소매 속에 손을 찔러 넣은 채 코웃음을 치며 곁에 서 있었을 것이다.

한 손을 가볍게 검자루에 올려놓은 채 도도하게 턱을 치켜들고 먼 하늘의 흰 구름을 바라보는 장풍한과, 암기 한 움큼을 소매 속에서 움 켜쥐고 시치미를 떼고 있었을 할아버지.

그들의 모습이 눈에 보이는 듯하여 소걸이 벙긋 미소 지었다.

*　　　*　　　*

"너희들은 죽음이 두렵지 않단 말이냐?"

대종사 목극랍이 높은 단 위에서 거만하게 말했다. 장풍한이 천천히 그를 바라보고 빙긋 웃었다. 곁에서 당백아는 무관심하다는 얼굴로 낯 선 경치만 두리번거리고 있다.

"누구나 한 번 죽소."

"어디에서 어떻게 죽느냐가 중요하겠지."

“검을 차고 강호에 나온 이상 그건 중요하지 않소. 무엇을 하다가 죽느냐가 중요하겠지.”

목극랍은 젊은 장풍한의 여유가 부럽고 흐뭇했다.

“과연, 네 이름이 강호에 헛되이 전해진 게 아니었음을 알겠다. 하지만 이곳은 지옥혈이다. 누구도 이곳에서 큰소리를 칠 수 없지.”

“하하, 종사의 말에는 자부심이 넘쳐 나는군.”

한껏 여유를 부리며 서 있던 당백아가 유쾌하게 웃고 말을 받았다.

“우리 두 사람에게는 목이 두 개뿐이지만 이곳에는 수백 개의 목이 있군요. 내 장담하건대 장 형과 내가 저승으로 간다면 이중 반은 함께 가야 할 것이외다.”

목극랍이 빙긋 웃었다. 그 느긋한 웃음 뒤에서 그는 정말 그렇게 될지도 모른다고 남몰래 중얼거렸다. 그렇다면 그건 너무 큰 피해다. 회복하려면 수십 년이 걸릴 것이다.

눈치 빠르게 그런 목극랍의 속내를 짐작한 장풍한이 정색을 하고 말했다.

“마음 가득 웅심(雄心)을 품었고, 뜻을 구만리 창천에 둔 자라면 어느 곳이든, 누구 앞이든 거리낌이 없을 거요. 다만 그릇된 길로 빠져들어 지조가 꺾이는 걸 두려워하겠지.”

“네가 품은 웅심이란 무엇인고?”

“강호의 평화.”

“핫! 너희 둘이서 강호에 평화를 가져다주겠다고?”

“전인미답의 원시림도 한 사람이 발자국을 남김으로 해서 결국 길이 생기게 마련이외다. 그와 같이 이 험난한 난세의 강호에 내가 큰 뜻을 품고 첫걸음을 내딛는다면 장차 뒤를 따를 사람들이 끊이지 않을 것이니 결국 뜻한 바가 이루어지고 말 것이오.”

“장하다.”

목극랍이 머리를 크게 끄덕이며 진정으로 말했다.

“나는 한족의 무리에 무슨 영웅이 있고 호한이 있느냐고 말해왔다. 하지만 오늘 너희 두 사람을 보니 한족에도 사람이 있었군.”

비웃음이 다분한 말이었다.

당백아가 ‘쳇!’ 하고 혀를 차며 흘겨보았고, 장풍한은 빙긋 웃었다. 그의 낭랑한 음성이 민산의 골짜기를 타고 높이 울려 퍼진다.

“산이 크면 온갖 짐승이 사니 그중에 호랑이도 있게 마련 아니겠소? 한족은 그 큰 산과 같소. 강변의 모래알처럼 많은 백성들 중에 어찌 영웅호한이 없다 할 수 있겠소?”

“강족은 용사를 존경하고 비겁자를 경멸하지. 너는 강족이 아니지만 떳떳하고 당당한 용사다. 좋다. 네가 원하는 바를 말해보아라.”

“만약 내가 대종사를 이긴다면 종사께서는 나에게 한 가지 약속을 해주기 바랄 뿐이외다.”

“약속?”

“지옥혈의 문을 굳게 닫아걸고 다시는 강호에 나오지 않겠다는 약속을 원하오.”

“영영 말이냐?”

목극랍이 낯을 찌푸리고 다시 말했다.

“우리는 선조 대대로 저 넓고 풍요로운 땅을 원해왔다. 그런 동족의 갈망을 이루기 위해 첨병으로 나선 게 바로 지옥혈이지. 그러니 너의 그런 조건은 받아줄 수 없다.”

그의 말은 단호했다. 묵묵히 생각하던 장풍한은 역시 저의 주장이 무리라는 걸 인정할 수밖에 없었다. 그가 당백아를 바라보았다. 장풍한의 의중을 읽은 당백아가 고쳐서 다시 말했다.

"그렇다면 한 갑자는 어떻소?"

"한 갑자?"

"종사께서 패한다면 지옥혈은 한 갑자 동안 봉문하는 것이오."

잠시 망설이던 목극랍이 물었다.

"너희는 둘이서 함께 덤빌 것이냐?"

당백아가 껄껄 웃고 비로소 소매 속에 찔러 넣고 있던 손을 빼서 활짝 펴 보이며 말했다.

"종사는 한 사람인데 우리 두 사람이 덤벼든다면 누가 그걸 공평한 대결이라고 하겠소이까? 걱정 마시오. 나는 참관인으로서 장차 증인 노릇을 할 것이고, 싸움은 장 형이 혼자 할 테니까."

"흥!"

자존심이 상한 듯 코웃음을 쳤던 목극랍이 눈살을 찌푸리고 생각에 잠겼다. 그러더니 형형한 안광을 뿜어내며 장풍한에게 되물었다.

"만약 내가 이긴다면 너희는 우리에게 무엇을 주겠느냐?"

"장가보를 드리겠소."

"당문도 드리지."

"장가보? 당문?"

목극랍이 더욱 눈살을 찌푸렸다.

당문이야 가까운 곳에 있어서 익히 알고 있는 곳이고, 장가보는 절강의 천태산에 있다. 강호의 동쪽 끝이다.

'그 두 곳에 지옥혈을 세운다면 동쪽과 서쪽에서 강호를 노릴 수 있겠군.'

그런 계산이 선다.

장가보와 당문은 조금도 탐날 게 없으나 중원에 지옥혈의 발판을 확보할 수 있다는 건 매력적이었다.

"좋다. 그렇게 하자."

목극랍이 팔걸이를 두드려 허락하고 벌떡 일어났다. 그의 애병(愛兵) 단천도(斷天刀)를 쥐고 성큼성큼 계단을 내려오는 모습이 웅장하다.

장풍한은 민산의 거대한 영봉(靈峰) 하나가 뚝 떨어져 다가오는 것 같은 위압감에 부르르 떨었다.

"장 형, 정말 되겠어?"

걱정이 된 당백아가 속삭이자 장풍한이 빙긋 웃었다.

"당 아우, 나를 믿지 못하겠거든 지금이라도 아우는 빠지게."

"흥! 나는 형이 빠지고 내가 싸우기를 원하는걸?"

"하하, 내가 먼저 말했으니까 나에게 우선권이 있는 거야. 아우는 일찌감치 다른 일을 찾아보는 게 좋겠어."

대적을 앞에 두고 두 젊은 호한은 유유자적하기만 했다. 삼백 명이나 되는 지옥혈의 전사들이 에워싸고 있지만 조금의 두려움도 망설임도 없다.

드디어 지옥혈의 넓은 연무장에 목극랍과 장풍한 두 사람이 마주 보고 섰다.

세상의 시간이 거기에 멎었고, 우주의 운행도 멈추었다.

삼라만상은 인식의 테두리 바깥으로 사라져 버렸다. 이 넓고 황량한 우주 속에 오직 두 사람만이 존재할 뿐인 그런 순간이다.

장풍한은 수많은 지옥혈의 무사들을 의식하지 못했다. 오직 목극랍에게 집중할 뿐이었다. 그건 목극랍도 마찬가지였다.

한 사람이 거대한 봉우리라면 한 사람은 흔적없는 바람이었다.

"차합!"

누구의 입에서 먼저 기합성이 터져 나왔는지 모른다.

맑은 하늘을 쪼개 버릴 듯한 굉렬한 소리.

온몸에 터질 듯 실려 있던 기운이 그 한 소리를 따라 남김없이 쏟아져 나갔다.

그리고 두 사람이 서로를 뚫고 지나가려는 듯 맹렬하게 부딪쳤다.

*　　　*　　　*

"그래서?"

소걸이 흥분과 긴장으로 주먹을 움켜쥔 채 숨 가쁘게 물었다.

우마의 얼굴에도 흥분이 가득했다. 그가 거친 숨을 씩씩거리다가 길게 한숨을 내쉬고 겨우 말했다.

"일합으로 끝났다더라."

"겨우 한 번?"

"고수의 싸움은 그런 거야. 절대고수들의 싸움이 무언지를 그들은 잘 보여주었어."

한 번 엇갈려 자리를 바꾸어 섰을 때 장풍한은 창백한 얼굴로 멍하니 허공을 바라보았고, 목극랍은 숯불처럼 달아오른 얼굴을 한 채 천천히 무너졌다.

"휴—"

그때의 모습이 눈에 보이는 듯하여 소걸이 저도 모르게 긴 한숨을 내쉬었다.

“장풍한을 태운 흰말이 머리를 끄덕거리며 터벅터벅 민산을 떠났다. 당백아가 콧노래를 부르며 그 뒤를 따랐지. 마치 소풍이라도 다녀가는 사람들 같았다고 하더라. 그를 바라보는 지옥혈의 그 많은 무사들은 모두 벙어리가 되어버리고 말았지.”

“…….”

“목극랍은 그로부터 한 달 후 돌아가셨다더구나. 적통을 지금의 종사인 혈제 뇌조령에게 물려주었지.”

“그래서 지옥혈이 봉문하고 육십 년 동안이나 강호에 모습을 드러내지 않았던 거였군.”

“길고 긴 세월이었다. 그건 참으로 한스러운 세월이기도 했어.”

“그랬겠지.”

할머니의 삶을 돌이켜 봐도 그렇다. 불선다루의 음침한 이층에 웅크리고 앉아 육십 년을 보낸다는 게 얼마나 힘들었을 것인가. 지옥혈의 무리들도 크게 다르지 않았을 것이다.

“그로부터 한 달 뒤 장풍한도 죽었다더군. 염 파파의 검에 찔려서 말이다.”

마치 제 잘못이기라도 한 듯 소걸이 얼굴을 붉혔다.

그는 생각했다.

어쩌면 장풍한은 그때의 일전으로 심중한 내상을 입었던 건지도 모른다. 그래서 한 달 뒤 염 파파와 싸울 수밖에 없게 되었을 때 그녀의 일검을 받아낼 수 없었던 것이다.

아니면 그는 목극랍과의 일전에서 얻은 부상을 이겨낼 수 없었는지도 모른다. 결국 죽게 될 것임을 알고 염 파파의 손에 죽는 걸 택했을 수도 있다.

그렇다면 그는 살아서는 지옥혈의 발호를 막았고, 죽어서는 염 파파를 강호에서 물러나게 했으니 정말 무림의 평화를 위해 크나큰 일을 해낸 영웅이다.

소걸은 제 짐작이 맞을 것이라고 믿었다.

장풍한은 말로만 듣던 것보다 훨씬 훌륭한 호한이고 영웅이 틀림없다. 그에 대한 평가는 오히려 부족한 감이 있다고 여겼다.

소걸의 눈빛이 몽롱해졌다.

장풍한을 생각하자 가슴이 울렁거리고 뜨거운 혈기가 솟구쳤다.

얼마나 멋진 사나이인가. 얼마나 대범하고 대담한 호한인가.

그런 장풍한의 기개가 오늘날 사라지고 없다는 게 한스럽기만 했다.

【第八章】
우마의 과거

"나의 아버지는 잠룡전주이신 목척문(木偶文)이었다."

"응? 그럼 너도 목 씨이겠구나? 목우마(木牛馬)야?"

머리를 갸웃거리던 소걸이 깔깔 웃었다. 하지만 우마는 심각했다.

"아니, 나는 그냥 우마야. 성 따위는 없다."

"그건 이상한걸? 어째서 아버지의 성을 물려받지 않았단 말이야?"

"친부가 아니거든."

"뭐야? 엉터리 같으니라구."

"하지만 내가 아버지처럼 생각하고, 그분도 나를 아들처럼 귀여워해 주셨으니 아버지라고 해도 크게 틀리지 않다."

"그러니까 너는 잠룡전의 개구쟁이였는데, 전주가 너의 어디를 이쁘게 보았는지 많이 사랑해 주셨다, 이거구만?"

"그렇다. 나 말고도 혈지삼살이라는 놈들을 친자식처럼 사랑해 주셨지."

"혈지삼살?"

"당 노인을 죽이라는 명을 받고 나온 놈들이야. 어쩌면 지금쯤 임무를 마치고 귀환했는지도 모르겠군."

"그러니까 지옥혈에서는 당 할아버지에게도 살수들을 보낸 게로군."

소걸의 낯빛이 딱딱해졌다. 우마가 버럭 소리쳤다.

"살수 아니라니까!"

"아니긴! 마교로부터 돈을 받았을 거 아냐!"

"내가 안 받았다!"

"그건 상관없어! 지옥혈의 종사가 받았고, 그가 명령했으니까 너랑 그 지옥삼살이라는 것들이 기어나온 거 아냐?"

"그래도 살수 아니다."

"돈 받고 사람 죽여주는 게 살수 아니면? 심부름꾼이냐?"

"그래도…… 아닌데……."

우마의 말이 점점 작아지더니 마지막 말은 우물쭈물 입 안에서만 중얼거리는 소리로 변했다.

소걸이 기세등등해서 으르렁거렸다.

"만약, 그럴 리가 절대로 없겠지만 말이야. 그래도 만약 그놈들이 내 할아버지를 어떻게 했다면 절대로 용서하지 않을 거다. 지옥 끝까지라도 쫓아가서 반드시 열 배, 백 배로 갚아주고 말겠어."

"……."

"너도 마찬가지야. 내 할머니에게 어떻게 하기만 해봐. 똑같은 꼴이 되게 해줄 거야."

"나는 이제 할머니랑 안 싸운다."

"다행인 줄 알아."

"쳇, 쪼그만 놈이 큰소리는……."

우마가 덩치에 어울리지 않게 잔뜩 흘겨보며 중얼거렸다.

'이놈이 정말 나보다 셀까?'

문득 그런 의문이 들었다. 하지만 이상하게도 소걸에게는 싸우자는 말을 하지 못했다. 아니, 싸울 마음 자체가 생기지 않는 것이다.

우마가 다시 소걸을 물끄러미 바라보았다. 제 알 수 없는 마음에 대한 해답을 소걸의 얼굴에서 찾으려는 듯하다.

"그래서 어떻게 되었어?"

"잠룡전주는 대종사이신 목극랍의 아들이다."

"오라, 알 만해. 그러니까 잠룡전주는 아버지의 복수를 하고 싶었던 거로군. 하지만 육십 년 동안 강호에 나서지 않겠다는 약속 때문에 그럴 수 없어서 화가 난 거야."

"그렇지. 잠룡전주는 장풍한이 죽었으니 그와의 약속도 의미가 없다며 즉시 강호에 나가 한바탕 혈풍을 일으켜야 한다고 주장했다."

"그런데 왜 아버지가 죽은 그때는 가만히 있다가 수십 년이 지난 뒤에야 그런 주장을 한 거야?"

"그때는 어렸거든."

"그래?"

"대종사에게는 후예가 없었다. 그러다가 만년에 얻은 귀한 자식이었던 거야. 대종사가 장풍한과 싸웠던 때에 잠룡전주는 고작 세 살이었다. 무슨 복수를 하겠어?"

세 살은 아비의 죽음 앞에서도 슬퍼할 줄 모르는 나이다.

"그는 서른세 살에 비로소 잠룡전주가 되었다. 그리고 나서야 아버지의 죽음에 대한 사연을 들어 알았지."

"그리고도 십오 년 동안 참았단 말이군. 그만하면 대단한 인내심이라고 할 수 있지."

"그사이에도 몇 차례 종사와 언쟁을 했어. 하지만 선대의 약속도 약속이다. 약속을 지키지 않는 건 비겁한 짓이다. 강족의 용사들 중에 그런 비겁한 자가 있어서는 안 된다는 종사의 뜻을 꺾을 수 없었다."

"대단해."

소걸이 진심으로 감탄했다.

야만스러운 강족인 줄로만 알았고, 살수 짓이나 하는 비열한 지옥혈인 줄 알았던 게 후회스러울 정도였다.

그들은 중원의 그 누구보다 제 말에 대한 신의를 지킬 줄 아는 자들이었던 것이다.

소걸은 종사의 그런 굳은 마음도, 잠룡전주의 복수에 불타는 마음도 다 이해할 수 있었다. 내가 종사라고 해도 약속을 지키려 했을 것이고, 내가 잠룡전주라고 해도 아비의 복수를 하겠다고 나섰을 것이다.

"잠룡전주는 노화를 억누르며 종사의 말에 따를 수밖에 없었다. 육십 년 약속의 기한이 어서 지나가기만을 기다렸지."

"그런데 왜 갑자기 반란을 일으킨 거야? 십팔 년만 더 기다리면 될 텐데 말이야."

"그 안의 사정은 나도 모르지. 말했잖아, 그때 나는 일곱 살 꼬마였다고."

"흠—"

"어쨌든 십팔 년 전에 잠룡전주가 갑자기 그처럼 이성을 잃고 날뛰

게 된 데에는 이유가 있었을 것이다."

"그래서?"

"지옥혈이 두 개로 갈라졌다. 그건 정말 치욕스러운 일이었지. 강족의 용사들 중에 동족을 배신하는 자가 나왔으니 말이다."

"잠룡전주가 배신한 건 아니잖아?"

"종사의 명을 어기고 반기를 들었다는 것 자체가 배신이야. 부끄러운 일이지."

"필연코 두 패로 갈라진 무리들 간에 싸움이 일어날 수밖에 없었겠군."

"배신자는 반드시 죽여 들판에 그 시체를 널어놓는 게 우리의 전통이다."

종사 뇌조령은 대로하여 잠룡전주와 그를 따르던 일족의 용사들을 모두 죽인 것이다.

당시 잠룡전주의 무위가 어땠는지, 그를 따르던 무리가 몇 명이었는지는 모르나 종사 뇌조령의 무위와 세력이 더 강했던 것만은 틀림없으리라.

"모두 죽었다. 전주도 죽고, 그의 수신호위 이십 명도 죽고, 전에 속한 백여 명의 용사들도 모두 죽었다. 한 명도 살아남지 못했어."

그때의 일을 떠올리자 잊고 있던 두려움이 다시 찾아온 듯 우마가 잔뜩 몸을 웅크리고 떨었다.

소걸은 그것이 얼마나 참혹하고 잔인한 도살이었는지 짐작할 수 있었다.

강족은 용맹하고 단순하다. 그건 곧 잔인해지면 한없이 잔인해질 수 있다는 걸 의미한다. 지옥혈의 무사들은 더욱 그러할 것이고, 그만큼 잠룡전에 대한 그들의 학살은 잔혹하지 않았겠는가.

"너는 용케도 살아남았구나."

소걸이 조심스럽게 말했다. 우마와 세 명의 꼬마들은 그 와중에도 목숨을 건진 것이다.

"종사는 차마 아무것도 모르는 아이들까지 죽일 수는 없었던 거지. 그 대신 우리는 종사의 거처로 옮겨가 노예처럼 살아야 했다."

"지독했구나."

"생각해 보면 그렇지도 않았어. 말이 종이지 실은 자유롭게 살았다. 잠룡전에 있을 때와 별 차이가 없었지. 다만 아버지처럼 여기고 따랐던 전주를 잃었다는 슬픔을 견디기 힘들었을 뿐이야."

"그래도 종사가 너희를 그렇게나마 거두어들인 게 다행이군."

"몇 가지 금기만 깨지 않는다면 강족은 동족에 대해서 그 누구보다 관대하다. 모두가 한 핏줄의 형제라고 믿는 탓이지."

소걸은 그들의 그런 사고방식이 부러웠다. 동족 간에 죽이고 등쳐먹는 일을 서슴지 않는 강호의 인심과 얼마나 다른가.

그렇게 본다면 강족이 사람같이 사는 족속이고, 한족이야말로 미개하고 야만스런 종족인지도 모른다.

"하지만 나는 견디지 못했다. 눈앞에서 처참하게 죽어가던 잠룡전주의 모습이 자꾸만 떠올라 미칠 지경이었지. 그래서 도망쳐 나왔다."

"너와 같은 신세가 되었다는 그 세 명은?"

"그들은 두려워했다. 강호에서 강족이 어떤 멸시를 받고 천대를 받는지 알았던 거야. 강족의 마을에서 벗어난 순간 사람이 아니라 짐승처럼 여겨진다. 그게 한족들의 시선이었어."

"그래서 그들은 지옥혈에 남았고 너 혼자서 강호로 뛰쳐나온 게로구나.”

“그놈들은 울면서 나를 보냈지. 하지만 나는 울지도 않았고 뒤돌아보지도 않았다. 꼬박 열흘 동안 산속을 헤매어 기어이 민산을 벗어났다.”

그가 얼마나 많은 고생을 했을지 눈에 선했다.

일곱 살 먹은 꼬마가 홀로 깊은 산중을 헤매고, 산속에서 홀로 잠을 잔다는 건 스스로 죽을 작정을 한 거나 마찬가지 아닌가.

하지만 우마는 살아남았다.

2

그는 한족의 마을을 기웃거렸지만 아무것도 얻어먹을 수 없었다.

청성산 아래에서 어린 우마는 더 참지 못하고 몇 덩이의 만두를 훔쳤다.

“저놈 잡아라!”

한눈을 팔던 가게 주인이 악을 썼다. 앞치마를 두른 채 좌판을 뛰어넘어 개처럼 우마를 뒤쫓으며 짖어댔다.

“저 강족의 도둑놈을 잡아라!”

그 소리에 저잣거리의 사람들이 모두 돌아보았다.

거지꼴을 한 꼬마가 핏발 선 눈으로 두리번거리며 열심히 달아나고 있다. 손에는 잔뜩 움켜쥔 만두가 으깨져서 손가락 사이로 줄줄 흘러내린다.

사람들이 눈살을 찌푸리고 혀를 찼다. 우마의 처지가 가여워서가 아니다. 차마 저 더러운 몸뚱이에 손을 대고 싶지 않았던 것이다.

“이놈!”

깨끗한 옷차림의 도사 한 명이 꾸짖고 가볍게 소맷자락을 뿌렸다.

한 가닥 두터운 경풍이 쏟아져 나와 우마를 진창에 나뒹굴게 했다.

“이 죽일 놈의 새끼!”

악착같이 뒤쫓아온 주인이 우마의 전신을 짓밟아댔다. 개들이 왕왕거리며 시끄럽게 짖고, 사람들이 돌과 몽둥이를 던졌다.

머리가 깨져 피를 철철 흘리면서도 우마는 손에 움켜쥐고 있는 만두를 씹었다.

흙탕물에 범벅이 되어 흙이 으적으적 씹히는 그것을 남김없이 먹어치웠다.

그동안에도 주인의 발길질과 사람들의 돌팔매질은 멈추지 않았다.

우마를 쓰러뜨렸던 젊은 도사는 눈살을 찌푸린 채 손을 털었다.

퍽!

날아온 커다란 돌멩이 하나가 피범벅이 된 얼굴을 들고 히죽 웃는 우마의 뒤통수를 때렸다.

핏물이 솟구쳐 허공을 적시고, 우마는 정신을 잃었다. 진창에 얼굴을 처박은 채 축 늘어진 것이 죽은 것 같았다.

사람들이 침을 뱉고 돌아섰다. 짖어대던 개들이 주위를 돌며 킁킁거리고 피 냄새를 맡을 뿐, 우마 곁에는 아무도 없었다.

그의 죽음 따위는 아무의 관심도, 동정도 받지 못했다. 그는 한족의 거리에서 개보다 못한 존재였던 것이다.

그런 우마에게 한 사람이 천천히 다가왔다. 약초 망태기를 짊어진 노인이다.

“참으로 모진 세상이로구나.”

우마의 맥문을 쥐고 살펴보던 노인이 혀를 찼다. 그 지경이 되었는데도 우마에게는 한 가닥 질긴 숨이 붙어 있었던 것이다.

"쯧쯧, 세상에 살아 있어봐야 나을 게 하나도 없는데 어찌 이리도 목숨의 끈을 아귀처럼 붙잡고 있단 말인고."

혀를 찬 노인이 우마를 업고 휘적휘적 거리 저쪽으로 사라졌다.

"그게 바로 지금 저기서 염 파파와 함께 차를 홀짝거리고 있을 그 빌어먹을 늙은이다."

우마가 손가락으로 매화숲 너머를 가리켰다. 보이지 않지만 그곳에 모옥이 있다.

"망선은노가 그 은인이었어?"

"은인? 그렇지 은인이지. 제기랄."

"그런데 말투가 그게 뭐야?"

소걸이 꾸짖듯 말했다. 우마는 콧방귀를 뀔 뿐이다.

망선은노는 우마를 되살려 냈지만 심하게 다친 그의 머리를 원래대로 되돌릴 수는 없었다.

우마는 바보가 되었다. 말을 하지 못했다. 종일 멍하니 하늘만 바라보고 앉아 있을 뿐이었다.

그로부터 삼 년. 망선은노는 자신과의 인연이 닿은 우마를 위해 모든 노력을 기울였다. 그 결과 우마의 잃었던 정신이 조금씩 되살아났다.

하지만 망선은노가 신이 아닌데 완벽하게 그를 다치기 이전으로 되돌려 놓을 수는 없었다.

그래서 우마는 멀쩡한 정신으로 살다가도 갑자기 바보처럼 되어버리곤 했던 것이다.

그가 돌변하여 본래의 심성을 잃고 난폭한 학살자가 되는 데에는 그러한 영향이 큰 것인지도 모른다.

어렸을 때의 잊을 수 없는 그 일이 무의식 속에 뿌리 깊은 증오로 자리 잡고 있다가 가끔씩 이성의 통제를 뿌리치고 분출되어 나오는 것이다. 그러면 우마는 지옥의 악귀 나찰이 되었고 야차가 되었다.

망선은노는 사부이자 조부가 되어서 우마를 보살폈다. 그가 돌아갈 곳이 아무 데도 없는 세상의 외톨이라는 걸 알았기 때문이다.

그를 망선곡에 데려온 후 망선은노는 우마에게 자신의 절기들을 가르쳐 주려고 많은 노력을 했다. 하지만 지력(知力)이 뚝 떨어진 우마에게 그것은 무리였다.

열 개를 가르쳐 주면 한 개를 겨우 배웠는데, 그나마 백 번을 반복하고 나서야 간신히 흉내를 낼 정도였으니 그건 가르치는 망선은노에게 더 큰 고통이었다.

그러나 망선은노는 우마에 대한 기대를 버릴 수 없었다. 커가면서 우마의 특이한 변화를 보았기 때문이다.

그는 신력을 타고난 자였다.

열 살이 되었을 때다. 섬돌 위에 멍하니 앉아 있던 우마가 무슨 생각을 했던지 벌떡 일어났다. 그리고 뚜벅뚜벅 걸어가 마당 복판에 박혀 있던 바위를 뽑아냈다.

뿌리가 단단히 박혀 있어서 소가 끌어도 요지부동일 법한 그것을 끌어안더니 끙, 하고 허리를 쭉 편 것이다.

젖은 땅에서 무를 뽑아내는 것처럼 바위가 우두둑거리며 뽑혀 나왔다.

우마는 제 몸을 다 가릴 만한 그것을 안고 뒤뚱거리며 마당을 건너 절벽 틈으로 물이 콸콸거리며 흘러내리는 곳까지 갔다. 그리고 물속에 첨벙 던져 버렸다.

손을 탈탈 털며 돌아오는 우마를 보면서 망선은노는 놀람으로 벌어진 입을 다물 수 없었다.

그때부터 노인은 그에게 무공을 가르치려고 온갖 노력과 방법을 다 하기 시작했던 것이다.

하지만 무공의 진전을 보는 것보다 해가 다르게 커지는 우마의 천력(天力)를 보는 게 더 쉬웠다.

망선은노는 다 걷어치우고 그에게 금강불괴를 이룰 수 있는 내공심법만을 힘써 가르쳤다. 우마는 우직한 만큼 게으름을 부리거나 꾀를 부리지 않았다.

그로부터 십 년이 지났다. 그동안 우마는 오직 그 한 가지 내공심법에 매달려 밤낮없이 연마했고, 육체를 단련했다.

망선은노는 그의 성취를 더 빠르게 하기 위해 초련대법(超鍊大法)을 베풀었다. 그것은 신경을 무디게 하고 근골을 단단하게 해주는 수백 가지의 약초를 구해 그것을 커다란 항아리에 넣고 펄펄 끓인 다음 그 물에 몸을 담그고 열흘을 버티는 것이다.

살가죽이 벗겨지고 근육이 굳어가는 그 고통은 멀쩡한 정신을 가진 사람이 견딜 수 없는 것이었다.

하지만 우마는 참아냈다. 그가 비명을 지르며 뛰쳐나오려고 하면 망선은노의 지팡이가 머리통을 후려치고 등짝을 때렸던 것이다.

일 년에 두 차례 그와 같은 일을 해야 한다. 망선은노는 석 달 동안 약초를 채집했고, 석 달 동안 그것을 정련하고 달였다.

그렇게 십 년이 지나자 우마의 피부는 악어 가죽보다 질기게 되었고, 그의 근골은 쇠보다 단단해졌다.

금강불괴지신을 이룬 것이다.

하지만 그때 겪었던 그 지독한 고통을 그는 지금도 잊지 못하고 있었다.

그때 매몰차게 자신을 때려 항아리 속에 처박던 망선은노에 대한 기억도 여전히 가지고 있다.

그래서 우마는 노인을 생각할 때마다 한편으로는 공경하고 두려워하면서도 한편으로는 잡아먹고 싶을 만큼 미워하는 것이다.

어쨌든, 그러는 동안 우마는 지금처럼 불쑥 커졌고, 그의 힘도 대력신장(大力神將)이라 할 만큼 무지막지해졌다.

"나는 너를 더 가르칠 수 없다. 너는 네가 살았던 곳으로 돌아가는 게 좋겠어."

망선은노의 갑작스런 말에 스무 살이 된 우마가 눈을 끔벅이더니 울먹였다.

"괜찮다. 그들은 너를 나무라지 않을 거야. 또 이 세상에서 너를 혼내줄 자가 그리 많지 않을 거다. 그러니 그들도 너를 어쩌지 못할 거야."

"그래도 나는 여기서 할아버지와 사는 게 좋수."

"언제든 돌아오면 되지 않겠니? 네가 나에게 한 가지만 약속해 준다면 이곳의 모든 것을 너에게 주겠다."

"뭔데?"

"내가 원할 때 나를 위해 네 힘을 쓰겠다는 거지."

"나는 할아버지가 살려줬고, 이렇게 키워줬으니 당연히 그래야지."

"한 번 한 약속을 어기는 건 사내가 할 짓이 아니지?"

"강족의 사내는 절대로 약속을 저버리지 않아!"

우마가 제 가슴을 쿵쿵 두드리며 호기롭게 소리쳤다.

"그럼 가라. 가서 그들과 섞여 살아. 그것이 장차 너에게 도움이 될 거다."

"할아버지는?"

"나는 여기서 기다리마. 꼼짝하지 않고 있을 거야."

"내가 여기로 찾아오면 되는 거야?"

"머지않아 그들이 너를 세상으로 내보낼 날이 있을 것이다. 그때는 그들이 시킨 일을 마치고 즉시 이곳으로 와라."

"알았어."

우마는 지옥혈에서 기껏 몇 달만 있으면 되는 일인 줄 알았다. 그래서 망선곡을 나와 터덜터덜 민산으로 돌아갔던 것이다.

"지옥혈에서 너를 받아줬어?"

소걸이 의아해서 물었다. 그는 지옥혈을 도망친 자 아닌가. 그것 역시 배신이다. 그렇다면 그들의 율법대로 죽임을 당해야 마땅했다.

"종사는 나를 용서하고 받아줬다."

"왜?"

"내가 어렸을 때 한 일이었으니까. 그리고 이제는 지옥혈 안에서 나를 이길 자가 아무도 없었으니까."

"흠, 그러니까 한바탕 난리를 쳤던 게로군."

우마가 거기에 대해서는 더 말하지 않고 씩 웃는 웃음으로 대신했다.

혈제 뇌조령은 우마의 정신이 온전하지 않다는 걸 알고 그를 불쌍하게 여겼다.

그가 지니고 있는 그 이해 불가능한 힘이 아깝기도 했다.

그는 다시 우마를 받아들였다. 그리고 오 년 동안 그를 보살피며 그에게 오직 한 가지의 무공을 가르쳤다.

지금처럼 거대한 도끼를 쓰는 부법(斧法)이다.

그가 돌아온 걸 누구보다 반긴 사람은 역시 그와 어린 시절을 함께 보냈던 혈지삼살이었다.

그 무렵 그들은 발군의 성취를 이루어서 지옥혈 내에서도 다섯 손가락 안에 꼽히는 막강한 고수들로 성장해 있었다. 거기에 우마의 천력이 더해지니 이제 지옥혈은 최강의 전력을 갖춘 거나 마찬가지였다.

그곳에서 오 년이 지났다.

장풍한과 약속한 육십 년이 코앞에 닥쳤을 때 마치 기다리기라도 했던 듯 암흑천교에서 사자가 왔다.

당백아와 염빙화를 제거해 달라는 그들의 청부를 받았을 때 뇌조령은 마음의 격동을 애써 참아야 했다.

"그래서 네가 이렇게 된 거로구나."

우마의 긴 이야기를 들은 소걸이 탄식하고 그의 솥뚜껑 같은 손을 꼭 쥐었다.

그가 겪었던 고통이 소걸의 마음을 아프게 했다. 우마에 대한 연민과 함께 새로운 정이 솟는다.

묵묵히 고개를 숙이고 있던 소걸이 빙긋 웃고 말했다.

"그럼 나를 닮았다는 사람이 바로 그 잠룡전주였던 모양이지?"

"억! 네가 어떻게 알았지? 나는 절대로 말하지 않았다!"

눈을 지그시 감은 채 행복한 얼굴로 콧구멍을 벌름거리고 있던 우마가 깜짝 놀라 소걸의 손을 뿌리치고 펄쩍 뛰었다.

"너는 내가 동생같이 여겨진다고 했잖아? 내가 누굴 닮아서 그렇다고 말이야. 그런데 얘기를 들어보니 너는 잠룡전주를 아버지처럼 여기고 있었군 그래. 그러니 뻔하지 않겠어?"

"허! 너는 너무 똑똑하다. 하지만 나는 아무 말도 하지 않았어."

"쳇, 다 드러난 마당에 무슨 시치미를 뗀단 말이야? 그나저나 그 잠룡전주에게는 자식이 없었어? 그러니까 내가 혹시……."

말을 하던 소걸이 머리를 갸웃거리더니 한숨을 쉬었다.

"아니다. 그럴 리가 없겠구나. 내가 지금 열일곱 살이니 그때는 아직 세상에 나오지도 않았을 때였겠어."

소걸의 얼굴에 실망이 가득해졌다. 잠룡전주가 혹시 제 아버지가 아닐까 하고 생각했었는데 그가 죽은 건 십팔 년 전이라지 않은가. 그러니 자신이 그의 씨일 가능성은 없다.

그런 생각으로 흥분했던 마음이 싸늘하게 가라앉았다.

"에휴—"

소걸이 내쉬는 한숨에 땅이 꺼질 것 같았다. 우마가 그 두툼한 손을 소걸의 어깨 위에 올려놓았다.

"슬퍼하지 마. 그래도 너는 확실히 그분을 닮았다. 나한테는 그게 중요할 뿐이야. 너를 보면 그분을 다시 보는 것처럼 기분이 좋아진다."

3

"제자가 되라고요?"

소걸의 눈이 휘둥그레졌다. 어떻게 된 거냐고 할머니에게 눈으로 물었다.

망선은노와 나란히 앉아 있는 할머니가 머리를 끄덕였다. 그리고 담담하게 말한다.

"늦은 감이 있지."

"뭐가요?"

"사부를 모시기에는 네 나이가 너무 많다는 말이다."

"할머니에게 배웠고 할아버지에게 배웠는데 사부가 왜 또 필요해요? 난 싫어요."

"너는 망선은노의 말을 들어야만 한다."

할머니가 정색을 하고 꾸짖듯 그렇게 말했다. 소걸이 잔뜩 볼을 부풀렸다.

"대체 이게 무슨 엉뚱한 소리란 말이에요? 갑자기 제자가 되라니."

말을 던져 놓고 침묵하고만 있던 망선은노가 빙긋 웃었다.

"빚을 갚는 거라고 생각해라."

"빚……."

그 말에 소걸이 즉시 시무룩해졌다.

그는 할머니와 자신의 목숨이 망선은노가 애쓴 덕에 이렇게 붙어 있다는 걸 잘 안다. 그것 때문에 할머니도 망선은노의 편을 들어주고 있는 모양이라고 짐작했다.

돈을 빚졌으면 돈으로 갚고 목숨을 빚졌으면 목숨으로 갚아야 하는 법이다.

망선은노가 네 목숨을 내놓으라는 것도 아니고, 제자가 되라는 것이니 어쩌면 그 빚은 후하게 면제받는 것인지도 모른다.

“쳇, 좋아요. 그런데 대체 나에게 뭘 어떻게 가르치려는 거지요?”

“흘흘, 사부가 꼭 제자에게 뭘 가르쳐 주어야만 하는 건 아니지.”

“쳇, 가르쳐 주지도 않을 거라면 그게 무슨 사부예요? 그리고 그런 사부가 왜 필요해요?”

“제자가 되면 사부의 명을 잘 받들고, 사부를 위해서 내가 무엇을 할 수 있을까 하는 걸 먼저 생각해야지. 그래야 착한 제자인 거야.”

“좋아요. 이제 조금씩 솔직해지는군요. 그래, 내가 뭘 해드리길 원하는 건지 말해보세요.”

“크게는 국태민안(國泰民安)을 이루고 작게는 문호를 정리하는 일을 해야 한다.”

“핫!”

소걸이 콧방귀를 뀌었다. 국태민안이라는 말이 영 귀에 거슬렸던 것이다.

“나더러 한 번 본 일도 없는 황제를 위해 충성을 다하라는 건가요? 아쉽게도 나는 황제 폐하의 총애는커녕 음덕조차 터럭만큼도 받아본 적이 없군요. 그는 그이고 나는 나일 뿐이랍니다.”

“백성들이 장차 겪게 될 고초를 생각해 봐라. 그들이 불쌍하지 않단 말이냐?”

“마치 충신열사인 것처럼 말하시는데, 그런 일들은 황제의 녹을 받아먹고 있는 대신들이 해야 할 일 아닌가요? 우리처럼 한낱 강호의 무부에 지나지 않는 자들이 말하기에는 좀 그렇네요.”

소걸의 고집이 여간 드센 게 아니다.

망선은노와 그의 말을 묵묵히 듣고 있던 염 파파가 천천히 말했다.

“너는 주지약을 마누라로 삼지 않을 작정이냐?”

“예?”

엉뚱하기 짝이 없는 말이라 소걸은 제 귀를 의심했다.

“주지약을 마누라로 삼지 않겠느냐는 말이다.”

“그건…….”

“중요한 일이니 네 심중을 솔직하게 말해라.”

“좋아요. 미모로 보나 배경으로 보나 교육 정도로 보나…… 나는 할머니의 손자며느리 감으로 그녀만한 여자는 어디에서도 찾을 수 없다고 생각해요.”

“이 녀석, 어지럽게 빙빙 돌릴 것 없다. 그러니까 주지약을 네놈의 마누라로 삼겠다는 거지?”

“그야, 뭐 그렇다고…….”

“흘흘, 그렇다면 너는 그녀에게 무엇을 예단으로 줄 테냐?”

“예단이라고요?”

“남녀가 혼인을 하게 되면 남자는 여자의 집에 예물을 보내야 한단다. 그 여자의 집 수준에 맞지 않으면 망신을 당하고 놀림을 받게 되지. 결혼이 깨지는 수도 있다.”

“에, 그건 좀 그렇군요. 저는 가진 거라고는 불알 두 쪽밖에 없고, 주지약은 왕가의 여식인데 제가 어떻게 그녀의 가문에 어울릴 만한 예물을 준비할 수 있겠어요? 금은보화를 수레로 실어다 줘도 인상을 쓸 텐데…….”

소걸의 얼굴이 시무룩해졌다.

결혼이라는 게 그저 남녀가 서로 눈이 맞고 마음이 맞아 약조를 했으면 그걸로 다 되는 줄 알았는데 아닌 모양이니 그렇다.

애써 웃음을 참으며 바라보던 염 파파가 정색을 하고 말했다.

"아니다. 너는 아주 훌륭한 예단을 준비할 수 있지. 그것을 보내준다면 주지약은 너무 기뻐서 눈물을 흘릴 것이고, 남명왕은 버선발로 뛰어나와 춤을 추며 받아들일 것이다. 너는 역사 이래 가장 값지고 훌륭한 예단을 신부 집에 보내준 사람으로 기억될 거야."

"헤, 그런 게 있었어요? 그게 뭔지 가르쳐 주세요. 반드시 손에 넣어서 세상을 깜짝 놀라게 하고 남명왕 전하가 나를 무시하지 못하도록 할 테니까요. 그러면 주지약도 평생 내 말에 고분고분 순종하며 살겠지요."

생각만 해도 기쁜지 코가 벌름거리고 입에서 웃음이 떠날 줄 모른다.

염 파파가 이때라는 듯 힘주어 말했다.

"조충의 목."

"엇!"

소걸이 깜짝 놀라 몸을 떨었다.

"조, 조충의 목이라고요?"

"그렇다. 너는 그녀가 가장 원하고 또 남명왕이 원하는 게 그것 말고 달리 뭐가 있다고 생각하느냐?"

"……!"

망선은노는 돌부처라도 된 듯 눈을 지그시 감은 채 근엄한 얼굴로 앉아 있고, 그 앞에서 소걸은 소태 씹은 듯한 얼굴을 하고 있다.

한참 만에야 그가 어눌하게 입을 열었다.

"그러니까 의천검을 찾아오라는 거로군요?"

"그렇다."

"그런데 그게 조충에게 있다니…… 역시 그 늙은 내시와 나는 전생부터 지독한 악연으로 묶여 있나 봐요."

소걸이 한숨을 쉬었다.

소걸 자신은 조충을 한 번도 본 적이 없고, 그의 악행으로 피해를 본 적도 없다고 생각했다. 그런데도 결국 그와 얽힐 수밖에 없이 되고 말았다.

주지약과 약속한 것도 조충을 죽여주겠다는 것이었고, 지금도 그렇다.

'어쩌면 이것이 내가 강호에서 해야 할 일인지도 몰라. 그런 운명이었던 게지.'

그런 생각마저 들었다.

조충을 죽이기 위해서 제가 불선다루에 버려졌고, 할머니와 할아버지를 만났으며 오늘까지 살아온 것 같다. 그리고 강호에 나오게 된 것도 오직 그것을 위해서 이미 준비되었던 일인지도 모른다고 생각됐다.

그렇다면 운명이라는 말밖에는 달리 그것을 설명할 수 없으리라.

소걸은 어쩔 수 없이 망선은노 앞에 무릎 꿇고 아홉 번 절하여 제자가 되었다. 생전 처음 사부를 모시게 된 것이다.

주지약을 얻을 수 있다면 까짓 사부를 모시는 것쯤 아무 일도 아니지 않은가.

그런데 망선은노의 말을 듣는 동안 점점 기분이 묘해졌다.

"그러니까 강호에는 알려지지도 않은 선유문이라는 비밀 문파의 계승자가 되는 거라는 말이지요? 제가요?"

"그렇다."

"그리고 사문의 천 년 한을 제 손으로 풀어야 하고요."

“그렇다.”

“그 대가로 할아버지, 아니, 사부님은 저에게 그…… 뭐라고 했죠?”

“흘흘, 음양도환.”

“아, 그렇지. 오왕진경에서 나왔다는 그 검법 중 양환멸사를 가르쳐 주신다고요?”

“그렇다.”

“그런데 정말 믿을 수 있는 건가요? 오왕 부차가 오자서를 시켜서 만들게 한 검경이라니…… 이건 뭐 전설이나 야담도 아니고…….”

“의천검과 청홍검은 분명히 존재하고 있다.”

“물론이지요. 주지약도 분명히 존재하고 남해 보타산에 있다는 보타문의 검후라는 것도 믿어야지요. 그녀가 음환불사라는 검초를 익혔고, 청홍검을 가지고 있다는 것도 믿어요.”

그 말은 할머니에게서 들었다. 그러니 믿지 않을 수 없다.

망선은노가 빙긋 웃었다.

“그러면서 대체 무슨 의심을 하는 거냐?”

“당최 그 선유문이라는 것 자체가 너무 오래전의 얘기인지라…….”

“하긴 좀 되긴 했지.”

‘쳇, 좀이란다.’

속으로 한껏 눈을 흘긴 소걸이 정색을 하고 따졌다.

“아, 사부님도 생각해 보세요. 갑자기 전국 시대를 얘기하더니 진시황이 이랬고, 불로초를 찾아 떠났던 서복 선인이 그랬어. 라고 하면서 믿으라고 한다면 세상천지에 담박 ‘아, 그래요?’ 하면서 믿을 사람이 있겠어요?”

“세상 사람 모두가 아니라고 해도 이제부터 너는 믿어야 한다.”

“왜요?”
“이놈! 제자가 사부의 말을 믿지 않으면 대체 누구의 말을 믿는단 말
이냐?”
“에휴—”
소걸이 한숨을 내쉬고 머리를 팍 숙였다.

第九章

동굴 속의 괴인(怪人)

1

한 가닥 삼엄한 검광이 뜰을 가로질렀다.

그러더니 이내 열 가닥, 스무 가닥이 되고 '합!' 하는 낭랑한 기합성과 함께 수백 가닥의 검광이 되어 하늘과 땅을 온통 번쩍이는 빛으로 가려 버렸다.

쩌저적, 하고 허공이 터져 나가는 소리가 들린다. 후끈 달구어진 공기가 폭풍우처럼 밀려 나가는 곳. 그 정점에 소걸이 빙백검을 쥐고 우뚝 서 있었다.

망선은노의 무표정하던 얼굴에 한줄기 희미한 미소가 떠올랐다.

"후욱—"

크게 숨을 한차례 들이켜고 내쉬어서 기운을 안돈시킨 소걸이 검을 갈무리하고 돌아섰다.

"어때요? 이만하면 괜찮은가요?"

“잘했다.”

말은 그렇게 하지만 망선은노의 얼굴에는 불만의 기색이 남아 있다. 소걸이 머리를 갸웃거렸다.

“왜요? 내가 어디 잘못한 데가 있나요? 틀린 곳이라도 있어요?”

“그 검법의 이름이 뭐지?”

“양환멸사라고 사부님이 그랬잖아요.”

“그렇다. 양환멸사지.”

“그런데요?”

“그 의미를 생각해 보았느냐?”

“양환멸사(陽還滅邪). 즉, 양의 기운이 돌아와 사악한 기운을 멸해 버린다. 이거 아닙니까.”

“잘 알고 있구나.”

“대체 뭐가 문제인지 모르겠군요. 저는 분명히 양환멸사 삼초 이십 칠변을 어김없이 펼쳐 보인 것 같은데요?”

“너의 검법과 초식에 대한 이해력은 아주 훌륭하다. 천재라고 할 만 하지. 그것을 습득하고 운용하는 재주도 특출해서 과연 놀랄 만하다.”

“헤. 과찬의 말씀이옵니다, 사부님.”

소걸이 호들갑스럽게 허리를 굽히며 혀를 내밀었다.

“하지만 그것뿐이다.”

“예?”

“너의 그 검법으로는 천군만마는커녕 잘해야 열 명의 고수를 상대할 수 있을까 말까 하다.”

“쳇, 처음부터 과장 아니었나요? 어떻게 인간이 검법 하나로 천군만 마를 물리칠 수 있다는 거예요? 정말 그렇다면 그게 어디 인간이겠어요? 전신(戰神)이라면 모를까."

"그것은 신이 되는 검법이다."

"……!"

"분노한 신의 노여움이 어떤 건지 세상에 알려주는 검법이지."

"아, 글쎄 그게 과장 아니냐고요. 허무맹랑한 소리지요."

"휴—"

망선은노가 한숨을 쉬었다. 화를 낼 듯하더니 억지로 참고 다시 한 번 차분하게 말했다.

"잘 들어라. 그 검법의 진정한 위력은 천지간의 양기를 검에 끌어들이는 내공심법에 있다. 그런 다음에야 비로소 사마를 일거에 멸해 버리는 위대한 힘을 마음껏 발휘할 수 있게 되는 거지."

"저는 이미 구유신공을 구성 단계까지 이루었는데요?"

"옛말에 진인(眞人)은 일기(一氣)를 느낄 뿐이라고 하였는데, 우리 선유일맥에서는 그것을 조양지기라고 하느니라."

"……."

"네가 그것을 대성하지 않는다면 양환멸사의 검초는 수박 겉 핥기밖에 안 되지."

"구결이며 심법의 요체를 모두 머리 속에 기억해 두고 있으니 언제든지 필요할 때 익힐게요."

"휴, 너의 고집이 그와 같으니 나로서도 더 이상 어쩔 수가 없구나. 다만 네가 그 고집 때문에 대사를 망치는 일이 없기를 바랄 뿐이다."

"걱정 마세요. 반드시 의천검을 찾아서 사문으로 가져갈 테니까."

소걸은 망선은노에게서 하나의 검법을 배우고 하나의 내공심법의 비결을 배웠다. 하지만 그가 익히는 건 검법뿐이었다. 한사코 내공구결의 수련은 거부했던 것이다.

"할머니가 서운해하지 않겠어요?"

염 파파의 구유신공을 버릴 수 없다는 데에는 망선은노도 어쩔 수가 없었다.

그동안 쉬지 않고 구유신공을 운기 수련한 결과 소걸의 몸 안에는 막중한 내력이 쌓여 있었다. 그것을 조양심법으로 바꾸어 운용하고 이끌어내면 되는데 소걸은 그것마저 거부하고 있는 것이다.

구유신공 외에 다른 신공구결을 수련하고 운기한다는 것 자체가 할머니를 슬프게 하는 일이라고 여기기 때문이다.

망선은노도 염 파파에게 그것만은 부탁할 수가 없었다.

그래서 소걸은 양환멸사의 검초를 남김없이 익혔지만 그것의 위력을 제대로 뽑아낼 수 없었고, 망선은노에게는 그게 못내 아쉽고 안타까운 일이었다.

"그나저나 이게 정말 천하무적의 검법이라는 거 맞아요?"

"혼자서도 절세적인 검법이지만 음환불사와 합격을 이룰 땐 그 위력이 무궁무진해진다."

"본 적 있으세요?"

"이놈이?"

망선은노가 노려보았지만 소걸은 히히, 웃을 뿐이다.

"그러니까 한 번도 보지 못했으면서 그렇게 장담하시는 거로군요? 사부님, 이제 보니 허풍이 좀……."

"이놈!"

망선은노의 여유롭던 얼굴에 싸늘한 서릿발이 덮인다. 소걸이 찔끔해서 물러섰다.

"너의 사문이 어디냐?"

"그야, 선유문이라고……."

"그러면서 너는 사문의 조사를 욕되게 하고 사부를 능멸하며 심지어 사문의 무공까지도 믿지 못하니 그건 대역무도한 죄가 아닐 수 없다!"

"아니, 제가 언제 조사를 욕되게 했다고 그러시나요?"

"조사께서 창안하신 검법이고 조사께서 그와 같은 위력이 있다고 하셨으니 믿지 않는 것 자체가 불경이야!"

"알았어요. 다 믿을게요. 사부님 말씀이 백번 지당하고, 조사님의 위대함이 하늘과 통한다는 걸 이제 확실히 믿겠습니다!"

"끄응—"

하지만 소걸의 마음속에는 여전히 불신이 가득했다.

양환멸사는 과연 훌륭한 검법이었다. 그것만으로도 강호에서 절세적인 검법이라 불리기에 손색이 없다.

하지만 소걸은 이미 할머니의 파천검 십이식과 장풍한의 절정검 일곱 초식을 모두 꿰뚫고 있지 않던가.

그는 하기 싫어도 그것들을 비교하지 않을 수 없었다.

'날카롭고 무섭기는 파천검이 최고이고, 사내다운 기백이 넘쳐 나기로는 절정검만한 게 없을 것이다. 거기에 비하면 이 양환멸사 검법은 웅장하고 치밀하며 뻗어나가는 기운이 극대하지만 뭐 특별히 뛰어난 것도 아니야.'

나름대로 그런 기준을 세웠다.

역시 할머니의 검법이 최고라는 생각이 다시 든다.

절정검과 양환멸사가 높고 낮음을 가리기 힘들 만큼 절세적인 검법

이지만 실전에서 붙는다면 할머니의 파천검이 더 큰 위력을 발휘할 것
이기 때문이다.

　　"사부님은 안 가세요?"
　　"집을 지켜야지."
　　"그러세요, 그럼."
　　"인정머리없는 놈."
　　망선은노가 서운한 얼굴로 눈을 흘겼다. 소걸이 히죽 웃는다.
　　"이곳이 이렇게 아늑하고 좋은데 누가 와서 보고 '어라? 아무도 없
네? 그럼 내가 가져야지.' 이러면 곤란하지 않겠어요?"
　　"에휴, 네놈이 정말 내 제자가 맞는 건지 의심스럽구나."
　　"걱정 마세요. 사문의 운명을 이 두 어깨에 잔뜩 짊어지고 씩씩하게
강호를 헤쳐 나갈 테니까요. 사람들은 이제부터 선유문이라는 위대한
문파에 대해서 뼛속 깊이 새기게 될 거예요."
　　"제발 그래라."
　　소걸이 보따리를 냉큼 짊어지고 일어섰다. 할머니를 재촉한다.
　　"이제 그만 가셔야지요?"
　　염 파파가 그윽한 눈길로 망선은노를 바라보다가 슬며시 손을 잡았
다.
　　"어디에 있던지 살아 있는 동안에는 결코 당신의 은혜를 잊지 않으
리다."
　　"파파께서 그나마 저의 마음을 위로해 주시는군요. 부디 보중하시기
바랍니다."
　　"우리가 앞으로 얼마나 더 살지 모르지만 다시 만날 날을 기다리겠

어요."

"저도 그렇습니다. 파파를 끝까지 모시지 못하는 게 한스럽군요."

두 노인의 이별이 절절하다. 마치 사랑하는 사람들이 마지못해 헤어지며 안타까워하는 것 같다. 그래서 소걸이 입을 삐죽 내밀고 눈을 마구 흘겨댔다.

할머니가 사부의 손을 잡고 놓을 줄 모른다는 게 더 속상하다. 할머니의 손은 제 손이라고 생각했는데 지금은 아니니 그렇다.

당 할아버지의 손도 저렇게 다정히 잡아주었으면 할아버지가 좀 좋아했을 것인가.

한 번도 그러지 않았던 할머니가 제 사부님의 손은 저리도 조몰락거리고 있다는 게 심술난다.

"아, 안 갈 거예요? 할아버지가 장안에서 눈 빠지게 기다리고 있을 텐데 보고 싶지도 않아욧!"

"커흠, 커흠."

망선은노가 헛기침을 요란하게 해대며 슬며시 염 파파의 손을 뿌리쳤다. 염 파파가 매섭게 소걸을 쏘아보고는 지팡이를 짚고 일어섰다.

"파파와 소걸이를 잘 보살펴라."

망선은노가 벌써 문 앞에 서서 눈을 디룩거리고 있는 우마에게 이른다.

우마가 콧구멍을 벌렁거렸다. 그는 드디어 이 지겨운 망선곡을 떠나 강호로 다시 나갈 수 있게 되었다는 것만으로 벌써 가슴이 쿵덕거리고 있는 중이었다.

"걱정 마슈. 나 없는 동안 심심해도 꾹 참고 집 잘 지키쇼. 밥도 제

때 꼬박꼬박 챙겨 먹고.”

“에구, 하나같이 무정하고 무심한 놈들뿐이구나. 내 팔자에 무슨 인복이 있어서 제자 같은 제자를 곁에 둬보겠어…….”

사부의 노안이 더욱 늙어 추레해 보인다. 그 눈에 가득한 서운함과 쓸쓸함을 보니 더 그렇다. 그래서 소결이 쿵쿵거리며 다가가 망선은노를 꼭 안아주었다.

“사부님, 우마의 말이 맞아요. 식사 꼭 챙겨 드시고 마음을 평안하게 하세요. 조충의 모가지를 뎅겅 하고 나면 제일 먼저 사부님께 찾아와 그 기쁜 소식을 전해 드릴게요. 아, 물론 의천검도 찾아다 드려야지요. 그전에라도 혹시 이 근처를 지나게 되면 시간 내서 들를게요. 아셨죠?”

이번에는 소결의 말이 줄줄 늘어진다. 하품을 하고 있던 망선은노가 머리를 설레설레 흔들었다.

“지겨우니까 이제 그만 가라.”

2

‘강호에서 언젠가는 기씨 성을 쓰는 자를 만나게 될 것이다. 그러면 극히 조심해야 하느니라. 기극검의 공부가 그 후예에게 고스란히 전해지고 있다면 그자는 네가 함부로 상대할 수 없는 자일 것이다. 내 말을 명심해서 장차 화를 당하지 않도록 백번 조심해라.’

사부의 말이 귀에 쟁쟁하다.

멀어지는 뱃전에 서서 소결은 자꾸만 뒤를 돌아보았다.

멀어지고 있는 갈대숲과 망선벽(忘仙壁)이라 불렸던 까마득한 절벽. 병풍처럼 펼쳐져서 세상과 망선곡을 철저하게 갈라놓은 그것의 위용도

빠르게 멀어져 간다.

망선곡으로 들어가는 유일한 통로인 절벽 사이의 비좁은 수로(水路)에 사부님이 서 있을 것이다. 흰 수염이 강바람에 젖는 것도 잊은 채 하염없이 멀어지는 배를 바라보고 있으리라.

소걸이 그곳을 향해 깊이 허리를 숙였다.

"사부님, 부디 옥체 보중하소서. 제자는 사부님과 사문의 명예에 누가 되는 일을 결코 하지 않을 것입니다."

짧았던 날이지만 사부로서 보여주었던 망선은노의 따뜻한 사랑을 가슴에 깊이 간직하고 있는 소걸이었다.

나에게도 이제 사부님이 계시고 사문이 생겼다는 뿌듯함이 가슴을 벅차게 한다. 그래서 소걸은 새로운 눈으로 강호를 바라보게 되었다.

'나는 천하제일을 다툴 만한 세 가지의 검법을 모두 지녔다. 누가 나의 상대가 될 수 있겠어? 기극검 본인이 천 년의 주검에서 부활해 나타난다고 해도 두렵지 않다.'

그런 자부심으로 절로 가슴이 넓어지고 턱이 하늘로 치켜진다.

*   *   *

안탕산(雁蕩山) 북쪽.

선고동(仙姑洞)이 건너다보이는 칼바위 능선 아래 깊은 골짜기에 있는 암흑천교의 총단이다.

골짜기를 따라 거대한 전각들이 숲처럼 가득했는데, 그 대소 전각들 중에서도 가장 깊은 곳에 웅장한 전각 한 채가 어둠을 두르고 서 있었다.

‘복마항(伏魔杭)’ 이라는 특이한 이름을 가진 삼층의 전각. 구중심처(九重深處)라는 말이 어울릴 그곳이야말로 세인들이 마교라고 부르는 암흑천교의 심장 같은 곳이다.

교주 유시천의 집무대전(執務大殿)인 것이다.

아름드리 기둥마다 불길을 피워 올리고 있는 유등이 걸려 있고, 붉은 휘장이 늘어져 있다.

대전 북쪽, 높은 단 위에 마중선 유시천이 앉아 있고, 그 아래에는 일곱 장로들이 모두 모여 두 줄로 교주를 바라보고 앉아 있었다.

무겁고 칙칙한 기운이 대전에 가득했다.

마교의 장로들은 모두 열 명이다. 십대천마라고 불리는 자들인 것이다. 그러나 지금 복마항에 모인 자들은 일곱 명뿐이었다.

이장로이자 삼태상 중 이태상인 나부천존 능파경이 죽었고, 십대천마의 칠위이자 칠장로인 곤륜일괴 엄양과 말석의 장로인 곤륜월녀 황보란이 빠져 있기 때문이다.

“본 교의 전력에 심각한 손실이 생겼으나 그것보다 더 중요한 건 본교의 위엄이 땅에 떨어지게 되었다는 것입니다.”

“마미륵(魔彌勒)의 말이 옳습니다. 조속히 수습하지 않으면 강호의 무리는 더 이상 본 교를 존경하고 무서워하지 않을 것입니다.”

“나는 아직도 믿을 수 없습니다. 과연 당금 강호에 어떤 인물이 있기에 나부천존과 천인검대를 죽일 수 있단 말입니까? 설마 백도의 기인이라도 갑자기 등장한 건 아닐 텐데요?”

“그 일은 지금껏 오리무중입니다. 나도 궁금하군요.”

장로들의 저마다 떠들어대는 소리로 대전이 소란스러워졌다.

유시천은 무엇을 생각하는지 높은 단 위에서 묵묵히 그들의 말을 듣고만 있었다.

오장로인 마미륵이 비대한 몸을 벌떡 일으키고 커다랗게 소리쳤다.

"다들 조용히 해보시오! 이 부처님이 할 말이 있소이다. 아미타불."

그의 위세에 대청 안이 찬물을 끼얹은 듯 고요해졌다.

마미륵의 뜬 건지 감은 건지 분간이 잘 되지 않는 실눈 사이로 신광이 번쩍였다. 좌중을 한차례 둘러본 그가 단 위의 유시천을 향해 포권하고 말했다.

"교주의 의향을 듣고 싶소이다. 우리가 아무리 떠들어봤자 교주의 한마디 말만 못하니 모든 걸 교주께 맡기는 게 좋겠소."

처음 말은 유시천에게 한 것이고 나중의 것은 좌중의 장로들에게 한 것이다. 모두 머리를 끄덕이고 교주를 바라보았다.

빙긋 웃은 유시천이 천천히 말했다.

"그대로 둡시다."

"예?"

"아니, 뭐라고 하셨소?"

"어허!"

너무나 의외의 말이라 마미륵이 찢어질 듯 눈을 부릅떴고, 여기저기에서 소란이 일었다. 하지만 유시천은 여전히 빙글빙글 웃을 뿐이다.

"교주!"

삼태상이자 삼장로인 철비야차(鐵臂野次) 공문(孔紋)이 탁자를 치고 벌떡 일어섰다.

잔뜩 화가 난 얼굴로 유시천을 쏘아보며 소리친다.

"그토록 무책임한 말을 할 수 있단 말이오? 교주의 수신호위였던 천인검대와 오십 명의 유밀전 소속 청년 고수들이 모두 죽었소. 게다가 이태상인 나부천존 능파경마저 참혹하게 죽었고, 얼마 전에는 천태산에서 엄양과 황보란의 주검마저 발견되었소이다. 게다가 봉공이신 곤륜검종께서 실종되고 말았으니 이게 어디 보통 일이오?"

모두의 동의를 구한다는 듯 둘러보자 그와 눈이 마주친 장로들이 하나같이 머리를 끄덕였다.

의기양양해진 공문이 다시 교주를 핍박했다.

"본 교의 피해가 이럴진대, 교주께서는 당연히 대책을 세우고 흉수를 찾아 천참만륙할 방안을 강구해야 하는 것 아니오?"

유시천은 여전히 웃고 있을 뿐이었다. 공문이 말을 마치고 씩씩거리자 비로소 한 사람을 지목했다.

"어디, 대장로님의 의견을 한번 들어봅시다."

좌선에 든 듯 지그시 눈을 감고 앉아 있던 백염백발의 노인이 눈을 떴다. 한줄기 맑고 강렬한 신광이 쭉 뻗어나와 대전을 번갯불처럼 가로지르고 사라졌다.

일태상이자 대장로인 화염신로(火焰神老) 황유선(黃儒先)인데, 오래전의 기인이며 강호에 좀체 나가는 일이 없었으므로 그의 존재를 아는 자가 극히 드물었다.

그의 지위는 교주 다음으로 높아서 암흑천교 내에서도 다들 꺼려하는 존재다.

교주 유시천이 호방하고 활기차서 교도들의 신망을 받고 있다면, 화염신로는 모두에게 두려움과 경외의 대상으로 군림하는 존재인 것이다.

교 내에서도 좀체 얼굴을 볼 수 없는 그가 오늘은 회의에 모습을 드러냈으니 그것만으로도 놀라운 일이다.

　교주의 지목을 받은 화염신로 황유선이 마지못한 듯 몸을 일으켰다. 배까지 늘어진 탐스러운 흰 수염을 한차례 쓰다듬고 느릿느릿 말했다.

　"흉수의 종적을 모두 알고 싶을 것이오. 그를 찾아서 죽이고 싶겠지."

　"……."

　"능파경의 일은 오리무중이지만 천태산에서의 일은 흉수가 명백하오."

　"염 파파를 따라다니던 꼬맹이였다고 하니 그 말을 누가 믿겠소?"

　"믿고 믿지 않고는 그대들의 자유요. 하지만 그렇게 의심만 하다가는 무슨 일을 제대로 처리할 수 있겠소?"

　"……."

　"염빙화와 당백아가 강호에 나온 게 사실이고, 소걸이라는 아이가 그들과 오랫동안 함께 있었다니 어쩌면 그 아이야말로 가장 무서운 존재일 수 있소."

　누구도 이의를 제기하지 않았다. 좌중을 한차례 훑어본 화염신로가 미소를 짓고 다시 말했다.

　"그 아이가 장가보에 절정검법을 전해주었고, 봉공과 당당히 싸웠다니 누가 그걸 의심하겠소?"

　"그렇다면 보이지 않는 원수보다 우선 그놈을 잡는 데 사람을 보내야겠군요."

　"누가 가겠소?"

　아무도 선뜻 나서지 못했다.

　십대천마는 모두가 절정의 고수들이었다. 대장로인 화염신로를 제외하고는 개개인이 지닌 무공의 차이라는 것도 별로 크지 않다. 그들

중 누구도 엄양과 황보란을 간단히 제압할 수 있는 자가 없었던 것이다.

그런데 그들은 모두 일격에 당해서 목숨을 잃었다. 소걸이 그렇게 했다면 그건 그 꼬마가 이곳의 누구보다도 무서운 고수라는 반증이 된다.

화염신로의 말이 그들의 머리 속에 울렸다.

"그 아이를 잡으려면 내가 나서거나 교주께서 직접 나서야 할지도 모르지."

"어찌 그런……."

"아니면 본 교의 전력을 그 아이 하나에 집중시켜야 할 것이오."

"……."

"지금 그렇게 할 수 있는 상황이 아니지 않소? 과연 그 일 때문에 우리의 전력을 강호에 낱낱이 드러내 보일 때요?"

"끄응—"

여기저기에서 무거운 탄식 소리가 들려왔다.

"힘은 아끼고 모아두었다가 한 번 터뜨리는 걸로 충분하오. 한 번의 싸움에서 죽고 사는 게 결정되는 건 일 대 일의 겨룸이나 집단 간, 나라 간의 싸움이 다르지 않소."

"……."

"때문에 나는 교주의 판단이 옳다고 믿소. 지금은 그대로 둘 때인 것이란 말이외다."

"끄응—"

장로들이 일제히 이 앓는 소리를 냈다.

묵묵히 듣고 있던 유시천이 천천히 자리에서 일어섰다. 부리부리한 눈길로 장로들을 일일이 살펴보며 무겁게 말한다.

"나는 강호에 숨겨져 있던 세력이 그 아이로 인해서 조금씩 드러나고 있다는 게 즐겁소."

"응?"

"교주, 그게 무슨 말씀이오?"

"숨겨져 있는 세력이라니?"

"우리의 적이 광명천 말고 또 있었단 말씀이오?"

"어허, 이런 일이 있나!"

교주의 한마디에 장로들이 새파랗게 질려서 마구 소리쳐 댔다.

그들로서는 생각지도 못했던 뜻밖의 말이었기 때문이다.

그들이 잠잠해질 때까지 기다린 유시천이 다시 말했다.

"아직은 밝힐 때가 아니라 말하지 못하나 차차 여러분 모두 알게 될 것이오. 어쨌든 소걸이 염 파파의 품을 떠나 활동하기 시작하면서 제삼의 세력이 준동하기 시작했으니, 이건 우리에게 좋은 조짐이오. 나는 오히려 그 아이를 적당히 부추겨 주고, 죽지 않도록 지켜주어서 그 아이가 강호의 음지에 숨어 있던 은밀한 세력을 모두 이끌어내 주기를 바란다오."

다들 의문을 풀지 못해 불만이었지만 교주가 그렇게 결정했으면 따라야 한다.

교주 앞에서 함부로 말하고 거드름을 피워도 그가 결정하면 군말없이 복종하는 것. 그게 유시천이 만들어놓은 암흑천교의 질서였다.

'제삼의 세력이라니? 강호에 그런 것도 있었단 말인가? 어째서 우리는 여태까지 조금도 눈치 채지 못했을까? 대체 그들의 능력이 어느 정도이기에 교주가 저렇게 걱정한단 말인가?

그런 의문이 대전을 떠나는 장로들의 가슴을 무겁게 짓눌렀다.

3

그날 밤. 복마항을 아무도 모르게 빠져나오는 흑의복면인이 있었다.

삼경. 사위가 칠흑 같은 어둠에 덮여 코앞에 뻗은 손이 보이지 않는다.

그 속에 흑의 경장을 입고 검은 복면을 썼으니 그자는 한 발을 내딛기 무섭게 어둠과 동화되었다. 바로 곁에 있어도 알아채지 못하리라.

어둠 속에 우뚝 서서 잠시 주위의 기척을 느껴보던 복면인이 땅을 박찼다.

휘익―

한줄기 미약한 바람을 허공에 남기고 그의 신형이 꺼지듯 사라졌다.

코앞이 보이지 않는 어둠도 그에게는 아무런 장애가 되지 않는 듯했다.

몇 번의 도약으로 암흑천교의 높은 담을 가뿐히 날아 넘은 그가 골짜기의 울창한 수림 속으로 몸을 날렸다.

골짜기는 위로 올라갈수록 좁아지고 가팔라졌다. 그러더니 드디어 끝에 이르러 천 길의 벼랑에 가로막히고 만다.

두 사람이 겨우 어깨를 나란히 하고 서 있을 만한 틈. 그것이 암흑천교 총단이 있는 골짜기의 출발점인 것이다.

흑의복면인이 다시 한 번 주위를 세심하게 둘러보았다. 아무런 기척도 없다.

안심한 그가 훌쩍 몸을 날려 원숭이도 무서워 피할 것 같은 벼랑에 찰싹 달라붙었다.

두 손과 발을 움직여 바위를 차고 움켜쥘 때마다 몸이 쑥쑥 치솟아 재빠르게 위로 사라진다.

절정의 벽호공(壁虎功)을 보여주는 복면인.

차 한 잔 마실 만한 시간을 넘기지 않아서 그의 모습은 음습한 회색의 암벽 까마득한 곳으로 사라졌다.

중간에 뚫려 있는 작은 동굴에 손 하나가 척 걸쳐졌다. 그리고 흑의복면인이 훌쩍 뛰어올라 몸을 공처럼 웅크리고 그 안으로 빨려들 듯 스며들었다.

바깥이 칠흑의 어둠이니 동굴 안이야 더 말할 것도 없다.

하지만 흑의복면인은 매우 익숙한 듯 조금도 머뭇거리지 않고 빠르게 걸어 들어갔다.

눈을 감은 거나 마찬가지인 어둠 속에서도 삐죽삐죽 튀어나와 있는 석주에 부딪치는 일 한 번 없다.

동굴은 안으로 들어갈수록 점점 복잡해지고 습해졌다.

이십여 장을 진행하는 동안 다섯 번이나 굽었다.

흑의복면인 앞에 텅 빈 어둠이 불쑥 나타났다. 그제야 복면인이 품에서 화섭자를 꺼내 불을 당겼다.

팟! 하는 소리와 함께 매캐한 유황 연기가 풀썩 피어오르고, 대롱 끝에서 새파란 불길이 치솟아 동굴을 둥그렇게 밝혀주었다.

흑의복면인 앞에는 거대한 지하 광장이 펼쳐져 있었다. 발아래가 수직으로 깎인 십여 장의 절벽이고, 그것마저 거대한 지하 공간 속에 묻혀 있다.

한 걸음만 더 내디뎠으면 십여 장의 절벽 아래로 뚝 떨어져 뼈가 으스러졌을 것이다.

으스스한 일이지만 복면인은 다 알고 있었던 듯 조금도 놀라지 않았다.

둥근 천장에 늘어져 있는 석순들이 화섭자의 불빛을 받아 영롱하게 반짝였다. 뭇 별들이 하늘에 박혀 있는 것 같다.

획—

그가 망설임없이 몸을 던져 절벽 아래로 뛰어내렸다. 십여 장 저 위의 허공에서 떨어져 내렸건만 바닥에 닿는 발이 솜처럼 가벼워 작은 소리도 나지 않는다.

"제가 왔습니다."

복면인이 그 자리에서 한쪽 무릎을 꿇고 머리를 깊이 숙이며 말했다. 그의 음성이 동굴 안에 응응 울리는 메아리를 남긴다.

저 앞쪽, 보이지 않는 어둠 속에서 다른 음성이 대답했다.

"가까이 오라."

"존명!"

복면인이 조심스럽게 광장을 건너갔다. 오른쪽에 지하 폭포가 있고, 그 물이 길게 광장을 가로질러 흐른다. 그리고 광장 왼쪽에서 깊고 푸른 호수를 이루었다.

광장은 천하이고 그 수로는 강이며 호수는 대해(大海)다. 그리고 무수히 솟아올라 있는 석주들은 천하의 수많은 산봉우리다.

사방 백여 장은 족히 되어 보이는 지하 광장은 그 자체로서 세상의 축소판인 것이다.

그 건너. 자연스럽게 형성된 높은 대 위에 석순의 주렴이 드리워져 있었다. 그리고 그 주렴 건너에 정좌하고 앉아 있는 한 사람의 모습이 비쳤다.

석순 위에 박혀 있는 수십 개의 야광주가 은은한 빛을 뿌려주고 있어서 주위가 안개 속처럼 뿌옇게 보였다.

대 아래까지 다가간 흑의복면인이 화섭자의 불을 눌러 끄고 비로소 복면을 벗었다.

마중선 유시천.

암흑천교의 교주인 바로 그였다.

"강녕하신 모습을 뵈오니 기쁘기 한이 없습니다."

그가 꿇어 엎드려 경배하며 말했다.

석순의 주렴 안쪽에서 무겁고 탁한 음성이 흘러나왔다.

"너 또한 매우 좋아 보이는구나."

"사부님 덕분에 청명신공을 십이성 대성하였나이다."

"허허, 그 나이에 대공을 이루었다니 진심으로 축하할 일이군."

"감사합니다."

사부.

유시천은 정체를 알 수 없는 괴인을 그렇게 불렀다.

아무도 알지 못하는 일. 마교 내에서도 아는 자가 없는 비밀 하나가 드러난 것이다.

"나를 찾아왔을 때에는 기쁜 소식이 있어서이겠지?"

"그렇습니다."

유시천은 여전히 얼굴을 들지 못했지만 그 어투에 기쁨이 묻어 있었다.

"말해봐라."

"드디어 사부님께서 기다리시던 선유도가 모습을 드러낸 것 같습니다.”

“응?”

매우 놀란 듯 괴인의 음성이 떨렸다.

“그게 사실이냐? 어떻게?”

“당소걸이라는 아이가 있습니다. 당백아와 혈염마녀 염빙화의 전인이지요.”

“당소걸……”

“그 아이가 강호에 등장하더니 기다렸다는 듯 그들이 꼬리를 드러냈습니다.”

“천천히, 그리고 자세히 일러라.”

유시천이 그동안의 일의 경과에 대해서 보고하는 동안 석순의 주렴 안쪽에서는 무거운 침묵만 흘렀다.

유시천의 보고가 끝나고도 한참의 시간이 지나고 난 뒤에야 괴인의 침중한 음성이 흘러나왔다.

“나부천존 능파경이가 머리통이 두 쪽이 나서 죽었단 말이지?”

“그렇습니다. 그것도 천인검대의 검사들과 오십 명이나 되는 유밀전의 청년 고수들과 함께 말입니다.”

“그들도 모두 일격에 당했단 말이지?”

“그렇습니다. 상처로 보아 매우 날카롭고 무거운 중병(重兵)에 당한 게 분명한데, 저의 우둔한 생각으로는 도끼가 아닌가 싶습니다.”

“흠, 거부(巨斧)라. 당금 강호에 그런 병장기로 나부천존을 단번에 쪼개 버릴 만한 고수가 있느냐?”

“워낙 특이한 무기인지라 쓰는 자도 거의 없거니와, 거부를 병장기 삼는 자들 중 그만한 무위를 지닌 자는 한 명도 없습니다.”

"그렇다면 그들이 모습을 드러낸 게 틀림없겠군."

"제자의 생각도 그렇습니다. 선유도의 무리가 틀림없습니다."

"선유도라, 선유도……."

주렴 안에서 들려오는 중얼거림에 말로 표현할 수 없는 복잡한 감정
이 실렸다. 회한이면서 원망이고 기쁨인 동시에 분노와 증오이기도 한
그런 것이다.

"너는 이 일을 어떻게 처리하였느냐?"

"장로들을 윽박질러서 함부로 움직이지 못하게 하였습니다."

"잘했다. 당분간 당소걸이라는 그 아이의 움직임을 예의 주시하고
경거망동하지 마라. 맹수는 사냥을 하기 전 발톱을 깊이 감추는 법. 조
금이라도 이쪽의 의중이 그들에게 간파되어서는 안 되느니라."

"명심하겠습니다."

"그리고 또 하나. 절대로 이 일이 조 태감의 귀에 들어가서도 안 된
다."

"명심하겠습니다."

"교 내에 조 태감의 심복이 와 있다고 했지?"

"천지교현(天地巧玄) 풍사헌(風師憲)이라는 자입니다."

"그는 어떤 인물이더냐?"

"황궁에 오래 숨어 있었을 뿐 강호에 한 번도 나온 적이 없는지라 그
에 대해서는 알려진 바가 없습니다. 하지만 느껴지는 기감으로 미루어
짐작하건대 그는 이 못난 제자가 감히 함부로 할 수 없는 절정고수가
분명합니다."

"흘흘, 조충이 누구인데 허수아비를 보냈겠느냐? 그자는 지금 어떻
게 하고 있지?"

“풍림(楓林)에 있는 돌집 안에서 꼼짝하지 않고 있습니다. 산책과 독서로 소일할 뿐, 총단에마저 좀체 얼굴을 내밀지 않습니다. 제자는 그곳을 총단의 금지로 정해서 교중의 누구도 허락 없이 들어가지 못하도록 했습니다. 그는 철저히 고립되어 있는 셈이지요.”

“좋아. 하지만 더욱 조심해서 절대로 이번 일이 그자의 귀에 들어가지 못하도록 해야 한다. 여차하면 죽어서라도 비밀을 지켜야 하느니라.”

“명심하겠습니다.”

“됐다. 다음 상황이 발생하면 그 즉시 나에게 알려라.”

“존명!”

마중선 유시천.

이 시대의 절대강자 중 한 명으로 꼽히는 그가 깊숙이 머리를 숙이고 조심스럽게 몸을 일으켰다. 감히 석대 위를 바라보지도 못한다.

이십여 보나 뒷걸음질로 물러서고 난 다음에야 훌쩍 몸을 날려 질풍처럼 광장을 건너고 한 번의 도약으로 지하 절벽 위로 뛰어올라 사라졌다.

【第十章】
골치 아픈 놈들

1

"우흐흐흐, 드디어 내 대에 이르러서 선조의 한이 풀리게 되는구
나."

텅 빈 지하 광장 안에서 괴인의 음침한 웃음소리가 웅웅 울렸다.

휙, 하고 서늘한 바람이 허공을 스치는가 했는데 어느덧 광장 복판
에 봉두난발의 괴인이 우뚝 서 있었다. 어둠 속에서 그의 흰 머리카락
이 반짝인다.

그의 손에 들려 있는 한 자루의 보검이 창백한 빛을 뿌렸다.

"천 년. 무려 천 년을 기다려 왔다. 이제 그 끝에 도달한 거야."

괴인의 말투에는 한이 서려 있었다.

"태사조님 대에서 시작된 일. 이제 나, 기검부(奇劍父)의 손에서 모
든 은원이 끝난다."

웅웅 울리는 메아리가 그의 말을 되풀이한다.

기검부.

강호에는 전혀 알려지지 않은 이름이다.

번쩍!

시린 검광이 무지개처럼 어둠을 갈랐다.

동굴 안이 번갯불 같은 섬광으로 순식간에 밝아지고 다시 깊은 어둠에 잠긴다.

후우웅—

웅장한 바람 소리가 그 뒤를 따랐다.

드넓은 지하 광장이 통째로 흔들리는 것처럼 그 안의 공기가 진동을 했다. 그리고 다시 검광이 번쩍인다.

"합!"

기검부의 봉두난발한 백발 속에서 묵직한 기합성이 터져 나왔다. 보검이 유성우처럼 어둠을 가른다.

이 짙은 지옥의 어둠 속에 수천, 수만 개의 불꽃을 확, 뿌려놓은 것 같은 현란함.

검봉이 제가 뿌려놓은 그 불꽃들을 하나하나 꿰어간다.

쉭쉭거리는 날카로운 소리가 동굴 안에 가득 찼다. 그러더니 그것들이 서로 뒤섞인다. 앞의 소리에 뒤의 소리가 더해지고, 그것에 다시 더해지는 소리들. 그러자 삐리리리— 하는 높은 휘파람 소리가 되어서 광장을 흔들었다.

천변만화(千變萬化)라는 말이 무색하다.

기검부의 춤을 추는 듯한 몸. 거기에서 와르르 쏟아져 나오는 검광의 갈래가 온통 동굴을 뒤덮었다.

삐리리리—

공력을 높일수록 새의 울음소리 같기도 한 휘파람 소리가 높고 날카로워졌다. 그러더니 귀청을 찢을 듯한 소리가 되어서 사방으로 쏘아져 나갔다.

우르르르─

그 소리의 힘. 그것의 음파를 견디지 못하고 저 먼 곳의 동굴 벽이 쩍쩍 갈라지기 시작했다. 천장에서 돌 부스러기와 석주들이 우박처럼 떨어진다.

번쩍!

검광이 그것들을 휘감았다.

짜자자작─

헤아릴 수 없이 많은 바윗조각들이 어지럽게 날았다. 검광이 스칠 때마다 가루가 되어 부서지며 날리고 떨어지는 그것들.

쿵─!

지하 저 깊은 곳에서 웅장한 울림이 솟구쳐 올라왔다. 그리고 검광이 씻은 듯 사라졌다.

좌라라락, 하고 비로소 떨어져 내리는 바윗조각들의 소음이 마치 소낙비 소리 같다.

다시 온전한 적막과 어둠이 지하 광장을 가두었다. 그 속에서 기검부의 음침한 음성이 낮게 흘러나왔다.

"흐흐흐, 양환멸사의 이 검의(劍意)를 과연 누가 알 것인가."

그의 검법은 양환멸사였다.

천 년 전, 기극검이 선유도에서 두 자루의 신검과 함께 훔쳐 달아났던 검초. 하지만 완전하지 못한 것이라 사장되어 버리고 말았다고 여겨진 그것이 기검부에 의해 모습을 드러낸 것이다.

극강한 위력을 지니고 있는 검법. 그러나 그것은 소걸이 망선은노에게서 배웠던 그것과는 많은 차이를 가지고 있었다.

이름은 같은 것인데 검초는 전혀 다른 것이니, 한 이름을 가진 두 개의 검법이라고 해도 좋을 것이다.

기검부의 양환멸사는 지극히 패도적이고 흉맹했다. 이 세상에 그것보다 더 극강하고 패도적인 검법은 또 없으리라.

당시 선유도에서 도망쳐 나온 기극검은 오왕검결에 있는 음양도환의 검법을 익히지 못한다면 의천과 청홍 두 자루의 절세신검도 무용지물이나 다름없다는 걸 깨달았다.

하지만 그는 검법을 먼발치에서 훔쳐보기만 했을 뿐, 사부인 서복 선인으로부터 끝까지 가르침을 받지 못했다. 그의 품성이 바르지 못한 걸 안 서복 선인이 전반부의 초식을 전해주고는 더 이상 가르쳐 주지 않았기 때문이다.

기극검은 자기가 배운 것과 기억에 의존해서 양환멸사와 음환불사의 두 검법을 재현하기 위해 모든 노력을 기울였다.

혹시라도 뒤를 쫓을지 모르는 선유도의 동문들이 무서워 한무제의 그늘에 몸을 숨기고 있었을 때의 일이다.

그를 받아들였던 환관 조양은 우연히 그 사실을 알게 되었다.

기극검을 다그친 그는 드디어 진시황 때 삼천 명의 동남동녀를 이끌고 멀리 떠났던 서복이 절세의 검학을 창시했다는 사실을 알아냈다.

황제에게 매인 몸이라 선유도를 찾아 떠날 수 없었던 조양은 기극검이 가지고 나온 검법을 빼앗으려는 마음을 품었다.

그를 협박하고 회유하기를 몇 달. 하지만 기극검이라고 속셈이 없었겠는가.

그는 음양도환의 두 검법 중 양환멸사에 대해서는 끝까지 잡아뗐다. 서복이 자기를 믿게 여겨 조금도 가르쳐 주지 않았노라고 주장한 것이다.

조양은 반은 믿고 반은 믿지 않았다.

그는 기극검을 달랬다.

"그렇다면 음환불사라도 함께 연구해 보자. 우리가 힘과 지혜를 모은다면 네가 알지 못하는 부분을 밝혀낼 수도 있을 테지."

조양은 환관이면서 당대의 최고수라고 할 만한 숨은 실력자였다. 기극검은 그의 높은 무공과 자신의 기억을 접목시킨다면 가능할 수도 있다고 여겼다.

그날부터 두 사람은 은밀하게 이마를 맞대고 음환불사의 검법을 익히고 연구하는 데에 빠져들었다.

십수 년의 세월이 눈 깜짝할 사이에 지나갔다. 그리하여 검법의 완성을 눈앞에 두었을 때 본심을 드러낸 조양은 기극검을 잡아 죽이고 그의 수중에 있는 두 자루 보검마저 빼앗았다.

당시 기극검에게는 열세 살 난 아들이 하나 있었는데, 그는 아버지의 죽음을 보기 무섭게 단신으로 황궁을 탈출했다. 그의 품에는 기극검이 몰래 남긴 양환멸사의 검법 비급이 들어 있었다.

기극검은 조양과 함께 음환불사의 검법을 연구하는 한편, 집으로 돌아와서는 아무도 모르게 양환멸사의 검법을 연구하고 있었던 것이다.

그의 속셈은 따로 있었다. 조양의 도움으로 음환불사를 완성시키면 한 몸에 두 가지의 절세 검법을 모두 지니게 되니 그때는 조양을 죽여 그가 익힌 음환불사를 폐하고 달아날 생각이었던 것이다. 하지만 그전에 조양에게 죽임을 당했으니 덧없다 할 것이다.

기극검의 어린 아들은 몇 년간 강호를 떠돌다가 일월신교에 투신했다.

송곳은 주머니 속에 감추어도 그것이 주머니를 찢고 나오게 마련이다. 비록 풍상에 찌들려 볼품없는 몰골을 하고 있었지만 그의 재지와 타고난 천품은 오래지 않아 교주의 눈에 띄었다. 그 뒤로 그는 승승장구하여 이십여 년 뒤에는 일월신교의 교주가 되었다.

이대 교주인 기련발(奇聯渤)인 것이다.

그 후 오대에 이르기까지 그의 후손들이 대대로 교주 직을 계승했다. 그러는 동안 양환멸사의 검법은 새롭게 만들어지고 다듬어지기를 거듭해 점점 그 형체를 갖추어갔다.

그게 기검부에 이르러 드디어 완성된 모습을 드러낸 것이다.

"이제 풍운의 중심에 설 때가 되었다."
기검부의 음침한 음성이 동굴에 가득한 어둠을 흔들었다.
"천 년의 한을 반드시 풀고야 말리라."
그의 번쩍이는 눈빛이 귀화처럼 일렁인다.

2

두 달 후.
온 천지가 하얀 눈에 뒤덮여 있는 정월 스무날이다.
지난밤부터 내리기 시작한 눈이 하루 종일 그치지 않아서 장안성은 마치 설원(雪原) 가운데 우뚝 솟은 고립된 언덕처럼 보였다.

그 눈 언덕을 향해 터벅터벅 다가오는 세 필의 말이 있었다.

말들이 흰 콧김을 훅훅 뿜어내고, 말 위에 앉아 있는 사내들도 그렇다.

두꺼운 가죽옷을 입고 피풍을 걸쳤으며 머리에는 토끼 가죽으로 만든 털모자를 귀까지 눌러썼다.

매서운 바람이 불어대는 차가운 날인 것이다.

"정말 끈질긴 노인네야. 그렇지 않수?"

"이번에야말로 기필코 끌어내고 말겠어."

"막내의 말대로다. 이번에는 어떤 일이 있어도 끌어내야 한다."

혈지삼살이었다.

불선다루에 찾아가 한바탕 요란을 떨었던 때가 벌써 반년 전이다.

그때 사라졌던 그들은 두어 달에 한 번씩 찾아가 똑같은 소동을 부렸지만 그때마다 얻는 것 하나 없이 떠나야 했다.

그리고 오늘 다시 불선다루를 향해 가고 있는 것이다. 네 번째 방문인 셈이니 다루 안에 꼼짝하지 않고 틀어박혀 있는 당 노인 못지않게 끈질기고 지겨운 방문자들이 아닐 수 없다.

혈지삼살의 무서움을 안 뒤부터 장안성 불선다루에 있는 자들은 철저히 그들을 무시했다. 아무리 약을 올리고 도발을 해도 꾹꾹 참고 상대하지 않았던 것이다.

아니, 나중에는 혈지삼살이 나타나면 아예 코빼기도 내비치지 않았다. 상관없는 종업원들만 왔다 갔다 하면서 차 시중을 들었을 뿐이니 그건 혈지삼살에게도 약이 올라 미칠 것 같은 일이었다.

그들이 다시 찾아간다.

이번에는 기필코 끝장을 보고 말리라는 대단한 각오를 품고 터벅터벅 눈밭을 헤쳐 가고 있는 것이다.

성안의 거리에는 찬바람만 쌩, 하고 불어갈 뿐 오가는 사람의 종적을 찾아보기 힘들었다. 콧물이 흘러내리자마자 인중에서 그냥 얼어버리는 매서운 날씨인 것이다.

장안남로를 지나 사통부귀가(四通富貴街)에 이르러 동안로(東安路)로 꺾어지자 오른쪽 모퉁이에 있는 불선다루가 아주 잘 보였다.

이 추운 날에도 들락거리는 사람들이 끊이지 않는다. 이제는 그곳의 차 맛에 단단히 인이 박힌 장안성의 사람들이 꿀단지에 개미 꾀어들 듯했다.

강호의 무리들도 여전히 줄지어 출입한다.

세 필의 말이 머리를 끄덕이며 뚜벅뚜벅 다가갔다. 부귀한 상인으로 보이는 손님을 문밖까지 따라나와 배웅하던 다동 한 놈이 그들을 보았다. 낯빛이 즉시 새파래지더니 후다닥 다루 안으로 달려들어 간다.

혈지삼살이 서로 마주 보고 쓴웃음을 지었다.

다루 앞에 말을 멈추었지만 나와서 말고삐를 넘겨받는 놈 하나 없다.

"젠장, 찬밥도 이런 찬밥이 없군 그래."

막내인 환검(幻劍) 고숭(高嵩)이 횡가(橫架)에 말고삐를 매며 투덜거렸다. 둘째인 기환십표(奇幻十鏢) 육편철(陸片鐵)이 제 말고삐도 넘겨주며 위로한다.

"언제는 우리가 따뜻한 밥이었냐? 신경 쓸 것 없어. 우리에게는 저 놈들이 찬밥이잖아?"

"흐흐, 둘째 형 말이 맞아. 아주 쉬어터진 찬밥덩이지."

고숭이 대살인 불패장도(不敗長刀) 장략(張掠)의 말고삐도 넘겨받으며 낄낄 웃었다.

대충 옷에 붙어 있는 눈을 털어낸 세 사람이 당당하게 다루의 문을 열고 들어섰다.

조용하다.

일층의 넓은 다청을 반쯤 채우고 앉아 있던 손님들이 모두 그들을 바라본다.

이곳에 출입하는 자들 치고 혈지삼살을 모르는 치가 없었다. 그들의 소동과 불선다루의 무사들 사이에 오가는 주먹질, 칼질이 화젯거리이기도 하다. 은근히 그걸 보기 위해 찾아오는 자도 생겼을 정도였다.

과연 다루 안에는 당 노인의 심복 수하라고 할 수 있는 고수들이 한 명도 보이지 않았다. 아무 상관 없는 종업원들만 잔뜩 불만스런 얼굴을 한 채 눈을 말똥거리며 바라본다.

"앉자."

대살이 복판의 빈 탁자를 차지하고 앉았다. 그 즉시 삼살이 탁자를 두드리며 소리쳤다.

"이 빌어먹을 놈의 다루는 대체 어찌 된 거야? 손님이 왔는데도 본 척 만 척이라니? 내 돈은 돈이 아니고 똥이란 말이냐? 제기랄!"

은자를 꺼내 신경질적으로 탁자 위에 던져 놓는다.

서로 눈짓을 하던 종업원들 중 신참 한 놈이 엉덩이를 뒤로 뺀 채 어기적거리며 다가왔다. 볼멘소리로 입에 발린 말을 한다.

"어서 오십쇼, 손님. 어떤 차를 드릴깝쇼?"

"구정물만 아니면 다 좋아. 아무거나 가져와라."

"주전자로 갖다 드릴까요, 아니면 찻잔에 담아 내올까요?"

"빌어먹을, 네 맘대로 해라."

어차피 이 추운 날 차를 마시며 몸을 녹이자고 찾아온 게 아니다.

종업원이 잔뜩 부어터진 입을 한 발이나 내민 채 주방으로 사라졌다.

대살은 말이 없다. 원래 그런 작자다.

"또 왔습니다."

종남광도 도굉이 잔뜩 볼멘소리로 말했다. 느긋이 차를 마시고 있던 음양쌍존이 눈살을 찌푸렸다. 그들과 함께 있던 서천금편 추괴성이 콧방귀를 뀐다.

"큿, 그놈들은 정말 집요하고 사명감에 투철한 놈들이로군. 칭찬을 해줘야겠어."

"내려가 볼까?"

양존 조백령이 엉덩이를 들썩거렸다. 그 팔을 음존 왕무동이 꽉 붙잡았다.

"노야의 말씀을 잊었어? 절대로 상대하지 말라고 하셨잖아."

"그건 알지만 언제까지나 이대로 두고 볼 수는 없잖아?"

"노야께 다 생각이 있으실 거야."

그들은 이제 당 노인을 하늘처럼 여긴다. 노인이 돌을 주며 떡이라고 하면 그게 떡인 거다.

혈지삼살은 일층의 다청에서만 지랄을 떨 뿐 절대로 이층이나 삼층으로는 올라오지 않았다. 나름대로 원칙을 정해놓고 그에 따라 행동하는 것이다.

"어쨌든 노야께 보고는 드려야겠지요?"

도굉이 허락의 말이 떨어지기를 기다리지도 않고 후딱 일어나 삼층으로 달려 올라갔다.

당 노인은 방 안 가득 화선지를 늘어놓고 한창 수묵화를 그리고 있는 중이었다. 난을 치는 일에 푹 빠져서 누가 들어오고 나가는지도 모를 정도이다.

방문 앞에 지키고 섰던 갈평이 눈으로 묻는다. 도굉이 힐끔힐끔 방 안을 훔쳐보며 귀엣말로 속삭였고, 갈평이 눈살을 찌푸렸다.

"제기랄 놈들 같으니."

낮게 투덜거린 그가 조심스럽게 당 노인을 불렀다.

"노야, 말씀드릴 일이 있습니다."

"뭔데?"

당 노인은 여전히 점을 찍을 것인지, 선을 그을 것인지를 놓고 고민 중이었다. 옷이며 수염에 먹물이 튀어서 여기저기 얼룩이 졌지만 그것마저 알지 못하고 있다.

"혈지삼살이 또 왔다는군요. 다청에 죽치고 앉아 있답니다."

"그래?"

시큰둥하다.

요즘 당 노인은 수묵화 그리는 재미에 푹 빠져 있었다. 아침부터 저녁까지 방에서 나오지를 않는다.

보는 사람마다 어설픈 그림을 몇 장씩 강제로 안겨주니 갈평 등은 이미 주체하지 못할 정도로 받아 가졌다.

최근에는 구도며 그림체가 많이 좋아져서 그런대로 봐줄 만하긴 하다.

마음을 정한 듯 난꽃 복판에 먹점을 푹 찍은 당 노인이 붓을 내던지고 아주 만족한 얼굴로 그것을 보았다. 이때라는 듯 갈평이 다시 조심스럽게 말했다.

"혈지삼살이 또 찾아왔다고……."

하지만 당 노인은 듣지 못한 듯 제 그림을 들고 이리저리 바라보며 흡족한 미소를 지을 뿐이다.

"이 그림이 어때? 이건 정말 걸작이다. 그렇지 않으냐?"

"예?"

"내가 드디어 화선(花線)의 묘에 통했나 보다."

"……."

"봐라. 초묵(焦墨)이 이제는 경지를 넘어서 적묵(積墨)을 희롱하는 단계에 이르지 않았느냐?"

"……."

"게다가 이 선을 봐. 조방일격(粗放逸格)하고 표일분방(飄逸奔放)한 화풍이 보이지 않느냐?"

"그, 그렇…… 군요."

갈평의 얼굴에 떨떠름한 기색이 떠올랐지만 당 노인은 제 그림에 도취해서 아무것도 보지 못했다.

"언젠가는 이 당백아의 그림이 천금의 가치를 갖게 될 거야. 그때는 다들 나를 무화(武畵) 이절(二絶)이라 부르며 칭송하게 될걸?"

"하지만 그전에 저 아래에 있는 혈지삼살이라는 것들을 먼저 처리하셔야 할 것 같습니다."

"혈지삼살? 그놈들이 또 왔어?"

"예."

"허, 맹랑한 놈들이로군."

비로소 제정신이 돌아온 듯 혀를 찬다.

갈평과 도굉이 잔뜩 기대하는 눈으로 서로를 마주 보고 빙긋 웃었다.

하지만 당 노인의 입에서 흘러나오는 말은 전혀 아니었다.

"이거 한 장씩 가져다가 그놈들에게 줘. 기념으로 간직하라고 해."

"예?"

뒤적뒤적 그림 더미를 뒤져서 세 개를 골라내는 당 노인을 보며 갈평과 도굉은 입을 딱 벌리고 말았다.

"에계? 이게 뭐냐?"

막내 고승이 눈을 크게 떴다.

다동이 차와 함께 내민 그림 뭉치를 받아 들고 어리둥절한 것이다.

"한 장씩 가지시랍니다."

"누가?"

"노야께서지 누구겠어요?"

"당 노인이? 왜?"

"기념이랍니다. 거기 낙관도 찍혀 있잖아요."

"……."

정말이다. 고승이 집어 든 난 그림은 물론 이살 육편철과 대살 장략이 엉겁결에 펼쳐 들고 바라보는 연꽃과 산수의 그림에도 붉은 낙관이 선명하게 찍혀 있었다.

마주 보는 혈지삼살의 얼굴이 벌레 씹은 것처럼 일그러졌다.

"염병, 다 틀렸수."

이살 육편철이 투덜댔다. 그래도 그림이 마음에 드는지 둘둘 말아서 품에 넣는다.

"내 것과 바꿉시다."

막내 고승이 제 그림을 대살 앞에 던져 놓고 그가 들고 있던 산수화를 냉큼 빼앗아 들더니 히죽 웃었다.

"제법이네. 그런대로 기념이 될 만해. 영감탱이가 재주도 다양하단 말이야."

대살도 그림을 둘둘 말아 넣었다. 은근히 막내의 말에 동의하는 눈치다.

"나가자."

대살이 벌떡 일어났으므로 이살과 삼살은 어리둥절해서 바라보았다.

"그냥 가요?"

"이건 너무 심심한데?"

대살이 죽립을 눌러쓰며 한마디 했다.

"작전을 바꾼다."

오늘도 공친 거라는 판단을 한 것이다. 당 노인이 엉뚱하게도 제가 그린 수묵화를 보내왔을 때 느꼈다. 이왕 왔으니 이거나 가지고 돌아가라는 뜻 아니겠는가.

당 노인의 생각이 여전히 그러니 아무리 난리를 친다고 해도 역시 코빼기도 내밀지 않을 것이다. 음양쌍존이나 도굉 등 다른 것들도 마찬가지다. 그러니 쓸데없이 기운을 뺄 필요가 없다.

그래서 당당하게 들어왔던 그들은 멋쩍은 얼굴로 나갈 수밖에 없었다.

3

이른 아침이다.

아직 추위는 맹위를 떨쳤고, 눈보라마저 휘몰아쳤다.

거리에 행인의 발걸음이 뚝 끊긴 게 당연하다. 개 짖는 소리도 들리지 않았다.

새벽 어스름이 남아 있는 그때에 불선다루의 문이 빼꼼히 열렸다. 얼굴 하나가 쑥 나오더니 두리번거린다.

시커멓고 우악스럽게 생겨먹은 얼굴인데, 퉁방울 같은 두 눈에 핏발이 서려 있었다.

흑불(黑佛)이다.

장강 남쪽의 무림을 짓밟고 다니며 악명을 날렸던 마두 중의 마두인 그가 과붓집에서 나오는 총각처럼 바깥 눈치를 보고 있는 것이다.

텅 빈 거리. 자욱한 눈발을 몰고 오는 바람.

인적이 있을 리 없다.

"커흠!"

그제야 헛기침을 한 흑불이 당당한 걸음걸이로 다루를 나왔다.

거무튀튀한 철선장을 짚으며 팔자걸음으로 멀어진다.

"무사히 떠났어?"

백의남학 설중교가 수건으로 얼굴을 문지르며 물었다. 세수 수발을 들고 있던 다동이 허리를 굽실했다.

"예. 밖에는 아무도 없던 걸입쇼."

"그래? 그렇다면 다행이지. 기특한 놈들인걸?"

혈지삼살을 두고 한 말이다.

어제 저물 녘. 그들이 갑자기 찾아왔을 때는 긴장했는데, 당 노인의 그림을 한 폭씩 받아 들더니 군말없이 꺼졌다. 마치 그걸 얻기 위해 기를 쓰고 찾아온 놈들 같았던 것이다. 그러더니 다시 멀리 갔나 보다.

이제 그놈들도 좀 철이 들었나 싶다.

흑불은 황망령으로 가는 중이었다.

두 달 전, 갑자기 몇 사람이 찾아와 당 노인에게 머리를 숙였으므로 장안성 불선다루에는 고수들이 넘쳐 날 지경이 되었다.

그들은 염 파파가 보낸 사람들이었다.

황산노자(黃山老子) 왕이(王二)와 금산반(金算盤) 장금료(張金了), 광풍도(狂風刀) 초구량(草九梁)이 능학빈을 따라온 것이다.

음양쌍존과 서천금편 추괴성은 오랫동안 강호를 떠나 있었던 고인인지라 그들을 알지 못했지만 나머지 사람들은 모두 그들의 명성을 귀 따갑게 들어온 터였다.

황산노자 등을 열렬히 환영했음은 두말할 필요 없다.

백의남학 설중교의 소개가 끝나자 당 노인이 염 파파와 소걸의 행적을 꼬치꼬치 캐묻더니 만족한 듯 머리를 끄덕였다.

그들은 염 파파의 당부대로 그녀가 중상을 입어 무공을 잃었다는 말은 한마디도 하지 않았다. 소걸과 함께 잘 있다고만 했을 뿐이다.

안심한 당 노인이 다른 사람은 그만두고 금산반 장금료에게 물었다.

"네가 셈에 아주 밝다며?"

"예? 아, 예, 예."

장금료가 납작 엎드려 이마를 바닥에 콩콩 찧었음은 물론이다.

"흘흘, 할멈이 꼭 필요한 사람을 보내왔군 그래. 지금부터 이곳의 회계대는 네 차지다. 네가 알아서 잘 운영해 봐."

"존명!"

이미 오래전에 전설이 되어버린 당백아.

염 파파에 이어서 살아 있는 신화이기도 한 그를 눈앞에 두고 있다. 그 감격으로 장금료는 물론 황산노자와 초구량이 모두 몸을 떨었다. 오자마자 집사라는 중책을 맡게 된 금산반 장금료의 감격이야 더 말할 것 없다.

그들이 가세함으로 해서 흑불은 더 이상 이곳에 남아 있을 필요가 없어졌다. 그래서 추괴성은 그를 보냈다.

황망령으로 가서 그가 원래 책임지고 있던 쌍봉산 녹림채의 졸개들에 대한 훈련을 마무리 지으라는 명을 내린 것이다.

흑불은 신이 났다.

날고 긴다는 그도 이곳에서는 말석에 불과한지라 온갖 궂은일을 도맡아 했는데, 황망령에 돌아가면 그렇지 않기 때문이다.

거기에는 제 말 한마디에 죽고 사는 백여 명의 졸개들이 있지 않은가. 그놈들에게는 자신이 바로 하늘이고 법이다.

"커흠!"

매서운 눈보라도 아랑곳하지 않고 뚜벅뚜벅 걸어가던 흑불이 다시 헛기침을 했다. 그리고 눈을 크게 떴다.

"엥?"

저쪽, 눈보라 자욱한 십여 장 앞에 우뚝 서 있는 한 사람을 본 것이다.

"이 험한 날씨에, 그것도 꼭두새벽부터 어딜 그렇게 바쁘게 가시나?"

허연 입김을 훅훅 내뿜으며 빙글빙글 웃고 있는 사내.

이살 육편철이었다.

우당탕!

다루의 문짝이 떨어질 듯 활짝 열리고 한 사람이 뛰어들었다. 눈밭에 뒹굴었는지 온몸에 눈이 묻어 있어서 커다란 눈사람 같은 몰골이다.

영업을 준비하고 있던 점원들이 깜짝 놀라 우, 몰려들었다.

네 활개를 펴고 엎어져 꼼짝하지 않던 커다란 눈사람이 천천히 몸을 일으켰다.

"끙!"

앓는 소리가 황소의 콧김소리 같다.

"에그머니나!"

가까스로 일어나 바닥에 주저앉은 그를 알아본 고참 다동이 놀라 비명을 질렀다.

온통 눈 범벅이 되어 있는 사내.

조금 전 당당하게 다루를 나갔던 흑불이 아닌가.

철선장은 어디에 떨어뜨리고 왔는지 보이지 않았다. 다동들이 달려들어 눈을 털어주고 따뜻한 물수건으로 얼굴을 닦아주느라고 한바탕 소란이 벌어졌다.

"아야! 아프다! 거긴 건드리지 마, 이놈아!"

흑불이 비명을 질러댔다.

드러난 얼굴에 핏자국이 하나 가득이다. 찢어진 입술이 만두처럼 부풀었고, 눈자위에 시뻘건 피멍이 들어 있다.

"이게 뭐야?"

머리 위에서 백의남학 설중교의 외침이 들려왔다. 소란을 떨어대던 다동들이 우르르 흩어지고, 설중교와 도굉이 잰걸음으로 계단을 내려왔다.

흑불의 꼴을 보고 입을 딱 벌린다.

"어허형―"

그들을 본 흑불이 제 분을 참지 못하고 울음을 터뜨렸다. 굵은 눈물이 펑펑 쏟아지고 두 다리를 뻗댄 채 주저앉아 대성통곡하는 것이 억울한 일을 당한 개구쟁이가 악쓰는 것 같다.

기가 막히는 그 꼴에 설중교와 도굉은 할 말을 잃었다.

"이, 이게 말이 돼?"

도굉이 주먹을 부르르 떨며 이를 갈았다.

흑불을 가까스로 달래서 이층의 방으로 부축해 옮기자 추괴성과 황산노자, 금산반, 광풍도 등이 소식을 듣고 달려왔다.

넓은 방 안이 사람들로 북적이는데, 하나같이 강호에 그 위명이 쟁쟁한 고수들뿐이다.

"당장 가서 그 개아들 놈들을 요절 내고 맙시다!"

"그놈들만으로 풀릴 화가 아니야. 이참에 지옥혈인지 지랄인지를 아예 뭉개서 없애 버려야 해!"

"세상에, 사람을 저 지경으로 만들어놓다니."

흑불을 들여다본 사람마다 한마디씩 늘어놓으니 방 안이 장터처럼 소란해졌다.

"시끄럽다!"

추괴성의 호통에 비로소 조용해진다.

추괴성의 눈빛이 예사롭지 않았다. 매섭게 번쩍이며 번들거리는 것이 살기를 품은 눈빛이다.

그가 흑불의 턱을 치켜들었다.

이제 그의 얼굴은 퉁퉁 부어올라서 어디가 눈이고 어디가 코인지 알아보기 힘들었다.

"으드득!"

추괴성의 이 가는 소리가 끔찍하게 들렸다.

흑불은 황망령에 발을 들여놓을 때부터 데리고 있던 심복 아닌가. 그의 몰골이 이 지경이 되었다는 게 참을 수 없는 분노를 불러온 것이다.

"추, 추 대형, 어허헝—"

흑불이 추괴성의 몸뚱이를 끌어안고 다시 대성통곡했다.

"어떤 놈이냐?"

"이살이라는 놈이었수."

"으드득!"

"기다리고 있었다는 듯 동안로에 버티고 서 있습디다."

"너는 놀고 있었느냐?"

"추 대형, 내가 어떤 놈이우? 내가 한 번 성질나면 어디 물불 가리는 놈이우? 그냥 들이받았다우."

"그래서?"

"한 대도 때려보지 못하고 이 지경이 되었소그려. 어허헝—"

생각할수록 분하고 원통하다는 듯 다시 대성통곡을 한다.

"내가 나가 보고 오지."

종남광도 도굉이 말릴 새도 없이 뛰어나갔다.

그는 뿌리 깊은 종남파에서 정통의 도가 교육을 받았고, 정종무공을 전수받은 자이다.

종남파의 절정고수이니 백도무림의 기둥이 될 만한 자인 것이다.

심성이 단순한 데가 있지만 그건 그만큼 순박하다는 의미도 된다. 교활하지 못하고 우직한 자인 것이다.

종남광도(終南狂道)로 불리는 데에서도 알 수 있듯이 한 번 노여움이 폭발하면 물불을 가리지 않는 열혈의 기질도 있다.

그런 도굉이 불선다루에 머물러 있는 동안 정과 사마의 구분을 잃어버리게 되었다. 무엇이 정도이고 무엇이 마도인지, 무엇으로 그 구분을 해야 하는 건지 모호하게 된 것이다. 사람과 사람이 어울려 사는 게 세상 아닌가. 정이 들면 누구나 저절로 그렇게 되리라.

종남산에 틀어박혀 있었을 때라면 흑도의 마두인 흑불을 만난 즉시 강호의 해악 운운하며 정의의 칼을 휘두르고 보았을 것이다.

그런데 지금은 흑불의 고통을 저의 고통인 것처럼 느끼고 있으니 역시 정 때문이다.

그래서 씩씩거리며 미친 소처럼 뛰어나갔던 도굉이 얼마 지나지 않아 돌아왔다.

흑불처럼 쿠당탕! 하고 요란하게 굴러 들어와 처박힌 것이다.

두 눈이 먹칠을 해놓은 것처럼 시퍼렇게 되었다. 입술이 깨지고 코가 뭉개져 선지피를 쏟아내고 있다.

"어허헝!"

울음인지 괴성인지 모를 소리를 질러대며 엉금엉금 이층의 계단을 기어올라 갔다.

"대형!"

왈칵 문을 열고 구르다시피 뛰어든 그가 털썩, 쓰러져 추괴성의 발목을 움켜쥐고 엉엉 울어댔다.

"추 대형! 나는 분하고 억울해서 못살겠소! 당장 혀를 깨물고 죽어버려야 할까 보오.”

서천금편 추괴성.

한 세대 전의 무림을 풍미했던 악독한 마두 중의 마두이자 개세적인 고수로 추앙받았던 대마인.

그의 눈에서 불길이 확, 뿜어졌다.

“이런, 개 잡종 같은 놈들이!”

종남광도 도굉을 보더니 제 자식이 얻어맞고 들어온 것처럼 분노한다.

누가 추괴성의 저런 모습을 상상이나 했을 것인가. 하지만 그에게도 이제 흑도니 백도니 하는 것들은 죄다 소용없었다. 오직 불선다루가 있고 당 노인과 함께 정 붙이고 사는 사람들이 있을 뿐이다.

“기다려라. 내가 그놈의 목을 잘라 가지고 오마.”

도굉의 등을 토닥거려 준 그가 옷자락을 떨치고 나가려 할 때였다.

“기다리시오.”

갈평이 급히 달려들어 오며 두 팔을 활짝 벌려 가로막았다.

“뭐야?”

“추 대형, 노야께서 부르십니다.”

“음…….”

아무리 제 일이 바쁘더라도 당 노인이 부른다면 만사 제쳐 놓아야 한다.

신입인지라 아직 사정을 잘 알지 못하는 황산노자 왕이와 금산반 장금료, 광풍도 초구량이 서로 마주 보며 눈알을 디룩디룩 굴렸다.

【第十一章】
동안로(東安路)의 결투

1

장안성 내에서 가장 번화한 사거리.

사통부귀가(四通富貴街)라고 부르는 그곳의 동쪽 거리를 동안로(東安路)라고 한다.

고급 객잔이며 주루, 기방과 보석, 잡화점들이 줄지어 있는 최고의 상권이자 번화가이다.

그곳 입구, 가장 목 좋은 곳에 불선다루가 우뚝 서 있었다.

매섭고 험한 날씨 탓에 거리에는 행인의 발길이 뚝 끊겼지만 불선다루 안에는 적지 않은 사람들이 모여서 차를 마시며 한담을 나누고 있었다.

이제는 하루라도 찾아오지 않고는 견딜 수 없게 된 단골들이다.

다루 이층의 반은 불선다루를 지키는 고수들의 숙소로 개조되어 있었다. 일반 손님의 출입이 금지된 곳이다.

그 숙소의 한 방 안에서 두런거리는 말소리가 새 나왔다.

"그러니까 그 혈지삼살이란 놈들이 감히 당 노야를 죽이겠다고 저 지랄을 떤단 말이지?"

"그렇군요."

"허, 저런 싸가지없는 어린것들을 보았나."

황산노자 왕이가 천장을 바라보며 팍, 한숨을 내쉬었다.

"대체 요즘 아이들은 아래위도 모르고 겁도 없으며 싸가지라고는 약에 쓰려고 찾아봐도 없어. 우리 때는 그러지 않았는데 말이야. 대체 세상이 어찌 되려고 이러는지 몰라. 말세야, 말세. 쯧쯧……."

그의 말에 마주 앉아 있던 갈평이 남몰래 눈을 흘겼다.

황산노자는 오래전부터 강호에 괴협(怪俠)으로 이름 높은 선배다. 때문에 강호를 종횡하며 제멋대로 살아온 갈평도 그에 대해서만은 존경의 마음을 품고 있었다.

하고 있는 꼴은 영락없는 시골의 농투성이 노인네이지만 그 한 몸에 지니고 있는 무공과 의기(義氣)만은 늙을 줄 모르는 기인 아닌가.

황산노자가 곰방대를 빨며 갈평을 빤히 바라보다가 말했다.

"자네도 도법에 있어서는 나름대로 일절이라 자부할 만하지 않은가?"

"아직 많이 부족하지요."

"그야 뭐 조금 더 경륜이 쌓이고 그래서 세상 보는 안목이 높아지면 저절로 무공에 대한 깨우침도 높아지니 별문제 아니고……."

"……."

"자네 정도 되는 실력이라면 혈지삼살이라나 지랄이라나 하는 그 어린아이들을 패 죽일 만하지 않나?"

너는 여태까지 뭐 하고 있었느냐는 비난이다.

갈평이 킁, 하고 콧방귀를 뀌었다.

"그건 선배님이 몰라서 그럽니다."

"모른다?"

"음존 왕 노선배님을 어떻게 생각하십니까?"

"그야 음양쌍존이라면 이미 전설에 가까워진 강호의 대선배이자 고인 아닌가. 왕 선배의 언월도가 강호에서 한때 무적이라고 불렸지. 지금도 저렇게 정정하니 그 무공이 어디 갔겠어? 더 무서워졌을 게야."

"그렇지요. 그런데 혈지삼살이라는 놈들이 음존 노선배와 평수를 이룬다면 믿으시겠습니까?"

"뭐시라?"

눈을 휘둥그레 떴던 황산노자가 피식피식 웃었다.

"네가 지금 나를 놀리려고 대단한 허풍을 떤다만 내가 그런 수작에 넘어갈 성싶으냐?"

"쳇, 안 믿으면 할 수 없는 노릇이지요. 하지만 이곳에 있는 모두가 두 눈으로 똑똑히 본 일이랍니다."

"그래?"

황산노자는 이제 곰방대를 빨지 않았다. 머리를 갸웃거리지만 아직도 눈에는 미심쩍어하는 빛이 남아 있다.

"이건 구미가 당기는군. 흘흘……."

음존과 동수를 이룬 놈들이라는 말을 들은 즉시 손발이 근질거려 오기 시작한 것이다.

양존과 음존의 명성은 한 세대 전에 천하를 진동했고, 자신은 이제 현 세대의 끝에 서 있다.

지난 사십여 년 세월 동안 강호에서 과거의 음양쌍존 못지않은 명성을 쌓았노라고 자부하는 황산노자였다. 호기심과 호승심이 발동하지 않을 수 없다.

'내가 음양쌍존보다 못할 게 뭐야?'

속으로는 은근히 그런 마음마저 품었다.

이곳에 와 보니 음양쌍존과 서천금편 추괴성이 우두머리 노릇을 하고 있지 않은가.

황산노자는 그게 불만이었다.

백도의 협사로 꼽히는 백의남학 설중교는 물론 종남광도 도굉이나 추혼랑 갈평 같은 자들이 모두 그들 전대의 대마두들에게 머리를 숙이고 쩔쩔매고 있으니 더욱 그렇다.

그래서 황산노자 왕이는 저의 위세를 자랑해 보이겠노라는 마음을 품었다. 백도에도 왕년의 대마두 못지않은 고수가 있다는 걸 모두에게 인식시키겠다는 오기가 불끈 생긴 것이다.

"그러니까 너희들의 말은 한결같다 이거지?"

"그렇습니다."

"그렇다면 그렇게 해."

"······!"

여태까지와는 달리 너무도 선선하게 허락하는 당 노인의 말이라 오히려 어리둥절해진다.

음양쌍존과 서천금편이 서로를 마주 보았다.

'우리가 지금 제대로 들은 거 맞지?'

당 노인이 붓에 듬뿍 먹을 묻히며 지나가는 말처럼 중얼거렸다.

"그런데 누가 할래?"

"……!"

그렇다. 누가 할 것인가.

누가 저 천하의 개차반, 싸가지없고 버르장머리없으며 망할 종자인 혈지삼살을 두드려 패줄 것인가.

주욱—

파묵(破墨)의 골법용필(骨法用筆)이 이미 경지에 올라 있어서 한 번 그어 뻗어내는 선에 힘이 넘치고 정기가 번쩍인다.

화선지를 대각선으로 힘차게 가로지른 당 노인이 흡족한 듯 한동안 그것을 바라보다가 다시 말했다.

"설마 나더러 그 새까만 더벅머리 아이들과 손발을 휘두르며 싸우라는 건 아니겠지?"

"어찌 감히……."

"너희들도 마찬가지야. 손자뻘밖에 되지 않는 어린놈들과 서로 욕질을 하면서 싸울래?"

"……."

그건 정말 세상의 웃음거리가 될 일이었다. 이겨도 자랑스러울 게 없고, 만에 하나 지기라도 한다면 다시는 얼굴을 들고 다닐 수 없게 된다.

처음 그들이 여기 왔을 때 음존 왕무동이 한때의 호기심을 참지 못하고 대살이라는 놈과 칼을 섞었던 일을 떠올렸다.

대살은 믿을 수 없게도 왕무동과 동수를 이루고 유유히 떠나지 않았던가. 그 일로 음존의 위명에 많은 손상이 갔음은 물론이다.

싸워도 꼭 이긴다고 장담할 수가 없다.

“끄응—”

추괴성이 이 앓는 소리를 냈다.

당 노인이 다시 말한다.

“갈평이나 도굉 그 아이들은 아직 부족해. 괜히 창피만 당할 뿐이지.”

“예.”

“그러면 누가 적당할꼬?”

“그게…….”

“봐, 없잖아.”

할 말이 없다.

음양쌍존과 추괴성이 낮게 한숨을 내쉬고 고개를 떨구었다.

“그러니까 그냥 놔둬. 그놈들이 선만 넘지 않는 이상 스스로 지쳐서 나가떨어질 때까지 놔두는 게 제일 좋은 수야. 저놈들이 일 년을 저렇게 버티겠어, 십 년을 버티겠어?”

하지만 불선다루에 대한 명성에 점점 누가 되어갈 것은 뻔하다.

속도 모르는 강호의 무리는 불선다루에는 겁쟁이들만 있다고 떠들어댈 것 아닌가.

“끄응—”

이번에는 음양쌍존과 추괴성의 입에서 동시에 이 앓는 소리가 새 나왔다.

그들이 맥없이 돌아가고 나자 당 노인이 비로소 붓을 내려놓고 멍하니 허공을 바라보았다.

뇌조령이 공 들여 키운 아이들이라니 왠지 미움보다는 정이 간다. 과거의 추억 속에 뇌조령이 들어 있는 탓이다.

그때를 생각하는 듯 파르르 떠는 노안에 회한이 가득했다.

"잘 키웠어. 혈제 뇌조령 그 녀석이 제 몫을 아주 잘 해냈군 그래. 흘흘흘……."

웃음에 쓸쓸함이 실려 있다.

당 노인이 장풍한과 함께 지옥혈로 찾아갔을 때 그들은 사흘 동안 극진한 대접을 받았다.

골짜기에 모여 살고 있는 남녀노소가 모두 그들을 환대했고, 연 사흘 밤을 낮처럼 밝히며 연회를 열어주었던 것이다.

그곳에서 혈제 뇌조령을 보았다.

당시에 그는 열다섯 살의 늠름한 소년이었는데, 용모가 빼어나고 두 눈에 실린 기운이 강렬해서 당백아의 인상에 남아 있었다.

소년은 종사인 목극랍의 하나뿐인 제자라고 했다. 그래서인지 그의 태도에는 거만한 면이 있었으나 그것이 오히려 그의 빼어난 기상을 돋보이게 해주었다.

그 뇌조령이 사부의 뒤를 이어 지옥혈의 종사가 되었다.

그때의 훤칠하던 소년을 떠올린 당백아의 입가에 쓸쓸한 미소가 어렸다.

그들이 떠나던 날, 이를 갈며 노려보던 소년의 모습이 아직도 생생히 기억되는데, 그 소년도 어느덧 칠십 세를 훨씬 넘긴 늙은이가 되어 있다는 생각 때문이다.

"사부님의 약속은 내가 대신 지키겠어. 하지만 나 뇌조령을 기억해 둬. 금제가 풀리는 날 제일 먼저 당신들을 찾을 테니까. 그때는 오직 죽음으로 오늘의 빚을 갚아야 할 거야."

뇌조령은 원한이 뚝뚝 떨어지는 음성으로 그렇게 말했다. 그리고 사나이답게 사부의 약속을 이어받아 지난 육십 년 동안 아주 잘 지켜주었다.

이제 장풍한에 의해 묶였던 그들의 금제가 풀렸다. 뇌조령에게는 그게 얼마나 지루하고 답답한 세월이었을 것인가.

"하지만 나도 너희들만큼 괴로웠고 답답했다는 걸 알아야 해."

당 노인의 중얼거림에 슬픔이 깃들었다.

젊었을 때는 알지 못했는데, 나이 들어 죽음을 목전에 두자 모든 게 시들해지고 덧없어진다. 아니, 모든 것에 애착이 가고 넉넉해진다.

미웠던 것들도 사랑스러워 보이고, 원한마저 물처럼 흘러가 남아 있지 않다. 아니, 원한이라고 생각했던 것들도 그저 한바탕 꿈이었던 듯 여겨진다.

다만 조용하게, 세상 온갖 일들에서 온전히 놓여나 고요해지고 싶을 뿐이다.

그래서 당 노인은 흰 눈 가득한 벌판에 홀로 우뚝 서 있는 앙상한 고목이 되었다.

무성하던 나뭇잎이 모두 떨어져 맨몸으로 차가운 바람 앞에 쓸쓸히 서 있듯, 세상으로 향한 모든 관심의 문을 닫고 제 안으로만 깊이깊이 침잠해 들어가고 있었던 것이다.

2

열흘이 지났다.

그들은 지칠 줄을 모른다. 어쩌면 지금 이 상황을 재미있어하고 즐기는지도 모른다.

불선다루 맞은편의 객잔을 통째로 빌려서는 거기 죽치며 하루 열두 시진 내내 감시의 눈길을 떼지 않았다.

잠도 자지 않고 먹지도 않는 것 같았다.

하지만 그럴 리는 없을 것이다. 그들도 사람인 이상 자느라고 잠시 감시의 눈을 감을 때가 있을 텐데, 그게 언제인지 알 수 없으니 함부로 움직일 수가 없다.

대살은 정문을, 이살은 동안로를 그리고 삼살은 뒷문을 지켰다. 불 선다루에서는 어느 쪽으로든 그들의 눈을 피해 밖으로 나갈 수 없게 된 것이다.

드나드는 손님들은 언제나처럼 자유로웠다. 혈지삼살에 의해 불선 다루가 봉쇄되었다는 것도 알지 못한다.

때로는 그들이 어슬렁거리며 손님으로 다루 안에 들어오기도 했다. 태연히 앉아서 노닥거리며 차를 마시고는 태연히 나간다.

그걸 지켜보기만 해야 하는 사람들에게는 그래서 더 괴롭고 속상한 일이기도 했다.

오늘도 그렇다.

이살과 삼살이 실실 웃으며 다루의 문을 밀고 들어섰다. 찬바람이 씽씽 부는 바깥과는 달리 훈훈하고 향기로운 공기가 머무는 곳.

이살이 언 손을 싹싹 비벼가며 흐뭇한 웃음을 지었다.

"좋다. 언제 맡아도 이곳의 차 향기는 정말 좋단 말이야."

"쳇, 술이며 음식도 함께 팔면 좀 좋겠어? 하필 궁상맞게 차만 팔 게 뭐냔 말이야."

"막내야. 품위있고 우아하게 차를 마셔 버릇해야 문화인 소리를 듣는 거야."

"차나 물이나 다를 게 뭐야? 목마르면 그냥 벌컥벌컥 마시면 그만이지."

"어허, 무식하게시리……."

"밥도 우아하고 아름답게 먹겠다고 깨작거리는 것들을 보면 그냥 쥐어박고 싶어지거든. 밥은 말이지, 탐스럽고 복스럽게 퍽퍽 퍼먹으면 되는 거야. 차도 그래. 먹고 마시는 데 무슨 개뿔이나 우아하고 고상한 걸 찾아?"

"에이그, 유식하고 품위있는 내가 참아야지."

그들의 되도 않는 헛소리가 다청 안을 쩡쩡 울린다.

한심하다는 얼굴로 이층의 난간에서 바라보던 도굉이 기어이 참지 못하고 쿵쿵거리며 내려갔다.

이살은 두 손으로 찻잔을 감싸 쥔 채 그윽한 향을 음미하며 홀짝홀짝 마시는 중이고, 삼살은 큰 사발 가득 차를 따라 놓고서는 싸움이라도 하듯 그것을 지그시 노려보는 중이었다.

털썩.

도굉이 그들 곁에 제 몸뚱이를 던지듯 주저앉았다.

말할 것도 없이 대뜸 삼살의 앞에 있는 사발을 집어 들더니 벌컥벌컥 마셔댄다.

이살과 삼살이 어이없다는 얼굴로 그를 빤히 바라보았다.

도굉은 망설이지 않는다. 이번에는 이살 앞에 있는 찻주전자를 냉큼 집어 들더니 주둥이에 입을 대고 꿀꺽꿀꺽 마셔댄다.

이살이 눈살을 찌푸렸다.

"왜? 불만이냐?"

부릅뜬 도굉의 눈에 핏발이 섰다. 그가 이성을 잃어가기 시작하는 징조다.

이살이 가늘게 뜬 눈으로 째려보며 비아냥거렸다.

"네가 나냐?"

"뭐라고?"

"내 차를 왜 네가 마셔?"

"흐흥, 그래서 불만이냐고? 밖으로 나갈래?"

"그렇게 맞아놓고서도 아직 직성에 차지 않는 모양이구나?"

"나는 죽을 때까지 맞아야 '아, 좀 맞았구나.' 한다. 왜?"

"히히, 별 희한한 취미를 다 가지고 있군. 특이한 놈이다, 너는."

"그러니까 나가자고."

아주 싸움을 걸려고 작정하고 내려온 게 틀림없다. 하지만 이살은 그럴 마음이 없는 모양이었다. 그저 실실 웃기만 할 뿐이다.

"비웃냐?"

"응."

"그 이빨을 몽창 때려 부숴놓을 테다."

"핫! 네가? 그 잘난 종남파의 주먹질로?"

"이건 어때?"

도굉이 허리에 차고 있던 칼을 풀어 탕! 소리가 나도록 탁자 위에 내려놓았다. 이살이 여전히 이죽거린다.

"아서라. 칼 가지고 놀다가 다치는 수가 있다. 잘못하면 뒈지는 수도 있어."

"그런지 안 그런지 나가 보자. 응?"

"싫다."

"싫어?"

"나는 차 마시러 온 손님이지 너처럼 막돼먹은 후레자식, 싸가지가 아니거든."

"뭐야?"

도굉의 핏발 선 눈에 살기가 번뜩였다. 그러나 이살은 태연하고 삼살은 그들의 수작을 보지 못하고 듣지 못한 듯 다리를 건들거리며 콧노래를 흥얼거리고 있었다.

"이, 씨앙!"

도굉이 칼을 쥐고 벌떡 일어났다. 이성을 잃으면 그는 더 이상 진중한 도사가 아니다. 악귀 야차가 따로 없는 종남산의 골칫덩이인 것이다.

"앉아라."

이살이 태평하게 말했다. 도굉이 아무리 약을 올려도, 화를 내도 눈 하나 꿈쩍하지 않는다.

배짱이 좋아서라기보다 이살에게는 도굉이 조금도 위협적으로 느껴지지 않기 때문이었다.

한차례 호되게 그를 때려준 적도 있으니 더 그렇다.

그들이 그렇게 토닥거리고 있을 때 이층에서 한 사람이 터벅터벅 걸어 내려왔다.

"훅—"

여봐라는 듯이 주청을 향해 한입 가득 물고 있던 연기를 내뱉었다. 이내 그윽한 연초 냄새가 퍼지고 사람은 어슬렁거리며 다루의 문을 향해 걸어가고 있다.

황산노자 왕이였다.

"응?"

콧노래를 흥얼거리고 있던 삼살 고승이 꼬고 있던 다리를 풀었다. 막 황산노자가 다루의 문을 밀고 있을 때다.

"둘째 형, 누가 나가는데?"

"나도 봤다."

이살이 즉시 자리를 박차고 일어났다. 도굉은 어리둥절해서 다루 밖으로 사라지는 황산노자의 구부정한 등을 바라볼 뿐이다.

이살이 후다닥 뛰어나가고, 삼살이 그런 도굉에게 한마디 했다.

"네가 마셨으니까 찻값은 네가 계산해."

검을 챙겨 들더니 어슬렁거리며 다루 밖으로 나간다.

황산노자는 곰방대를 뻐끔거리면서 느긋하게 흰 눈에 덮여 있는 거리를 걷고 있었다.

워낙 매서운 날씨인데다가 눈까지 한 자나 쌓여 있으니 나와 돌아다니는 사람들이 없다.

텅 빈 그 거리를 뿌드득거리며 걸어가고 있는 황산노자의 발소리만 공허하게 울릴 뿐이다.

"영감, 거기 서봐."

뒤에서 이살이 불렀다. 기다렸다는 듯 황산노자가 멈추어 서서 돌아본다.

"쯧쯧, 저 말 버르장머리 하고는……."

눈살을 찌푸리고 혀를 차더니 버럭 소리쳤다.

"이 후레자식아, 너는 네 애미 애비한테 그렇게밖에 못 배웠나? 앙!"

그 한마디에 이살의 눈매가 대뜸 표독스러워졌다. 그가 부드득 이를 갈았다.

"나는 원래 애미도 없고 애비도 없는 후레자식이었어. 그래서 이 모양이다."

가슴속에 늘 맺혀 있던 한이 폭발하고 말았다.

"때문에 영감 같은 늙다리를 패 죽여도 전혀 가책 같은 건 안 느끼거든?"

스산한 말투에 살 떨리는 살기가 묻어난다.

비로소 황산노자가 천천히 돌아섰다. 노인의 가늘게 뜬 눈에서 신광이 번쩍였다.

"네놈이 이살 육편철이렷다?"

"흐흐흐, 영감탱이가 황산에서 개나 잡아먹으며 뒹굴거린다는 그 황산노자 왕이지?"

"저, 저런! 주둥이를 찢어 죽일 놈."

이살은 두 손을 축 늘어뜨린 채 다리를 어깨 넓이로 벌리고 길 복판에 서 있었다. 스무 걸음 저쪽이다.

황산노자가 천천히 그에게 다가갔다.

노인은 더 이상 곰방대를 빨지 않았다. 한 자 다섯 치 길이의 그것을 가볍게 쥐고 좌우로 약간씩 흔든다.

'저놈은 비도술을 쓰는 모양이군.'

열 걸음 앞에서 황산노자는 이살의 자세를 보고 그렇게 짐작했다.

그가 천천히 왼발을 뒤로 한 걸음 물리고 무릎을 약간 굽혔던 것이다. 허리를 구부정하게 숙여 상체를 조금 내민 자세로 두 손을 무릎 아래로 축 늘어뜨리고 눈빛을 매섭게 빛내며 노려본다.

소매 속에 비도를 감추어놓고 있는 게 틀림없다.

황산노자는 몇 자루나 있을까? 하고 잠깐 생각했다. 어쩌면 열 자루쯤 될지도 모른다. 허리춤에도 따로 숨겨놓은 게 있다면 스무 자루쯤 될 것이다.

놈이 그것을 다 날리기 전에 해치우지 않으면 불리해진다.

그는 노년에 이르러 검을 버리고 청죽으로 만든 곰방대를 무기로 삼았다.

나잇살이나 먹은 노인이 검을 들고 활보하는 게 볼썽사납다는 생각에서이다.

사실 기공과 초수가 초범입성의 경지에 올라 있는 고수라면 검이 굳이 필요하지 않기도 하다. 손에 쥔 것이라면 지푸라기 한 가닥도 검 못지않으니 곰방대야 말할 것도 없다.

사십 년 동안이나 강호에 활보하면서 그가 진심으로 감탄하고 감복한 사람은 오직 염 파파 한 사람일 뿐이었다.

그의 눈에는 음양쌍존도 그다지 무섭게 보이지 않았다. 선배로서 공경하고 존경하지만, 막상 싸우게 된다면 승패를 점치기 어려울 것이라고 스스로 생각하고 있는 것이다.

그러니 이살 따위가 눈에 찰 리가 없었다. 혈지삼살의 무공이 음양쌍존과 동수를 이룰 만하다는 말을 들었을 때부터 내심 코웃음을 쳤었다.

'놈, 뜨거운 맛을 보여주고 말겠다.'

단단히 그렇게 작정했다.

이살과 삼살이 다루에 들어왔을 때부터 품었던 호승심이다. 그래서 모르는 척 밖으로 나왔던 것이다. 그들이 따라나올 게 틀림없으니 기회가 좋다.

'먼저 왔다고 으스대는 저 겁쟁이들에게 나 황산노자 왕이가 만만한

늙은이가 아니라는 걸 보여주는 거야.’

그런 마음도 있었다.

불선다루에 몸을 의탁한 게 늦으니 왠지 먼저 와 있던 패들의 눈치가 보이고 주눅이 들었던 것이다.

그걸 단번에 뒤엎으려면 무언가 화끈한 걸 보여주지 않으면 안 된다.

3

멋모르고 거리에 나섰던 몇 사람이 이살과 황산노자의 대치 상태를 보고는 앗, 뜨거워라 하면서 골목 안으로 즉시 몸을 감추었다.

눈만 내놓고 훔쳐본다.

불선다루 이층의 창가에도 그들을 바라보는 얼굴이 호박덩이들처럼 주렁주렁 달려 있었다.

백의남학 설중교와 갈평, 도굉, 금산반이며 초구량 등이 죄다 달라붙어서 지켜보고 있는 것이다.

삼층에서도 마찬가지였다. 음양쌍존과 추괴성이 아예 창문 밖의 난간에 나와 서서 팔짱을 끼고 내려다보고 있다.

심상치 않은 분위기가 동안로를 더욱 싸늘하고 삭막하게 얼려놓았다.

열 걸음.

그것은 이살에게도 황산노자에게도 있으나마나한 거리다. 눈 깜짝할 사이에 없어질 공간인 것이다.

씨이잉, 하고 사통부귀가에서 불어온 찬바람 한줄기가 반짝이는 하얀 눈가루를 가득 뿌리며 동안로를 휩쓸고 지나갔다.

사람들의 시야가 잠깐 가로막힌 그 순간, 냉랭하게 얼어 있는 공기보다 더 차가운 기합성이 터져 나왔다.

"차핫!"

누구의 것인지 모른다.

사람들이 번쩍 정신을 차리고 안력을 돋우었다. 황산노자가 구부정하던 허리를 쭉 펴더니 한줄기 질풍이 되어 쳐들어가는 게 보였다.

부우웅—

그가 휘두르는 곰방대가 바람을 가른다. 그 소리가 마치 커다란 뿔피리를 불어대는 것처럼 들렸다.

이살이 훌쩍 뛰어 물러서며 허공을 향해 두 손을 쭉, 뻗었다.

번쩍!

낙뢰처럼 눈부신 백색 광채가 그의 몸에서 쏘아져 나갔다.

시잇—

허공을 찢어발기는 뾰족한 휘파람 소리.

세 개의 비수가 곧장 황산노자의 미간과 좌우 견정혈을 노리고 빨려 들 듯 쇄도했다. 열 걸음이던 것이 다섯 걸음으로 좁혀졌으니 지척이나 다름없다.

"흥!"

황산노자가 기다렸다는 듯 곰방대를 길게 잡고 휘둘렀다.

옥대위요(玉帶圍腰)라는 초식인데, 도법으로 잘 알려진 그것을 곰방대를 칼 삼아 펼친 것이다.

한 자 다섯 치에 불과한 그의 곰방대가 바람개비처럼 맴돌았다. 그 즉시 막강한 경기가 뿜어져 나와 가슴 앞에 한줄기 두터운 무형의 강막을 쳤다.

질기고 단단한 등나무 방패를 앞세운 것처럼 곰방대의 그림자가 황산노자의 몸을 가린 순간, 따당, 땅! 하는 쇳소리가 터져 나왔다.

그와 함께 이번에는 훌쩍 뛰어 물러섰던 이살이 질풍이 되어 짓쳐들어왔다.

맹렬하게 덮쳐 가는 황산노자와, 마주 보고 달려드는 이살이 서로 이마를 부딪칠 듯 가까워졌다. 눈 깜짝할 사이다.

바라보던 사람들이 모두 '앗!' 하고 놀란 외침을 터뜨렸다. 그들의 눈에는 이살과 황산노자가 무식하게 충돌한 것처럼 보였던 것이다.

그러나 한 치의 사이를 두고 두 사람은 몸을 틀어 엇갈렸다. 그 찰나의 순간에 황산노자가 곰방대를 뻗어 다섯 번이나 찍고 후려쳤으며, 이살이 두 손에 쥔 비수로 세 번 긋고 두 번을 휘둘렀다.

황산노자는 광풍약지(狂風掠地)의 검법 초식으로 이살의 옆구리를 찌르며 말아 쥔 왼손으로는 패왕경주(覇王敬酒)의 수법으로 아래에서부터 맹렬하게 올려쳤다. 몸을 풍차처럼 돌리는 순간에 쏟아져 나온 숨 돌릴 틈 없는 공세다. 과연 이것이 늙은이의 움직임인가 싶을 만큼 위력적이고 맹렬했다.

그것에 대항하는 이살의 움직임도 환상적이었다.

칼날이 뒤로 가게 하여 거꾸로 움켜쥔 비수를 용호상박(龍虎相搏)의 기세로 엇갈려 휘두르니 서늘한 빛이 한 뼘에 지나지 않는 두 사람 사이의 좁은 공간을 가득 메웠다.

그것이 쇠뇌처럼 찔러오고 때려오는 곰방대를 비스듬히 두드리고 그어댔다.

이번에는 이살이 만들어낸 검기의 호신강막을 곰방대가 뚫지 못했다.

이마를 슬쩍 젖히는 것으로 황산노자의 주먹을 흘려보낸 이살이 땅을 걸어찬 왼발을 접어 끌어올리며 무릎으로 옆구리를 치고 발을 뻗어 정강이를 걸어찼다.

한 발로 두 곳을 동시에 찍고 걸어차는 쌍저퇴수(雙杵頹岫)라는 보기 드문 각법(脚法)이다.

쉿, 하는 소리가 한 번 울린 것 같을 뿐인데 그 두 사람은 삶과 죽음의 고비를 다섯 번이나 번갈아 넘었다. 눈 깜짝할 순간이었다.

박투의 재빠름과 신랄함이 강호에서는 보기 드문 장관이었지만, 그래서 구경하는 사람들에게는 안타까운 일이기도 했다. 너무 순식간에 지나가고 끝났기 때문이다.

이제 이살과 황산노자는 서로 위치를 바꾸어 서 있었다. 다시 열 걸음의 사이를 두고 우뚝 버티고 서서 노려보는 것이 한차례 후다닥 붙었던 싸움닭이 목털을 뻣뻣이 세우고 숨을 고르는 것 같았다.

황산노자는 자신의 곰방대 절기를 아낌없이 펼쳤고, 이살은 세 대의 비수를 날렸다. 저의 장기인 비도술을 맛만 보인 것이다. 살해 대상 이외의 사람은 죽이지 않는다는 원칙을 지키기 위해서이다.

두 사람의 싸움은 승패가 나지 않았지만 이살을 잘 알고 있는 막내, 환검 고승은 황산노자가 패했다고 단정했다.

끝까지 싸운다면 그는 이살의 비도술을 당하지 못할 것이다.

"끄응."

황산노자가 된 숨을 내쉬고 어깨의 힘을 풀었다. 그러자 날랜 표범처럼 기세가 시퍼렇게 살아 있던 그가 다시 맥을 놓은 노인의 모습으로 돌아갔다.

"흘흘, 과연 어렵겠군."

비로소 왜 이놈들을 피하려는 건지 이해가 되었다.

이 젊은 놈의 무공이 이미 절정이라 할 만한 수준에 올라 있다는 게 기특하면서 두려워지기도 한다.

"들어가."

이살이 도굉과 노닥거릴 때와는 달리 살벌한 안광을 쏘아내며 음산하게 말했다.

"끝내 지나가려고 한다면 이번에는 그 늙은 목구멍에 시원한 구멍을 내주고 말 테다."

비로소 이살의 말이 가슴에 서늘하게 닿아온다.

황산노자가 잔뜩 이맛살을 찌푸린 채 곰방대를 뻑뻑 빨았다.

이 버르장머리없는 놈의 머리통을 날려 버리면 십 년 묵은 체증이 내려가듯 시원하겠지만 그게 처음 생각했던 것처럼 그렇게 만만치 않을 것 같으니 짜증이 난다.

"끄응."

된 숨을 내쉰 황산노자가 휘적휘적 불선다루로 돌아갔다.

"선배님, 수고하셨습니다. 저 교만한 놈이 깜짝 놀랐을 겁니다. 하하하!"

문 앞에서 기다리고 있던 도굉이 끌어안듯 황산노자를 받아들이며 위로했다.

그들은 비로소 소문으로만 들었던 황산노자 왕이의 솜씨를 똑똑히 본 것이다. 과연 백도의 기협이라고 불리기에 부족함이 없다.

"수고하셨소."

금산반 장금료와 광풍도 초구량도 반갑게 맞이하며 위로한다.

황산노자가 한 수를 보여주었으니 자신들의 체면도 덩달아 산 터라

고맙기 짝이 없었다.

　그런 한편으로는 혈지삼살이라는 자들에 대한 놀람으로 가슴이 쿵
쾅거리기도 했다.

　나이도 그리 많아 보이지 않는데 어떻게 저와 같은 놀라운 무위를
지니게 된 건지 믿어지지 않기도 했다.

　생각할수록 대단한 놈들이라는 감탄이 절로 나온다.

【第十二章】

돌아온 염 파파

1

그렇게 다시 닷새가 훌쩍 지나갔다.

이제 불선다루는 완전히 고립되었다. 들어올 수는 있어도 절대로 밖으로 나갈 수는 없게 된 것이다.

멋모르고 황망령에서 소식을 전하기 위해 찾아왔던 천수익도 꼼짝없이 우리에 갇힌 짐승 신세가 되었다.

"허, 이거 큰일인걸? 막 대형이 지금쯤 화가 나서 길길이 날뛰고 있을 텐데……."

막세풍의 잔뜩 화난 얼굴이 눈에 선하다. 천수익의 탄식이 하늘에 닿았음일까?

대살 장략이 막내 고승과 함께 느긋하게 다루의 문을 밀고 들어섰다.

"저놈이 두목이란 말이지?"

천수익이 도굉의 귀를 잡고 물었다. 도굉은 지그시 대살 장략을 노려보고 있었는데, 이살과 삼살에게는 한껏 시비를 걸어대던 그도 장략 앞에서는 꼼짝하지 못했다.

그가 지니고 있는 어둡고 단단한 어떤 기운이 그것을 느끼는 것만으로도 기가 질리게 하기 때문이다. 그리고 그들이 찾아왔던 첫날, 대살이 천하의 음존 왕무동을 상대로 강기를 쳐내며 여유있게 싸우던 모습을 보고는 저도 모르게 승복하는 마음이 생겼기 때문이다.

'저놈은 나보다 고수다.'

이살과 삼살에게는 아직도 굽히고 싶지 않았지만 대살에게만은 인정하지 않을 수 없었던 것이다.

그 대살 장략이 싸늘한 눈으로 다청을 둘러보다가 도굉과 눈이 마주쳤다. 히죽 웃는 것이 따뜻하다.

'응?'

도굉은 어리둥절해지고 말았다. 미소를 보내오다니?

대살은 어느덧 정이 들고 만 것이다. 죽이기 위해 찾아와서 무려 여섯 달 가까이나 들락거리며 싸우기도 하고 놀리기도 하다 보니 저도 모르게 불선다루와 그곳의 적들에게 정이라는 게 생겼다.

대살은 특히 도굉의 막무가내인 성격이 귀엽게 여겨지기도 했다. 그래서 이살과 삼살을 상대로 떼쓰듯이 시비를 걸고 욕질을 해대도 밉지가 않았다.

나이로 따지면 도굉이 몇 살 더 많을 것이다. 하지만 하는 짓을 보면 천방지축 막내 동생 같으니 일찍 철든 대살에게는 귀엽게 보이기까지 했다.

그건 이살이나 삼살도 마찬가지였다.

불선다루에서 그들과 가장 많이 싸운 게 도굉일 것이다. 주먹질은 딱 한 번밖에 하지 않았지만 보았다 하면 입싸움질을 치열하게 했다.

그러면서 조금씩 정이 들었다. 상대의 성격을 이해하게 되었기 때문이리라.

그래서 이살과 삼살은 도굉의 대거리를 일일이 받아주고 되쏘아 주면서도 죽이고 싶다는 마음은 들지 않게 되었다.

그건 도굉 또한 마찬가지여서 그들이 나타나기만 하면, '옳거니, 내 밥이 저기 왔구나!' 이러면서 좋아라고 달려 내려간다.

그리고는 집적거리고 욕하고 놀려대는 것이다. 그것에 재미를 붙이다 보니 저도 모르게 정이라는 게 생겼지만 왜 그런지는 스스로도 알 수가 없었다.

그저 하루라도 이살이나 삼살이 오지 않으면 궁금해서 엉덩이가 들썩거려지는 것이다.

"기다려 봐. 내가 가서 겁을 좀 주고 올게."

도굉이 아주 잘됐다는 듯 씩 웃고 일어선다. 천수익이 걱정스런 얼굴로 물었다.

"저놈이 두목이라며? 제일 셀 거 아냐. 시비 걸었다가 맞아 죽으면 어쩌려고 그래?"

"흥! 내가 누구냐? 종남파의 떠오르는 별 도굉이 바로 나다. 두고만 봐."

한껏 큰소리를 친 도굉이 뚜벅뚜벅 대살의 탁자로 다가갔다.

대살은 묵묵히 찻잔만 바라보고, 막내 고승이 히죽 웃으며 도굉에게 눈을 맞췄다. 무언가 잔뜩 기대하는 눈치다.

그리고 도굉은 그의 그런 기대를 흡족하게 채워주었다.

"썩을 놈아!"

대뜸 삿대질을 하며 욕지거리를 해 댄 것이다.

장략은 듣지 못한 듯 무심하고, 막내 고숭이 힐끔힐끔 대살의 눈치를 보며 대거리를 했다.

"이런 육시를 할 놈의 개도사 같으니라구. 네 눈깔에는 여기 대형이 와 계신 게 보이지도 않는단 말이냐? 뒈지고 싶어서 아주 난리가 났구나?"

"히히, 어린놈의 주둥이 신공이 아주 대단하단 말씀이야?"

툭툭, 등짝을 두드려 주더니 그 곁에 털썩 주저앉았다. 한 팔을 뻗어 고숭의 어깨에 두르고 바라보는데, 마치 어린 동생을 어르기라도 하는 듯한 모습이었다. 모르는 사람이 보았다면 친형제 간인 줄 알았을 것이다.

삼살 고숭이 어처구니없다는 얼굴로 도굉을 빤히 마주 보았다. 입으로야 한껏 찧고 까불었어도 여태까지 이런 적은 없었으니, '이 도사 놈이 드디어 미쳤나?' 하는 생각마저 든다.

"애야, 오늘 아침에 보니 못생긴 네가 귀여워 보인다."

"허, 이 미친 도사 놈이 이제는 살기가 귀찮아졌나 보다."

"이살 그놈은 왜 안 데리고 왔냐?"

"너 보기 싫어서 안 온다더라."

"흥! 그놈 속을 내가 이제는 훤히 알지. 나한테 겁먹은 거야. 히히."

"미친놈."

"그건 그렇고, 부탁 하나 하자."

"엥?"

이건 또 무슨 소리인가 싶다. 부탁이라니? 설마 이게 정말 도굉의 그

거친 주둥이에서 나온 말인지 제 귀가 의심스러워진다.

삼살이 눈을 휘둥그레 뜨고 도굉을 이리저리 훑어보았다.

"진짜 돼질 때가 된 거냐?"

"실없는 소리 지껄이지 말고, 어떠냐? 들어줄 테냐?"

"뭘?"

씩 웃은 도굉이 저쪽에 앉아서 눈알만 뒤룩거리고 있는 천수익을 가리켰다.

"저놈 말이야. 저놈이 말하자면 연락책이거든?"

"연락책?"

"너희 지옥혈에도 있을 거 아냐. 외부와의 연락을 담당하는 놈 말이다."

"응."

"연락책은 싸움에는 별로 관여하지 않거든? 그냥 바쁘게 왔다 갔다 하면서 부지런히 소식을 전해줄 뿐이야. 그렇지 않든?"

"그렇지."

"그러니까 최소한 저놈만큼은 자유롭게 출입을 시켜줘라 이 말이다, 내 말은."

"오라, 적어도 한 사람쯤은 드나들 수 있어야 바깥 소식도 듣고 그럴 수 있다 이 말이구나?"

"그렇지. 똑똑한 놈이다, 너는."

"내 소관이 아니다."

삼살이 딱 잡아뗐다. 도굉이 눈을 흘긴다. 그걸 몰라서 삼살을 붙잡고 이처럼 수다를 떠는 게 아닌 것이다. 말은 삼살에게 하고 있지만 대살더러 들으라고 하는 소리다.

묵묵히 찻잔만 바라보고 있던 대살 장략이 천천히 눈길을 도굉에게
옮겼다. 서늘하다.

도굉이 저도 모르게 바짝 긴장해서 몸을 굳혔다. 장략이 다시 희미
하게 웃어 보인다.

"그렇게 해."

"응?"

"네 부탁을 들어주지."

"헤― 정말이지? 좋아, 기분이다. 오늘 찻값은 안 받아. 내가 낸다.
마시고 싶은 거 있으면 다 마셔라."

도망치듯 후다닥 일어선 도굉이 천수익에게 다가가 벙글벙글 웃으
며 으스댔다.

"내 수완이 어때? 저놈들이 그래도 내 말은 듣는다니까. 기특한 놈들."

"그럼 된 거냐?"

"되다마다. 이제는 네 마음대로 들락거려도 된다. 아무도 너를 막지
않을 거야."

"헤―"

2

"쯧쯧……."

도굉으로부터 자초지종을 들은 서천금편 추괴성이 잔뜩 눈살을 찌
푸리고 혀를 찼다.

"왜요? 대형은 내가 세운 공이 샘나는 거유?"

도굉이 불만스럽게 말했다. 그를 물끄러미 바라보던 추괴성이 버럭

소리쳤다.

"정신 차려라, 이놈아!"

"이크!"

갑작스런 호통에 깜짝 놀란 도굉이 눈을 크게 떴다. 추괴성의 매서운 눈길이 찌르듯 도굉의 눈을 파고들었다.

"멍청한 녀석."

"왜, 왜요?"

"우리가 언제부터 그것들의 허락을 받은 다음에야 움직였지?"

"그, 그거야……."

"나는 정말 화가 나는구나."

"……."

"어느덧 우리 모두 그놈들을 상전처럼 생각하고 있다. 저도 모르게 그놈들의 종이라도 된 것처럼 비굴해지고 만 거야."

"아니, 그건 저……."

"하긴, 너를 나무랄 일이 아니지. 휴―"

추괴성이 긴 한숨을 내쉬었다.

그는 이 모든 게 당 노인 때문이라고 생각했다.

당 노인이 절대로 삼살과 싸우지 못하도록 했기 때문이다. 그래서 그놈들의 패악을 멀뚱히 구경만 한 게 벌써 몇 달이 되었다. 그게 이곳에 있는 모두에게서 전의를 빼앗아 간 것이다.

이렇게 되어서는 싸워보지도 않고 진 거나 마찬가지였다. 막상 혈지 삼살과 맞붙는다면 저도 모르게 위축되어서 솜씨를 제대로 발휘하지도 못할 것이다.

'저놈들은 싸워서는 안 되는 놈들이야. 저놈들은 나보다 강해.'

다들 이런 자기 최면에 걸려 있는 것이다.

도굉만 봐도 그렇다. 한 번 성질이 나면 물불을 가리지 않고 난리를 쳐대던 그가 어느덧 삼살과 시시덕거리는 걸 재미로 여기게 되지 않았는가.

그가 혈지삼살과 원수처럼 으르렁대고 있지만 실은 저도 모르게 그들에게 정을 느끼고 있었던 것이다. 추괴성은 그런 걸 벌써 눈치 채고 있었다.

이런 일은 다른 사람들의 정서에도 감염되기 쉽다. 그전에 잡아놓지 않으면 돌이킬 수 없는 후회를 하게 될 수도 있다.

"이대로는 안 된다. 무언가 특단의 대책을 세울 때가 되었어."

어리둥절해 있는 도굉을 노려보고 혀를 찬 추괴성이 벌떡 일어섰다.

"노야, 결단을 내리서야 할 때가 된 것 같습니다."

"왜? 그놈들이 또 말썽을 부렸느냐?"

"이쪽의 사기가 말이 아니게 떨어졌습니다. 이제는 그놈들이 적인지 아닌지조차 구분하지 못할 지경이 되어가고 있습니다."

"그래? 흘흘―"

"노야. 명령만 내려주십시오. 제가 나가서 그놈들의 멱줄을 끊어놓고 오겠습니다."

"너 혼자서는 힘들 텐데?"

"음양쌍존이 있지 않습니까. 그놈들이 세 명, 우리도 세 명입니다. 반드시 이길 수 있습니다."

"흠……."

음양쌍존과 추괴성이 힘을 합쳐서 달려든다면 혈지삼살이 아무리

극강의 고수라고 해도 견디지 못할 것이다.

당 노인은 추괴성이 저의 체면마저도 내버릴 각오가 단단히 되어 있다는 걸 알았다. 그리고 그의 주장이 옳다는 것도 안다.

하지만 그들을 다치게 하고 싶지도, 혈지삼살을 죽이고 싶지도 않았다. 묵묵히 생각하던 당 노인이 빙긋 웃었다.

"닷새만 더 기다려 봐."

"예?"

"그러면 무슨 수가 생길 것이다. 저절로 그렇게 될 거야."

"무슨 수라면……."

"혈지삼살이라는 귀여운 놈들이 무릎을 꿇던지, 아니면 꽁지가 빠져라고 민산으로 도망치게 될 거야."

"오! 노야께서 직접 나서려고 하시는군요!"

추괴성이 감격해서 소리쳤다. 하지만 당 노인은 흐물흐물 웃을 뿐이다.

"내 나이가 얼마인데 그런 녀석들과 싸우겠어?"

"하오면?"

"그놈이 오고 있단다."

"예?"

"천수익이 왜 찾아왔는지 아느냐? 바로 그 소식을 나에게 전해주기 위해서 왔던 거야."

"자세히 말씀해 주십시오."

"소걸이 제 할미와 함께 돌아오고 있단 말이다. 으흐흐흐—"

"아!"

당 노인은 머지않아 소걸과 염 파파를 다시 만나게 된다는 것만으로도 벌써 가슴이 쿵쾅거리고 기쁨과 기대로 온몸이 간질거리는 모양이었다.

추괴성도 기쁨의 탄성을 터뜨렸다.

염 파파는 당 노인과 다르다. 성격이 불같고, 한 번 화가 나면 저승사자로 돌변한다. 이곳의 기막힌 얘기를 듣는다면 그 즉시 빙백검을 쥐고 우르르 달려나가 단번에 혈지삼살이라는 것들의 목을 잘라 들고 돌아올 것이다.

"드디어, 드디어 파파께서 소결과 함께 돌아오시는군요. 잘됐습니다!"

추괴성이 진심으로 기뻐서 손뼉마저 치며 좋아했다.

그가 당 노인의 방을 뛰어나간 즉시 불선다루의 분위기가 확 바뀌었다. 완연히 활기를 띠고 흥청거리며 서로 눈만 마주치면 벙긋벙긋 웃는다.

"이놈들이 단체로 미친 거 아냐?"

그때까지 다청에 느긋하게 앉아 있던 삼살이 어리둥절해서 두리번거렸다.

"대형, 뭔가 갑자기 달라진 것 같지 않수?"

"나도 느끼고 있다."

"대체 뭘까? 이놈들이 무슨 꿍꿍이를 가지고 있는 거지?"

"나가자."

"아니, 그러지 말고 한 놈 붙잡아서 족쳐 보는 게 어때요?"

"시끄럽다."

꾸짖은 대살이 탁자에 은자 한 닢을 던져 놓고 일어섰다.

당 노인이 말한 닷새가 지났다.

그동안 혈지삼살은 심심해서 죽을 지경이었다.

어찌 된 게 불선다루가 아예 문을 닫아걸었던 것이다. 개미새끼 한 마리 얼씬거리지 않는다. 폐업을 한 것 같다.

"대형, 저것들이 대체 저 안에서 무슨 흉계를 꾸미고 있는 걸까요?"

이살이 엉덩이를 들썩거리며 물었다. 하지만 대살이라고 알 리가 없다. 삼살이 중얼거린다.

"어째 불길한걸. 불길해."

"시끄럽다!"

이살이 꾸짖었다. 그러나 물러설 삼살이 아니다.

"둘째 형, 형은 그렇지 않수? 무언가 불길한 느낌이 다가오고 있지 않아?"

"재수없게 자꾸 그딴 소리 할래?"

"저것 봐. 화를 내는 걸 보니 둘째 형도 느끼고 있었던 거야. 큰형은 어떻수?"

"분위기가 묘하기는 해."

대살이 어눌하게 말하며 거리를 내려다보았다. 텅 비어 있어서 을씨년스럽기만 하다. 그게 더욱 무언가 알 수 없는 불안을 몰아온다.

그들은 불선다루 맞은편의 객잔 이층에 앉아서 창밖을 내다보고 있는 중이었다. 그동안 잘 진행되었던 봉쇄작전이 이 며칠 사이에 갑자기 이상하게 변했으니 어리둥절하기만 했다.

"억!"

창밖으로 머리통을 내밀고 거리를 두리번거리던 삼살 고승이 불에 덴 듯 놀라서 비명을 질렀다.

"뭐야? 왜 그래?"

이살이 달라붙더니 그도 '으악!' 하고 비명을 터뜨린다. 이제는 목석 같은 대살 장락도 궁금증을 참을 수 없게 되었다.

놀란 눈을 부릅뜨고 할 말을 잃은 채 서 있는 두 아우를 밀쳐 내고 바깥을 내다본 대살 또한 '헉!' 하고 차가운 숨을 들이켰다.

썰렁하고 황량한 동안로 저쪽. 눈보라 휘날리고 있는 그 새하얀 거리 위에 세 사람이 서 있었던 것이다.

한 사람은 장승처럼 키가 크고 곰처럼 덩치가 우람하다. 한 사람은 지팡이를 짚고 있는 꼬부랑 할머니이고 한 사람은 제법 훤칠한 몸매를 가진 청년이었다.

그들이 알아본 건 그중 곰 같은 덩치의 거한이었다.

"우마!"

대살이 믿을 수 없다는 듯 제 눈을 비비고 다시 보다가 소리쳤다.

우마.

거한은 우마가 틀림없었다. 그래도 혹시 내가 잘못 본 건 아닐까, 싶어서 다시 보았지만, 어깨에 척 걸치고 있는 거대한 도끼에 이르러서는 대살마저 할 말을 잃고 말았다. 순간적으로 머리 속이 텅 비어버린다.

'그렇다면 설마 곁의 저 노파가?'

불쑥 드는 불길한 생각.

"나가 보자."

대살이 풀어놓았던 칼을 움켜쥐고 후다닥 달려나갔다.

"어이, 너희들 여기는 웬일이냐?"

객잔을 뛰쳐나와 늘어선 삼살을 본 우마가 한 손을 번쩍 들며 반갑게 소리쳤다.

"너, 너, 정말 우마냐?"

대살이 소리쳤고,

"우마 형!"

이살과 삼살도 동시에 소리쳤다.

"으하하하, 내가 우마지 그럼 네놈이 우마냐?"

우마가 너털웃음을 터뜨리며 쿵쿵 달려왔다. 어리둥절해 있는 대살 장략의 손을 덥석 잡고 마구 흔들어댄다.

"이놈들이 이게 아직까지 멀쩡하게 살아 있었구나! 으하하하."

"어떻게 된 거야? 네가 여기는 웬일이냐?"

"어떻게 되기는. 가만, 먼저 인사부터 해야지. 이리 와라."

우마가 대살의 손을 끌고 쿵쿵거리며 염 파파에게로 달려갔다.

"인사해, 이놈아. 이 할망구가 바로 한때 혈염마녀로 이름을 날렸던 염 파파시니라."

"뭐라고?"

대살이 깜짝 놀라 펄쩍 뛰었다.

"아니, 너는 그럼 아직까지 염빙화를 살려두고 있었단 말이냐? 네놈 정신이 정말 어떻게 된 거 아니야? 감히 종사의 명을 거역할 테냐? 죽이기는커녕 이게 뭐야? 오히려 종이라도 된 듯 모시고 다니고 있지 않아? 이런 제기랄. 말해봐라. 대체 이게 어떻게 된 일이야? 설마 저 할망구한테 제압당해서 꼼짝하지 못하는 거냐? 그렇다면 내가 네 대신 할망구의 목을 쳐주겠다!"

말이 없던 대살의 입에서 소나기 쏟아지듯 엄청난 말들이 쉬지 않고 터져 나온다.

그 마지막 말이 소걸의 비위를 건드렸다. 그들이 당 할아버지를 죽이기 위해 와 있는 혈지삼살이라는 걸 눈치 챘지만 우마가 하도 반갑게 호들갑을 떨어대는 통에 잠시 노여움을 참고 있었던 것이다. 그런데 할머니의 목 어쩌구 떠들어대니 눈이 뒤집히지 않을 수 없다.

"뭐라고 지껄이는 거야!"

소걸이 빽 소리쳤다. 우마가 제 이마를 딱, 치더니 또 껄껄 웃는다.

"하하하, 소개가 늦었다고 그렇게 화를 내는구나? 알았어. 내가 소개시켜 주지. 자, 인사해라. 이놈이 대살인 불패장도 장략이고 저놈이 이살인 기환십표 육편철이며 그 옆에 있는 놈이 삼살인 환검 고승이라는 잡놈이다. 이제 됐지? 아, 너희들에게도 소개시켜 줘야지? 이쪽의 맹랑한 꼬마 놈은 염 파파의 손자이자 내 동생인 당소걸이라는 고약한 놈이다. 성은 당 노인 걸 물려받았을 뿐 제 성이 뭔지도 모르는 불쌍한 놈이야. 아무튼 성깔이 지랄 같으니까 조심해야 할 거다. 강호에서는 호보협심이라는 아주 그럴듯한 별호마저 얻어 갖고 있지. 하지만 내가 보기에는 웃기는 일일 뿐이야. 아하하하―"

이번에는 우마가 지칠 줄 모르고 큰 소리로 떠들어댔다. 고요하고 적막하며 쓸쓸해서 황량하던 동안로가 난리라도 난 듯 시끄러워졌다.

혈지삼살이 영문을 모르겠다는 얼굴로 소걸과 염 파파, 우마를 번갈아 바라보았다.

소걸은 심통이 잔뜩 나서 그들을 거들떠보지도 않았다. 우마만 아니었다면 벌써 달려들어 따귀를 후려쳤을 테지만 어쩔 수 없이 참는 탓이다.

"할머니, 가요."

우마마저 내버려 둔 채 염 파파의 손을 잡고 저 앞에 보이는 불선다루를 향해 걸음을 떼어놓았다.

"비켜."

이살 육편철에게 차갑게 말한다. 그는 소걸이 다가오는 것도 모르는 듯 얼빠진 얼굴로 우두커니 서 있기만 했다. 그러니 앞을 가로막은 꼴이 되었다.

육편철이 눈을 부라리고 있는 소걸을 물끄러미 바라보다가 한마디 했다.

"염 파파는 여기 놔두고 너 혼자서 가라."

"그래? 흥! 내가 누군지 아직 모르지?"

"당소걸이라며?"

"셋을 센다. 하나, 둘—"

"……?"

셋, 하는 순간 소걸의 신형이 픽, 꺼져 버렸다.

"응?"

눈앞이 갑자기 허전해졌으므로 육편철이 놀란 소리를 냈다. 그와 동시에 그의 옆에서 발길질이 벼락처럼 뻗어나왔다.

피하고 어쩌고 할 새도 없다.

픽!

"아코!"

옆구리를 호되게 걷어차인 육편철이 새된 비명을 터뜨렸다. 몸이 허공으로 붕 떠올랐다가 이 장이나 날려가 눈구덩이에 처박힌다.

그는 한동안 꼼짝하지 못할 것이다.

"억!"

그 의외의 광경을 본 대살과 삼살이 동시에 놀란 외침을 터뜨렸다.

3

비록 이살 육편철이 방심하고 있었다지만 소걸이 보여준 그 믿지 못할 움직임과 발길질은 모두의 가슴을 철렁하게 만들었다.

"이놈!"

삼살 고승이 버럭 소리치며 대뜸 검을 뽑아 들었다. 그러나 소걸은 그를 한 번 사납게 흘겨보았을 뿐 상대도 하지 않았다.

이살이 사라져서 뻥 뚫린 앞길로 염 파파의 손을 잡은 채 느릿느릿 걸어갈 뿐이다.

"거기 서!"

뒤에서 고승이 분기탱천하여 소리쳤다. 소걸이 돌아보지도 않고 대꾸한다.

"너나 얼어 죽을 때까지 거기 서서 꼼짝 말고 있어라. 나는 다루에 들어가서 따뜻한 차를 한 잔 마시고 몸을 녹여야겠으니까."

"저, 저런 대가리에 피도 안 마른 놈이!"

고승이 검을 부들부들 떨었다. 참을 수 없는 분노가 밀려들어 발작하려는 순간 대살 장략이 그의 뒷덜미를 꽉 움켜쥐었다.

"흥분하지 마라."

그 한마디가 고승의 정신을 번쩍 들게 했다. 이렇게 이성을 잃고 흥분해서 대들면 적의 술수에 넘어가는 꼴이다. 제 실력의 반도 발휘하지 못하고 허둥대다가 낭패한 꼴을 당하기 십상이다.

그사이 소걸은 이미 불선다루의 굳게 닫혀 있는 문 앞에 이르러 있었다. 그들 사이의 일을 멀뚱하게 지켜보고 있던 우마가 낄낄 웃으며 고승을 놀렸다.

"네 형 놈한테 고맙다고 해라. 안 그랬으면 너는 벌써 뒈진 목숨이 되었을 거야."

"우마 형, 대체 뭐라고 하는 거요? 형은 정신이 나갔소?"

"히히, 나야 오래전에 정신이 나간 놈이라는 걸 너도 잘 알잖아? 하지만 내 동생 놈은 정신이 멀쩡하거든. 아주 무서운 놈이다. 나도 안 무서워해. 히히."

되는대로 주워섬긴 우마가 그들과는 이제 볼일이 없다는 듯 성큼성큼 소걸을 향해 떠나갔다. 그 뒤에서 대살은 멍한 눈으로 바라보고만 있었다. 이게 대체 어떻게 된 영문인지 모르겠다는 그런 얼굴이다.

"문 열어! 내가 왔단 말이야!"

다루의 문을 부서져라고 두드리며 악을 쓰는 소걸의 음성이 아득히 먼 곳에서 들려오는 듯했다.

한바탕 난리가 벌어졌다.

불선다루에 몸을 숨기고 있는 자들 모두가 소걸을 알고 염 파파를 안다. 오랜만에 다시 만나니 그 기쁨이 배가되지 않을 수 없다.

근엄하고 무뚝뚝하기만 한 음양쌍존도 소걸의 손을 잡고 빙긋 웃었고, 추괴성은 아예 덥석 그를 끌어안고 껄껄 웃었다.

"하하하하, 꼬맹이이던 녀석이 이제는 의젓한 총각이 되어서 돌아왔구나. 기쁘다, 기뻐!"

"헤헤, 추 할아버지는 그새 팍삭 늙었군요. 할아버지를 보니 황망령의 괴물들이 어떤 꼴이 되었을지 안 봐도 뻔해요."

"응? 요런 고약한 녀석!"

추괴성이 짐짓 눈을 부라리며 소걸의 볼을 냅다 잡아당기며 껄껄 웃었다.

“그래, 그래, 나는 늙고 너는 청년이 되는 게 당연한 거지. 하늘의 섭리를 누구라서 거스르겠느냐?”

다음으로는 도굉과 갈평 등의 차례다. 그들도 소걸에게 든 정이 각별했다. 갈평은 당문에서 소걸을 때려가며 몇 수 가르쳐 주기도 했지 않던가.

삭막하기만 하던 그의 얼굴에도 흐뭇한 웃음이 떠올랐다.

“이 녀석. 정말 어른이 되었구나. 솜씨도 그만큼 늘었는지 몰라?”

“헤헤, 이제 갈 아저씨한테 두드려 맞는 일은 다시없을걸요?”

“뭐라고? 네가 나를 무시하는 거냐?”

“해볼 테면 해봐요. 이번에는 내가 아저씨의 볼기를 걷어차 줄 테니까.”

갈평이 눈을 부라리며 씩씩거리자 도굉이 껄껄 웃으며 그들 사이로 끼어들었다.

“소걸아, 이 신선 어르신의 생각은 했더냐?”

“두말하면 잔소리죠.”

“그래? 으하하하, 이 기특한 녀석이 그래도 사람을 가려 볼 줄 아는구나.”

“그러니까 이제 좀 비켜주세요. 할아버지가 눈 빠지게 기다리시겠어요.”

염 파파는 황산노자와 초구량의 부축을 받으며 벌써 삼층으로 올라가고 없었다. 불선다루에 있는 자들 중 그들만이 염 파파의 상태가 좋지 않다는 걸 알고 있었기에 그녀에게 인사를 올린 즉시 아무 말 없이 모시고 올라간 것이다.

소걸이 사람들 사이를 뚫고 계단에 올라서자 그때까지 문 앞에 우두커니 서 있던 우마가 뚱한 소리를 했다.

"나는 안 데리고 가냐?"

"응?"

사람들은 비로소 우마를 생각해 냈다. 여태까지 소걸을 둘러싸고 웃고 떠드느라 그를 깜빡 잊고 있었던 것이다.

"누구냐?"

추괴성이 눈짓으로 가리키며 물었다. 한눈에 보아도 범상치 않은 자였던 것이다. 그 몸집만으로도 사람을 위압하는 바가 있는데, 어깨에 걸치고 있는 무지막지한 도끼를 보고는 더욱 기가 질린다.

"우마예요."

"나는 소걸이 형이다."

"헛소리 좀 작작 해! 네 마음대로 내 형이냐?"

"그럼 네가 내 형이냐?"

빽 소리쳤던 소걸이 어깨를 으쓱하며 모두에게 말했다.

"쳇, 저렇다니까요? 제정신이 아니니까 무시해도 돼요."

"우마?"

추괴성과 음양쌍존이 머리를 갸웃거렸다. 들어본 적 없는 이름이기 때문이다.

다른 사람들도 마찬가지다. 그들은 모두 경이로운 눈으로 우마의 곰 같은 생김과 도끼를 보며 혀를 쌀쌀 내둘렀다.

"이리 와."

소걸이 손짓해 부르자 우마의 입이 귀밑까지 찢어졌다. 그가 히죽거리며 쿵쿵거리고 달려왔다. 사람들이 즉시 좌우로 쫙 갈라져서 길을 터주고 혀를 내둘렀다. 앞을 스쳐 가는 우마가 마치 산문의 사천왕 중

하나가 살아 나와서 쿵쿵거리며 지나가는 것 같았기 때문이다.

　"고얀 놈!"
　소걸이 들어서기 무섭게 인사를 올릴 새도 없이 당 노인이 호통을
쳤다.
　"예?"
　"이 나쁜 놈! 괘씸한 놈 같으니! 네가 어떻게 이럴 수가 있단 말이냐?"
　서슬 퍼렇게 욕을 하는 당 노인의 노안에 눈물이 그렁그렁 맺혀 있
었다.
　소걸이 어리둥절해서 우뚝 섰고, 우마도 그렇다.
　"하나뿐인 네 할미를 그래, 이 지경으로 만들어놔?"
　옆에 목석처럼 앉아 있는 염 파파를 가리키며 더욱 화가 나서 소리
친다.
　"잘못했어요."
　돌아왔다는 기쁨으로 들떴던 소걸이 금방 풀이 죽어서 울 듯한 얼굴
이 되었다. 털썩 무릎을 꿇고 고개를 떨군다.
　"다 제 잘못이에요. 저를 때려주세요."
　"이, 이, 고얀 녀석. 어째서 그녀가, 그녀가 저 지경이 되도록……."
　기어이 당 노인의 주름진 볼을 타고 뜨거운 눈물이 주르륵 흘러내렸
다. 염 파파의 손을 꼭 쥐고 있는 노인의 주름진 손이 와들와들 떨린다.
　"노괴, 그만 해둬. 저 애 잘못이 아니야."
　염 파파가 지그시 감고 있던 눈을 뜨고 조용하게 말했다.
　"내가 자초한 일이니 누구도 탓해서는 안 돼."
　"아니야. 소걸이 저놈이 당신을 잘 모시지 못해서 그런 거야."

당 노인은 자꾸 고집을 부렸다. 염 파파가 이처럼 무기력한 노파로 변해 버린 걸 보니 가슴이 무너질 듯 아팠다. 그 모든 원망이 돌아갈 곳이라고는 소걸밖에 없다.

"왜 진작 나에게 연락하지 않았지? 그랬더라면 내가 달려가 마교인지 지랄인지 그놈들의 대갈통을 모조리 짓밟아서 네 할미의 복수를 했을 거다."

"잘못했어요."

소걸은 당 노인의 노여움을 고스란히 받아들였다. 할아버지에게는 지금 화를 풀 곳이 필요하고, 그게 다른 사람들에게 향하면 아수라장이 되고 말 것이다. 그러기 전에 자기가 받아주는 게 좋다고 여겼다.

"나는 아무것도 모르고 여기서 태평하게 그림이나 그리고 있었단 말이다. 어허헝! 염 매가 그렇게 모진 일을 당하는 데도 나는 그림만 그리고 있었어! 어허헝!"

당 노인이 기어이 아이처럼 소리 내어 울음을 터뜨렸다. 염 파파의 볼에도 한줄기 눈물이 흘러내린다. 당 노인이 옷소매로 그녀의 눈물을 찍어내며 흐느꼈다.

"염 매, 그래, 얼마나 아팠어? 얼마나 억울하고 분했겠어? 이 야속한 할망구 같으니. 왜 나에게 기별하지 않은 거야? 왜 나에게 복수해 달라고 하지 않은 거야? 왜?"

"당 노괴."

"……."

"이것도 다 하늘의 뜻이야. 나는 상제님께 정말 감사하고 있으니 더 말하지 마."

"감사하다니? 그래, 죽을 고비를 넘기고 겨우 목숨만 붙어서 돌아온 게 감사하다고?"

당 노인이 주먹을 불끈 쥐고 허공을 찔러댔다.

"이놈의 옥황상제인지 지랄인지 거기 있으면 냉큼 내려와라! 내가 네놈의 몸뚱이를 한 줌 혈수로 녹여 버리고 말 테다!"

"노괴, 내 말은 진심이야. 과거 내가 행한 일을 잊은 건 아니겠지? 나는 천 조각 만 조각으로 찢겨 죽었어야 마땅해. 그런데 이렇게 목숨을 붙여주었으니 고맙지 않겠어?"

"응?"

당 노인이 눈을 크게 떴다. 염 파파의 말에 진정이 절절이 배어 있다는 걸 느낀 것이다.

"무공을 잃어버린 것도 그래. 이게 다 남은 삶 동안 강호의 일에 휩쓸려 몸을 귀찮게 하지 말고 한가롭게 살다 오라는 상제님의 은혜야. 안 그래?"

"으음—"

"당 노괴 당신도 그렇잖아. 이제 무공이니 은원이니 하는 건 다 잊어버릴 때가 되었어. 그냥 평범한 늙은이가 되어서 우리 함께 텃밭이라도 가꾸며 살다가 조용히 가자구. 그게 행복이야."

"……!"

당 노인의 눈이 점점 커졌다.

"당신이 여기에서 꼼짝하지 않고 있었던 것도 실은 그런 생각을 했기 때문이겠지. 당신도 이제는 바깥일에 휘말리기 귀찮아진 거야. 안 그래?"

"염 누이. 당신, 당신 조금 전에 뭐라고 했지? 우리 둘이서 함께라고 했지?"

"아마도 그랬을걸?"

염 파파의 주름 가득한 얼굴에 홍조가 떠올랐다. 그녀를 멍하니 바라보는 당 노인의 얼굴이 조금씩 조금씩 펴졌다. 그러더니 언제 대성통곡을 했었느냐는 듯 천장이 들썩거릴 정도로 큰 웃음을 터뜨렸다.

"으하하하하― 우리 둘이서라고? 우리 둘이서 함께라고? 분명히 그랬단 말이지? 하하하하―"

미친 듯 웃고 있지만 눈에서는 뜨거운 눈물이 줄줄 흘러내리고 있었다.

육십 년, 육십 년 만에 그녀가 비로소 마음을 열었다는 기쁨이면서 허망함 때문이었다.

좀 더 일찍 그녀가 자신의 마음을 받아들였더라면 삶이 얼마나 아름답게 빛났을 것인가.

당 노인의 미친 듯한 웃음소리는 한동안 계속되었고, 소걸과 우마는 한쪽에 공손히 서서 두 노인을 바라보며 침묵했다.

숙연한 얼굴이다.

『불선다루』 7권에서…

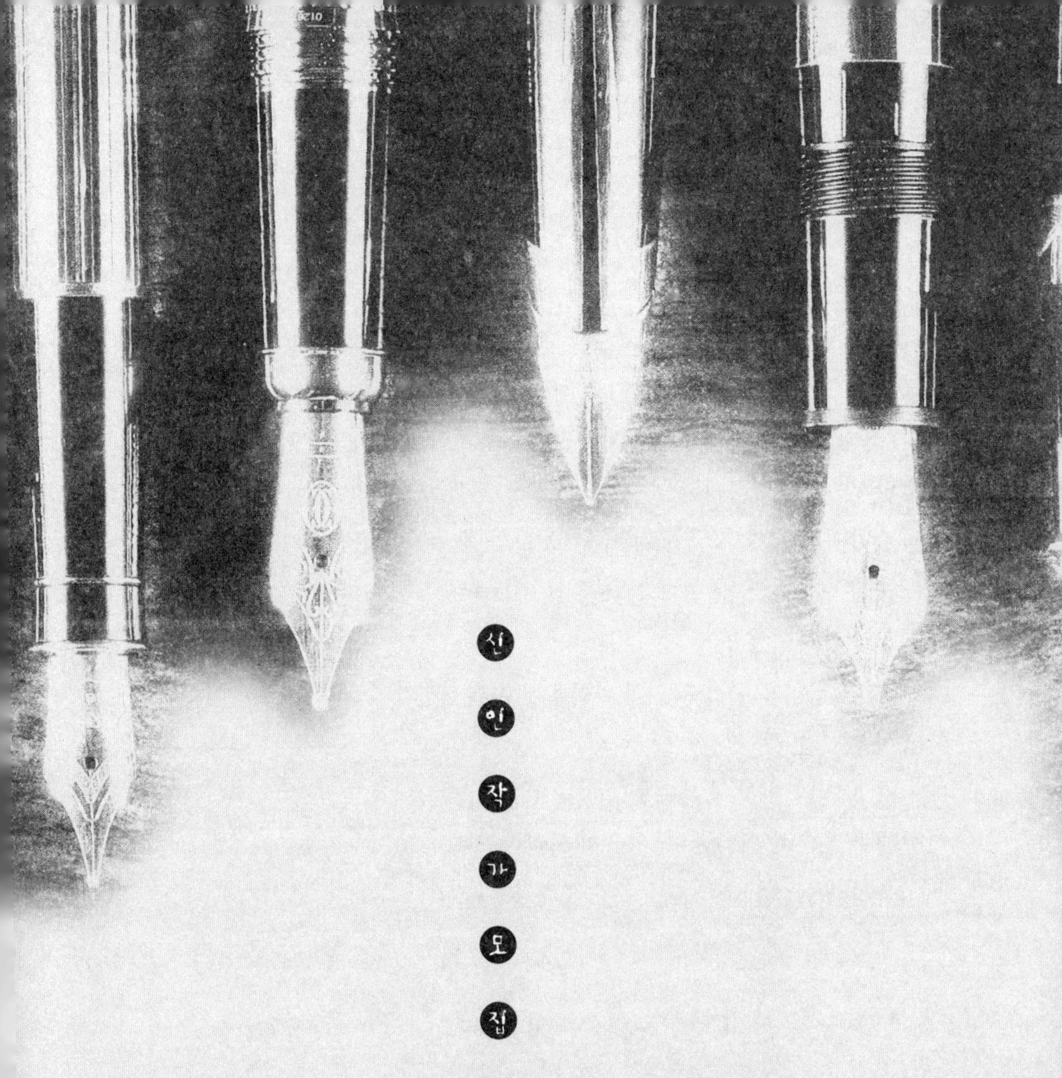
신
인
작
가
모
집

시작이 반이라고 했습니다.
작가의 길에 대한 보이지 않는 벽을 과감히 깨뜨리십시오!
청어람은 작가 지망생 여러분들의
멋진 방향타가 되어드리겠습니다.

저희 도서출판 청어람에서는
소설 신인 작가분들을 모집합니다.
판타지와 무협을 사랑하시는 분들의 많은 참여를 바랍니다.
소정의 원고(A4용지 150매)를 메일이나 우편으로 보내주시면
검토 후 출판 여부를 알려드리겠습니다.

주소:경기도 부천시 원미구 심곡1동 350-1 남성B/D 3F 우편번호420-011
TEL:032-656-4452 · FAX:032-656-4453
http://www.chungeoram.com
e-mail:chungeoram@chungeoram.com